JN142410

「欠陥だらけの子ども」と言われて

出生前診断と愛情の選択

「欠陥だらけの子ども」と言われて

出生前診断と愛情の選択

サンドラ・シュルツ 著
Sandra Schulz

山本知佳子 訳
Chikako Yamamoto

岩波書店

DAS GANZE KIND HAT SO VIELE FEHLER
Die Geschichte einer Entscheidung aus Liebe
by Sandra Schulz

First published 2017 by Rowohlt Verlag GmbH, Reinbek bei Hamburg, Germany.

This Japanese edition published 2019
by Iwanami Shoten, Publishers, Tokyo
by arrangement with Rowohlt Verlag GmbH, Reinbek bei Hamburg, Germany
through Meike Marx Literary Agency, Japan.

私の子どもへ

親愛なる日本の読者のみなさんへ

私の本が日本で出版されることになったと聞いたとき、とてもうれしく思いました。みなさんの国と私を結びつけるものがたくさんあるからです。フリージャーナリストとして働き始めたとき、まず日本から記事を書いて送る仕事をしましたし、政治学の学位論文のテーマは日本でした。そして初めて知りあったダウン症の子どものおかあさんは日本の方でした。

当時小さな男の子だったその子は、私の両親の友人の息子でしたが、今はもう大人になっています。彼はこれまでの人生を満ち足りた思いで振り返っているだろうと、私は思います。愛情にあふれた家庭の中で育ったのですから。

けれども、いったいどれだけのダウン症の子どもたちが、これからもまだこの世に生まれてくることになるのでしょうか？　ドイツではその数はどんどん少なくなっていくのではないかと危惧しています。なぜなら、妊娠がわかるとまず、染色体異常を調べる血液検査を行うのがあたりまえになってしまったからです。自分のおなかの中で成長している子どもには障害があるのだろうか？　この問いがあまりにも切迫したものに思われて、ほとんどの女性は、はっきりしたことを知らないままでいるのに耐えられなくなってしまいます。私もそうしたひとりでした。

妊娠した女性がすぐに、生まれてくる子が男の子なのか女の子なのかもう知っているというのを聞くと、私にはわかります。これから母親になろうとしているこの人も、まだ生まれていない子どもの遺伝子型を検査したのだなと。以前だったら、運がよかったり、もっと遅い時期になってからの超音波検査でなければ、胎児の性別を見分けることはできませんでした。けれども今では、受胎から数えて妊娠一二週を過ぎれば、両親がそれを望んだ場合、医師は血液検査をして子どもの性別を伝えるのです。今この時代においては、新しい命がひそやかに生まれ育つということはなくなりました。

出生前診断は、一方では、命を助けることができるといういい面もあります。けれどもこの同じ出生前診断が、他方では、命に疑問を投げかけるものになっており、これは憂慮すべきことです。なぜ私が、私自身の個人的な物語を公表したのか、なぜ自分の人生において最も私的な話を心の一番奥までさらけ出して、ほかの人たちと共有しようとしたのかというと、出生前診断というテーマを、まさにこの私的な領域から引っぱり出そうと思ったからにほかなりません。

そして、ドイツであれ日本であれ、出生前診断がひとりひとりの女性の心にどのような影響を及ぼすのか、それを踏まえてどのような倫理的問題に社会が向きあうことになるのかについて、私たちみんなが議論する必要があると思うからです。また、いったい私たちはこれから、この方向のままどこまで突き進んでいくつもりなのかという問いについても、議論しなければなりません。私が妊娠していた二〇一四年、二〇一五年当時と、この本が日本語に翻訳される時期までの何年かのあいだに、ドイツではいくつかの変化がありました。血液検査は私が受けたころよりもずっと安くなり、検査結果はずっと早く出るようになりました。

血液検査のメーカーは、そのサイトに、医師宛ての手紙の見本を載せています。患者が検査費を自己負担せず、医療保険が支払うように頼むためです。こうした措置は「個別決定」(通常は自己負担だが、個別の状況により、例外的に保険により支払うケース)と呼ばれています。今はまだ、少なくとも表向きにはこの「個別決定」が存在しています。けれども、もしかしたら近い将来、法律上定められた医療保険が、染色体異常を判定する血液検査の費用を負担するのが、標準的なことになるかもしれません。そこまでくれば、ドイツ議会もやっと重い腰をあげて、本当にそうなってもいいのかどうかについて議論することになるでしょう。

この問題に対してどういう立場をとるべきなのか、私には長いあいだ、答えが見つからずにいました。なんだかんだ言っても、私自身、染色体異常を調べる血液検査を受けたわけです。けれども今の私は、この問いに対するひとつの答えを見つけました。子どもたちが規準値に当てはまるかどうかを検査するのは、理にかなったこと、規準にのっとったことなのだという見方を広めるような社会であってはならないと、私は考えます。知るという行為が、それ自体自明のこととして善なのではないのだという点を、女性たちにもっと知らせていく必要があります。知識の獲得は素晴らしいものだと教えられている今の私たちの社会では、こうした認識を受けいれるのは容易なことではありませんが。

妊娠した女性たちは、血液検査を行ったからといって健康な子どもが保証されるわけではないのだと自覚する必要があります。そしてまた、障害イコール苦しみなのだと決めつけてはならないのだということも知ってほしいと思います。こうした文章を書いている今の私は、妊娠する前の私とはちがう人間です。私がここに到達するまでの道のりは、厳しいものでした。けれども、それはまた、私を幸福に導いてくれた道のりでもありました。この本を読むあなたが、私とともにその道を歩んでくださることに感謝いたします。

サンドラ・シュルツ

二〇一九年二月

目次

プロローグ

「残念ながら、全く気になる点のない検査結果だとは言えません」と医師は言った。母は「不運だった」と言った。でも私は「ちょっと待って。私の子ども、私の娘、マルヤのことをそんなふうに言わないで！」と思う。

それでも心のどこかでは、私自身も自分に問いかけている。「なんで私が？ なんでほかの女の人たちはみんな、健康で素晴らしい子どもを持てるのに、なんで私だけはダメなんだろう？」。ときには、自分でも恥ずかしくなるようなこと、本当にひどいことを考えてしまう。自分の娘なのに「不完全なもの」と呼んでしまったりするのだ。あまりにも悲しく、あまりにも期待はずれで、この何年間というもの、子どもが欲しいと願い続けてきたころには思いもしなかったような問い、そんなふうに考えること自体がばかげていると思っていたような問いを投げかけている自分がいる。果たして私は、自分の子どもを愛することができるのだろうかと。

だからといって、愛情を感じないわけではない。超音波検査のモニターに映る赤ん坊の姿を見ると、感動が湧いてくる。手を動かして自分の小さな足先に触れたり、手足で水かきしているようなその様子。プローブが彼女のからだに沿って動いていくと、目を覚ますらしい。とっても小さな鼻、あご、まんまるいおなかも見えて感激する。それでも、やっぱりパニックのような気持ちに繰り返し襲われる。この子のおかげで、私の人生は終わりだと思ってしまう。重荷にあえぎ、息ができなくなるようなこの気持ち。私自身、私の夢と希望にはもう意味がなくなる。これからは、自分の人生を捧げる側（がわ）になるしかない。自分のことはあきらめる。そこまで考えると、もうこの子はいらない、もう一度新しいチャンスが欲しいという気持ちばかりがつのる。そして、こんな罠にはまってたまるものかと、自分自身に言い聞かせている。

第1章

「母親というのは誰でも子どもを愛するものですか？」

二〇一四年一一月二二日

「全く気になる点のない検査結果ではない」という話を聞かされてから三日めの朝を迎える。あの水曜日の朝、「人類遺伝学専門医」だという若い女性が四、五回、電話をかけてきていたのだが、携帯は戸棚の下に鍵と一緒にころがっていて、着信音に気がつかずにいた。それに、そんなに早く血液検査の結果がわかるとは思っていなかった。電話がかかってきたのに気づいてから、まだ立ちつくしたまま、あわててクリニックにかけ直そうと、番号を間違えないように気をつけながら指が携帯の画面に触れているあいだにも、もう何となくわかっていたと思う。「こうして医師が連絡してくるということは、いい知らせではない」と。

妊娠一三週め。廊下とリビングの間のドアのところに立ったまま、医師の言葉を聞いた。「残念ながら、全く気になる点のない検査結果だとは言えません」

「どういうことですか」と尋ねたが、まず沈黙があった。

「いますぐ教えてください」

「21トリソミーです」という答えが返ってきた。

マルヤは生きることができると、まず思った。13、あるいは18トリソミーという染色体異常だと、ほとんどの場合、生まれても数日、あるいは数カ月しか生きることができないという。その場合は中絶しようと考えていたので、遺伝子の異常がわかる新しい出生前診断の血液検査を受けようと思ったのだった。すぐに埋葬しなければならないことがわかっているのに、九カ月間子どもを自分のからだの中で育てるなんて、とても耐えられないだろうから。

私は続けて尋ねた。「21トリソミーということは、ダウン症候群ですよね?」。答えはわかっていたけれど、自分の耳で確かめたかった。検査結果を読みたいので送ってくださいと頼んで、電話を切った。

押し黙ったまま階段を上がり、窓の外を見た。ワイン園のブドウ畑の丘につながる道。黄色いしっくい塗りのチャペル。少し甘えさせてもらおうと、ちょうど両親の家に滞在しているところだった。母は眼科の手術で入院中だったため、家にいたのは私と父のふたりだけだった。焼いたハムを巻いた七面鳥ロールをつくっていた父が、階下から「昼ごはんだよ!」と呼ぶのが聞こえたので、「すぐ行く!」と叫んだ。

クリストフに電話しなくてはと思った。子どもの父親であり、夫であるクリストフにこそ、まずこの話を知らせる必要がある。彼の携帯にかけてみたが、応答がなかった。仕事中だから音を切ってあるのかもしれない。

鍋がぶつかり合う音が聞こえ、さっきより少しイライラしたような声で、父が「ごはんだよ!」と再び呼ぶ声がした。クリストフに何度もかけてみるが、やはり電話に出ない。SMSを送ろうかと思ったが、いったい何を書けばいいのだろう? 私たちの子どもには障害があるらしいというメッセージなど送れない。でも今すぐ話さなければ。「至急電話して。検査結果が出た」というメッセージを送った。これなら、結果が思わしくなかったことが彼にもわかるだろう。でも電話はすぐにはかかってこなかった。

診断結果については、結局、まず父に話すことになった。父が仕事部屋にしている部屋で、腕をだらりと下げ、ふたりとも不自然に立ったままだった。すわる気分にはなれなかった。そもそも話をすること自体、気が重かった。父の顔を見る気になれず、本棚に並んでいる本の背表紙をボーッと見つめていたら、父がひとこと「その子のことを、それでもいとおしいと思うはずだよ」と言った。「そうだね」と答えた。

父の言葉にはびっくりした。あまりにもはっきりとした言い方だったから。この子はこの世に生まれてくる、そして生まれてきた子どもにとって一番大切なものである愛情が、この子にも必ず注がれるはずだという確信が伝わってきて、私は胸を打たれた。自分の父親がこういう反応をするとは思っていなかったのかもしれない。父は、私の祖母、つまり父の母が、何年も寝たきりで、息をするのも苦しそうにしていたときも、色鮮やかな花の写真を壁に飾り、手を握り、話しかけることをやめなかった。毛布の山に埋もれるようにして呻き、毎日ただ夜がやってくるのを待つだけのような年老いた祖母を前にして、私たちほかの家族は、次第に声をかけることもなくなっていったのに、父だけは違っていた。私は自分の部屋に戻り、ドアを閉めた。

ログイン、クリックして、添付された書類を開く。医師との電話のあと、メールで間もなく届いた検査結果資料を、三度めになるがまた読み直した。名前、単胎妊娠といった項目を目で追っていくと、黒字で強調するように書かれている部分がある。「検査結果－正常外」「注釈－胎児に21トリソミーが認められる」。最初の二回は、ここまでで読むのをやめた。この先を読むことでわかる事実があるのは知っていたけれども、その気になれなかったのだ。血液検査に先だって、数日前に大文字で記入しサインして提出した書類の中に、「胎児の性別を知りたいですか」という項目があり、「はい」というほうにしるしをつけたのだった。「はい」にしたのは、好奇心からだった。でも、こういう検査結果が出た今となっては、性別などどうでもいいではないか。

スクロールボタンで、ページを動かしてみると、何行か下に書いてあった。「女児」。

何時間かして、クリストフから連絡があった。彼の声にはいつもと変わったところはなく、仕事中のむしろ事務的な話し方で、会議があって携帯を見ていなかったことなどを釈明した。「ダウン症だって」と伝えると、まず沈黙があり、それからクリストフが「本当？」と言ったことだけは覚えている。どういう話の流れだったかさだかではないけれど、私がそのうち「女の子だよ」と言うと、クリストフは「かわいいね」と言った。電話を切ったとき、彼の思いやりのある言葉が耳に残った。この日の午後中、私は一度も涙を流さなかった。

二〇一四年一一月二三日

「マルヤ」。ある晩、ベッドの中で、ふとこの名前を思いついた。「マルヤっていう名前、どうだろう?」。クリストフは「うん。わるくないね」と言った。そのころ、まだ検査結果は出ておらず、妊娠の最初の通過目標ともいえる一二週めの終わりが近づいて、私はウキウキしていた。だから、マルヤの「一〇週めの誕生日」と称して、ムギワラギクの花輪の真ん中にティーライトキャンドルをひとつ置いて、お祝いしたのだった。

クリストフは、男の子だったらいいな、そうしたらスキーを教えたり、木を彫ったりして、一緒にグライダーを組み立てたりできるかもしれないからと言っていた。昔の自分の子ども部屋には、まだ五〇個ぐらいのミニカーがそのままとってあると言う。というわけで、私たちは男の子の名前を考えた。私が気に入ったのは、トム、またはルイス。でも、やっぱりどこかで女の子の名前が浮かんできて、「a（ア）」の音で終わる名前にしたいと思っていた。いつからだかわからないけれども、おなかの中の子どもは女の子だとずっと思い浮かべていた気がする。しばらくのあいだ、まだ架空の娘とはいえ、生まれたらこういう名前にしたいと決めていた名を、テレフォンバンキングのパスワードに使っていたくらいだ。

今回の血液検査の結果については、不思議なことに、全く心配していなかった。それまでに十分不安なことがありすぎたからかもしれない。ときには、自分の卵細胞のおかげで、不安のかたまりが居ついてしまったかのような気さえしたものだ。クリストフとの結婚式の当日には、それも教会に入場する予定の時間の一五分前になって、思いきりたくしあげた真っ白なレースのドレスに、出血のあとを見つけた。式の前に、わざわざカールさせた髪の毛の様子を、もう一回だけ鏡で確かめようとしていただけだったというのに。クリストフはもう先に教会に向かっていたし、父は中庭で、飾り立てた車の横で私を待っていた。車のボンネットの上には、花嫁用のブーケの色にあわせて白いガーベラが飾ってあり、うれしいサプライズだった。それなのに、自分の人生で最も高価なドレスをまとい、最も高価なヘアスタイルで耳の後ろに花飾りをつけた私は、小さな洗面所の中に立ちつくしていた。すべての喜びが消え去ってしまったかのように。

とにかく父の車に乗りこんだものの、式のあいだどうやってもちこたえればいいのか、自分でもわからなかった。ドイツ中からやってきた八〇人もの招待客たちが見ているというのに。クリストフには何と言えばいいのだろう。何も言わずにすませる？ 妊娠検査薬の白いスティックを手に寝室に駆けこんだ私を見て、クリストフが笑いながら、でも興奮した様子で「当たり？」と大きな声で言ったのは、ついその三日前のことだった。何年ものあいだ、待ちこがれていた瞬間だった。

式場に行く道の最後のカーブのところで、父に車を止めてと頼んだ。教会の階段まで、そしてこれから夫になる人や牧師が待っている場所まであと一〇〇メートルという交差点に立ち、私はマスカラのせいもあったけれど、とにかく涙をこらえるのに必死だった。そこにドロがやってきた。友人であり、結婚立会人を務めてくれることになっているドロが、海を思わせるような緑色のドレスを風になびかせて、私に近づき、どこに行っちゃったのかと思ってたよと言う。彼女は私を見つめ、話を聞いてくれた。ドロは、私がどんなに妊娠を待ち望んでいたかをよく知っていた。妊娠検査薬の判定窓に青いしるしが現れ、そのスティックを浴室の棚に証拠品として大事にしまったその朝に、私はまぶしい太陽の光を浴びながらバルコニーに立ったまま、すぐドロに電話したのだった。式の前日には、役所で婚姻手続きをすませたあと、シャンパンでお祝いすることになっていたのだが、一緒に計画をたてて、ほかの客人たちに気づかれないように、私のプロセッコ入りグラスをこっそり隠し、目くばせしながらオレンジジュースを手渡してくれたのもドロだった。

「もしこれでダメになってしまったら、どうしよう」と尋ねる私に、彼女は「ときには、自分ではどうしようもないことがある。そんなときには、身をゆだねるしかないんだよね」と言った。それが、何年も、ガンが再発するのではないかという不安をかかえて生きているドロが、そのとき私にかけてくれた言葉だった。

あとになってから聞いたことだが、私が耳元でささやき、一緒に教会に入場する前から、クリストフは、何かがおかしいと気づいていたそうだ。

人類遺伝学の医師と初めて電話で話したあの朝、おなかの中の自分の子に名前をつけた。ひそかに、私自身のために。この子が死んでしまうにしても、生きるにしても、この子には名前がいると、ふと思ったのだ。

「マルヤ」という名前を口にしてみる。今日はクリストフの家で、朝食をとりながら。結婚式のときのろうそくが燃え、私たちは向き合ってすわっている。このろうそくは特別な日にだけつけようと誓いをたててあった。このぶんなら、二、三十年はもつだろう。クリストフに再度たずねる。「この名前、気に入った？」。以前は、マルヤという名前は、黒い目をした、なんだか秘密めいた賢い女性というイメージがあって、作家や芸術家になりそうな特別な名前だと感じていた。

「障害のある女の子にもぴったりくる名前だと思う？」という私の問いかけに、クリストフは答えた。「もちろん。障害があるからといって、どうして急にピフィフィとかって名前にしなきゃいけないの？」。自分が恥ずかしかった。ダウン症の娘には、マルヤという名前はきれいすぎだし、前途有望に聞こえて期待しすぎだなどと、なんで思ったりしたのだろう。このときから、マルヤはマルヤとなり、私たちのところにいる。

二〇一四年一一月二四日
一三週と五日

ウィキペディアでダウン症候群を調べると次のように書いてある。「(ダウン症との結果が出た場合)出生前診断後に、九〇パーセントの母親が中絶している」。九四・五パーセントが中絶という数字を発表した研究もある。クリストフが言った。「残りの五パーセントになれたら、誇らしく思うよ」。

彼が、私たちの子どもに愛情を感じているのはうれしい。でもそれと同時に頭にもくる。理学療法や作業療法、言語治療などに付き添うことになるのはクリストフ、それとも私？　パートタイムでしか働けなくなるのは、ふたりのうちのどちらだろう？　これまでの仕事、今までどおりの生活を続けるために、奮闘しなくてはならないのは、彼なのか、私なのか？

道徳をふりかざすだけではどうにもならないはずだ。

クリストフと出会ってから一年半、結婚してから二カ月になろうとしている。一緒に暮らしたことはまだなくて、五〇〇キロ離れた、それぞれの職場がある町に住み続け、遠距離結婚生活を送っている。ふたりとも今の仕事に愛着があり、同じくらい気に入る仕事はそう簡単に見つからない。これからどうしたらいいのだろう。生まれてくる子どもが健康であったとしても、こうした生活を続けるのはむずかしいだろうけれども、不可能なことではないといつも思っていた。保育園というのはひどいところで、そんなところに子どもを預けるのは悪い母親だなどといった見方をしたこともなかったし、生後一年でまた仕事に復帰して、そのあとはどうにかなるだろうくらいに考えていたのだ。

でもこうなった今、いったいどうすればいいのだろう。障害のある子を連れて引っ越したりしていいのだろうか？　それも一度ではなく何度もすることになったとしたら？　とりわけダウン症の子どもには、安定した生活環境と日常生活が必要だという。それなのに、慣れ親しんだ生活から引き離したら、子どもは対応できないのではないだろうか。ドイツを横断して、ふたつの家のふたつの子ども部屋を行ったり来たりしなくてはならないとしたら、いったいどうなるのだろう。それも、自分の仕事が私にとって大切だという理由だけで。そう考えると、もう今から少し後ろめたい気持ちになる。そして腹も立ってくる。どうして、いつも私ばかり？　障害のある子と、私の仕事のキャリアをどのように両立させることができるのかとか、私が仕事で成功を収めることが、障害のある子にとってよくない影響を及ぼすのではないかとか、自分のことばかりで悩む。でも本当なら、クリストフも私も、ふたりとも、これまでどおりの生活ができなくなる覚悟が必要なのではないのか？　自分の生活はそれほど変えなくてもいいというのなら、中絶に反対する善良な人間を演じるのは、たやすいことだろう。

「ダウン症候群」の診断が出たことで、私は中絶のための「医学的適応」という条件に当てはまることになった。つまり法的に許されている中絶手術の通常の期限が、私の場合は適用されない。「妊婦の身体的あるいは精神的健康が重度に損なわれる危険」を防ぐためにはそれ以外に方法がないとされれば、妊娠一二週めを過ぎても中絶手術を受けることができる。そういう制度になっているとは知らなかった。まだ生まれていない子どもにどういう診断が下されたかは重要ではなく、その診断が母親にとってどういう意味を持つのかに重きを置く制度。

私に限っていえば、目の前に迫る恐怖心が、中絶手術の期限をいつにすべきかを自ずと決めようとしていた。より正確には、恐怖をある程度のところでとどめたいという思い。とにかく、（胎児が成長して）死産という形を取らねばならない中絶にはしたくない。

だとしたら、婦人科医に頼んで、「中絶手術」をしてもらわなければ。中絶をするのなら、早くしたほうがいい。一日ごとに、おなかの中の子どもは成長し、ますます重くなってくる。

二〇一四年一一月二五日

こんなはずではなかった未来に打ちのめされて、硬直したまま押し黙ってベッドに横たわっている自分がいる。毎朝、目を覚ますとそこにいる。まるで身体がすべての動きを忘れてしまったかのようで、動くことができない。自分の心の中が凍っているような冷たさを感じるときだけ、「Abbruch（本来の意味は「取り壊し、中断」だが、「中絶」の意味にも使われる）」について考えることができる。「Abbruch」というと、当たり障りなく聞こえる。欠陥が見つかったから、何かを取り壊す。そのほうが理にかなっているから、何かを中断する。まだ完成していないものを取り壊すのは、そんなにひどいことではない。でも、心の中に温かさが戻ってくると、違う言葉が出てくる。それは「この子を殺すわけにはいかない！」という悲鳴だ。「殺すだなんて」と父が言った。途方に暮れたような、そしてとんでもないことを言わないでほしいという表情だった。

まだ何も知らずにいた妊娠初期のころ、昼食にはいつもたっぷりの野菜が出され、冗談が飛び交った。父は、私の皿に大きなブロッコリーのおかわりをのせながら、ニヤニヤして「一二ミリの誰かさんのために」と言ったものだった。「鉄分をたくさん取らなきゃ」とも。超音波検査のとき、おなかの中の赤ん坊がまるで私に向かって手を振っているみたいに見えたよと話すと、母は、次の検診のときには一緒に行ってもいいかと尋ねた。今から三週間前、クリストフと私は家探しをしていて、ちょうどひとつ物件を見たばかりだった。私たちにとって初めて一緒に住むことになるはずの家で、実用的だし、家族で住むに適しているように思え、その物件に決めようということになった。実用的かつ家族向けの家などというのは、私にとって、つい二、三年前にはむしろ軽蔑したくなるような判断基準だったのだが、今回は、スタッコ塗装の施された古い住居から、多世帯向けの共同住宅に移るわけだから、(両者が極端に異なることを考えると)まるで通過儀礼が必要な引っ越しになりそうだと思った。なにしろ、新しい家には、地下乾燥室、ベビーカー置き場があるばかりか、前の通りの奥のほうには子どもの遊び場まである。浴室の不格好な金色の蛇口と、貝殻の形をした洗面台は大目に見ておこう、そのかわり、上の階に住むフランス人たちにも赤ん坊がいるようだし、明るい子ども部屋もあるし、私のジャック・ラッセル・テリアも飼っていいというのだから、本当に喜ばしい。こういう見方ができるようになったのは、自分たちが成熟した証だろうかなどと、勝手に思いこんだりしていたあの日から、まだそんなに時間はたっていない。ちょうどあのとき、母からSMSが来て「私の犬の孫はどうしていますか？　それよりも、人間の孫のほうは元気にしている？」とあった。三週間前のあのころは、まだこんな何気ないやりとりをしていたのだ。「フリーダは骨をくわえて、満足げにリビングを動き回っています。おなかのほうはちょっとおかしな感じ」と返事をした。下腹部にひっぱられるような感じがしたのだ。母には、無理しないでとにかくからだを大事にしなさいと言われた。

そして今の私たちは?

検査結果がわかり、私が父にそれを伝えたとき、父が最初に口にしたのは「その子のことを、それでもいとおしいと思うはずだよ」というはっきりとした言葉だった。けれども、そのときのくもりのない態度は消えてしまった。父と母の言葉の調子が変わりつつある。「一生背負うことになる責任」「その重荷」「いつまでも自立できない」といったふたりの言葉が耳に残ってしまう。「lebenslang(一生)」という言葉が、まるで「lebenslaenglich(終身刑)」のように聞こえる。

まるで一気に、理論上の損得勘定になってしまったかのようだ。解決策Aと解決策Bがあって、どちらのほうがいいかは明白だということらしい。もちろん、父も母もそんなことは言わない。でも、ふたりが言わんとしていることは言われなくてもわかっている。「健康な子どもではなく、障害のある子を選ぶなんて、どうしてそんなことを考えているのか」と言いたいのだろう。これではまるで、命の掘り出し物の売り場があって、そこにある品物をただ選べばいいと言っているようではないか。

クリストフと私だけが、ふたりの子であるこの子の今を一緒に生きている。そう思うと、とてもさびしい。

検査結果が出て数時間たってから、私は入院中の母に電話した。そのとき、涙をこらえることができなかったと母は言う。電話を切ってから、隣のベッドの女性に、泣きながら話した、あのときは涙をこらえることができなかったと。日にちが少したって、母は距離を置くようになった。私に対してではなく、私のおなかの中にいるこの生きものに対して。おそらく彼女自身、このふたつをどうやって区別すればいいのかよくわからないのだろう。

昨日、私が今まで住んでいた町の産婦人科に行くことになったとき、母もついてきた。クリストフの家からこの医師に電話すると、胎児を診察する必要があると何度も言う。私には彼が何を言おうとしているのか、よくわからなかった。今さら何を見るというのだろう？　障害があることはもうわかりきっているのに。でも、何年か前から知っている医師の診察を受けるほうが、知らない町のどこかのクリニックに行くよりは、気持ちが落ち着く気がした。

人類遺伝学の医師からの電話のおかげで、食べられるのを待っていた七面鳥ロールのランチが台なしになったあの日から一夜明けた次の日、父は絶望に抗う基本計画のようなものを、メールで送ってきた。件名は「考えたこと」。朝七時五八分送信。私がクリストフの家にいるので、あまり邪魔にならないようにメールという形にしたのだろうが、書面のほうが、自分の計画の全体像を確実に伝えることができると思ったのもその理由だろう。父は新居への引っ越しを手伝いたいという。冬服をスーツケースに詰めて運び、小さめの段ボール箱を用意し、引っ越し業者を探し、業者との日にち等の打ち合わせも自分がしようと申し出て、さらには、賃貸の開始を一二月なかばでなくもっと早い時期にしてはどうかと提案してきた。

賃貸の開始日、運送業者、日にちの打ち合わせといった言葉は、ザワザワと音をたてながら、私を素通りしていく。重要な日取りなどというものは、私にとってはもう存在しない。複数形はもう必要ないのだ。ただひとつの決断、そしてたぶん、ただひとつの予定日以外はもう何も意味を持たないのだから。
父がなぜこんな話を持ち出すのか、わかるような気がする。実務的な作業を引き受けて、私たちの負担を減らしたいという気持ちももちろんあるだろうけれども、それだけではなく、今こういうときこそ、クリストフと私がもっと互いに近づいて、同じ町のひとつ屋根の下で一緒に過ごしたほうがいいと思っているのだろう。すべての夢を打ち砕いてしまうようなニュースが、娘の新しい生活をも粉々にしてしまわないように、障害のある子をおなかにかかえたまま、あるいはもう子どものいなくなったおなかをかかえ、娘がひとりぼっちでどこかに取り残されないように、そして、その予防手段として、夫婦が同じ家の鍵を手にしていることが大切だと考えているに違いない。でも、いまの私には、もう一歩も動く気力がない。ただただ、目の前にある現実が重すぎて、押しつぶされてしまいそうだ。

父のメールには、絶対もう一度血液検査を受けるべきだと書いてあった。「もう一度」というところが太字になっている。「できる限りのことを」「どんなにお金がかかってもかまわないから」やるべきだと。実験室の助手が血液サンプルを取り違えたのかもしれないし、それがわかるなら五〇〇ユーロ払ってもいいと言いたいらしい。もしかしたら、検査結果は正常ではなかったかもしれないけれど、おなかの中の子どもは正常かもしれないとも。そういうケースもときにはあることを、私もどこかで読んだ。検査メーカーは、診断がはずれるケースは「とても珍しい」としており、私が知っている婦人科医も、自分のクリニックでそういったケースは今まで一度もなかったと言う。「胎児の21トリソミーに関する注意」と書かれた紙片には、「検査結果の確実性を高めるため、今一度医療機関で確定的検査を受けることを強くお勧めします。これは通常は侵襲的診断法によるものとなります」と記されている。侵襲的とは、たとえば羊水検査ということだ。でも私は、おなかに針を刺されるのはいやだ。

「ハーモニー」という名の新型出生前診断の方法がある。自分の血液サンプルを昨日、郵便局に行って検査機関に送ってきた。私の子どものちっぽけな遺伝子型のかけらが分析されているあいだ、私は再びただ待つことしかできない。

二〇一四年一一月二六日

ここ数年のあいだずっと、子どもが翌しいという夢を抱いていた。遠距離恋愛という関係性において妊娠したければ、愛情だけでなくロジスティクスの問題にも取り組まなければならない。ICE〔インターシティ・エクスプレス高速列車〕の時刻表、ふたりの予定表、そしてスマイリーをどうやって調整するかという問題だ。スマイリーは、薬局で購入できる排卵日予測検査薬の判定窓に現れて、排卵日を教えてくれる。それによって場所と時間を調整した結果、夜にふたりの住んでいる町の中間地点にあたる場所で会って、翌朝は最寄りの駅からそれぞれの職場に向かい、一日中コーヒーを飲んで夜中の一時まで遅番を務めるようなこともしょっちゅうだった。妊娠できるに越したことはない。だがとにかく、こうした試みをたとえ一カ月でも「中止」するわけにはいかなかった。

この生活サイクルが、自分たちの気力を奪うことになりかねないのはわかっていた。スマイリーがぴかぴか光ったら、「妊娠の可能性高し」となるのだけれど、思うようにいかずに、二週間後にはまたひどくがっかりして終わる。とはいえ、ハネムーンの予定さえ、それまでにもしかしたら待ち望んだように妊娠しているかもしれないと思い、その可能性にあわせて行く先や泊まるところも決めていた。長距離のフライトでアステカのピラミッドを見に行くのではなく、船に乗ってシシリア島に行く。ジャングルの中でテントを張るのではなく、貸別荘に滞在する。まだ先のことだけれど、そのころに妊娠している可能性がないとは言えないのだからと、自分たちに言い聞かせつつ。

そしてなんと、九月にあの妊娠検査薬のスティックが陽性反応を示したのだ。スティックを何日も取っておいて、判定窓の二本めの線を夢見心地で眺めたものだった。産科でパステルカラーの母子手帳をもらい、まるで勲章でももらったような気持ちで家に持って帰った。実際に受胎した日がいつなのかをわかっている人はほとんどいないので、医師は最後に生理が始まった日から計算して妊娠週数を決めるのだと知り、うれしくなった。私はいつが受胎日だったのか、もちろん知っているのだから。その計算でいけば、二週足して、もう四週めに入っていることになる。四週めのほうが響きもいい。

おなかが少しずつ大きくなっていくのが、誇らしかった。クリストフと一緒に、最初のふくらみを写真に撮った。夜になるとつわりで気分が悪くなったけれども、それさえも自慢したいくらいだった。親友であるドロから「抱卵してる？」というＳＭＳが届いたのもそのころだ。

「抱卵」こそ、その何週間かのあいだ私の生きがいだった。ハネムーンの初日、パレルモで、結婚式当日の出血に続いて二回めの出血があった。晴れ渡った、そしてあわただしい一日が終わりに近づいたころで、一回めよりもひどい出血だった。ホテルのフロント係であるフランチェスカが、私のためにイタリア語の単語をいくつかメモしてくれた。Gravidanza（妊娠）、5, 6 settimana（五、六週間）といった具合に。そしてタクシーを呼び、彼女自身が出産したことのある病院に行くよう運転手に命じた。

タクシー運転手は、病院に着くなり、上の階まで駆け上がっていった。ピンクのバスローブに身を包んだかがみぎみの妊婦と、つま先にスチールキャップの入った靴をはいたその夫の横を廊下に沿って通り過ぎ、工事現場のようなところに出てしまったが、そこで分娩室への行き方を指示されたので、私をジロジロ眺めるおばあさん、おばさん、親戚らしき女性たち、子どもたちなどのそばを通って、その階の一番奥まで大急ぎでたどりついた。これから父になるらしくそわそわしている男性の吸うタバコの煙が、お産を控えている女性たちの上をただよっていた。そこでやっと医師を見つけると、持ってきたメモを振りかざし、やっとのことでイタリアの診察用ベッドに横たわることができた。たどたどしいイタリア語で「バンビーノ、シー？（子どもですよね？）」と言うと、医師たちはニコニコしてうなずいた。その瞬間、これからはこの人たちの厳しい指示に従い、横になったままでいようと誓ったのだった。身を横たえたまま立ち上がらない。歩き回らない。地中海で泳いだりしない。そうすれば、今度また産科病棟で、どこかのおばあさんに出会って「トゥットベーネ？（すべてうまくいってぃる？）」と訊かれたとき、満面の笑みを浮かべることができるし、彼女が私の腕にやさしく触れてくれるかもしれない。そうなったらどんなにうれしいだろう。というわけで、このあと、私は車で村に出かけることさえしなかった。円頭石の舗装道路を走ったら、からだがひどく揺さぶられると思ったから。こうしたガマンのご褒美として、ハネムーンの終わりに、マルヤの心音を目にすることができたのだった。

ドイツに戻ってからも、数週間は医師の指示に従って、歯を食いしばり気丈に、そしていささか自己憐憫(れんびん)にひたりつつ、クリストフのアパートのソファに横になり辛抱強く耐えていた。外には秋の金色の光が広がっているのに、私はチョコプリンを手にひとりぼっち。『ハウス・オブ・カード』のシーズン1を見終わり、シーズン2に取りかかった。そして超音波写真に写る黒いかたまり、子宮内の血腫がそろそろ消えてくれればいいのにと願っていた。

おなかの中の生きものを、私たちは〝小さなマフィア〟と呼んでいた。ハネムーンを台なしにした血なまぐさいシシリア人というわけだ。クリストフの誕生日には、短いおとぎ話を書いて贈った。栄養素の不法取引に巻きこまれた胎児の話で、この小さな犯罪者は、週ごとに決められている発育基準値が気に入らず、大家を脅迫するのだ。「命が惜しかったら、オーソモレキュラーを渡せ」。

「オーソモレキュラー」という名の栄養サプリメントは一パック約五〇ユーロもする。脳の成長を促すというオメガ3脂肪酸、細胞分裂のための鉄分、骨形成のためのカルシウム、二分脊椎(にぶんせきつい)発症リスクを低下させるという葉酸などの成分が入った錠剤で、私は毎月購入している。パレルモの医師がくれた診察記録には、どこをめくっても「Minaccia d'aborto」(流産の危険大)と大文字で記してあるのだが、この書類をしまってある赤い厚紙のファイルには「バンビーノ」(イタリア語で「子ども」の意)という名前をつけることにした。

ずっと横になっておとなしくしていたあのころは、どうしてほかの妊婦たちはふつうの生活を送れるのだろうかとうらやましかった。でも今は、健康な子どもを授かることができるのなら九カ月間ずっと横になったままでもいいと思う。

今日は私の誕生日だ。母は、マッサージ券をプレゼントしてくれた。何が欲しいかと訊かれて、実現できそうな願いごととしてマッサージぐらいしか思いつかなかった。ろうそくを灯して、贈り物をのせるテーブルを用意したかったと母は言う。でも私は、今日が特別な日だなどと考えることさえいやになる。お祝いの電話がくるのがこわいから、携帯も部屋のすみっこにかたづけた。携帯が鳴っても出ずに、メールボックスにメッセージを残してもらえばいい。私は寝室、台所、リビングをウロウロし、ただ家の中を行ったり来たりするだけ。クリストフは今日は仕事で、ドイツのどこか遠くの町にいる。一〇時半に、超音波専門医に予約を取ってある。

専門医が測る値は、どれも正常値の範囲内だった。頭殿長(とうでんちょう)、NT(うなじあたりの皮膚の厚み。厚いと染色体異常の可能性がある)、腹部周囲長、どれも問題なし。鼻骨も「確認できる」。胎盤構造、頭蓋骨とも、気になる点はなし。全体的に「超音波検査によると、特に気になる点のない発育状態」なのだという。少なくとも今のところは。心臓疾患は、もっと妊娠週がすすんでから見つかることが多い。医師の記録には、21トリソミーの子どもが生まれる確率、いわゆる「バックグラウンド・リスク」の数字が書いてある。私の場合は一対一〇九。つまり、三九歳の妊婦の場合、ダウン症の子を産む確率は一〇九分の一ということだ。私は今日ちょうど三九歳になったばかりだが、もう少し低い確率がはじき出されている場合もある。とはいえ、もし誰かに、一〇九人の応募者のうちあなたには、賞品があたるチャンス、最高の家をもらえるとか、素晴らしい職場に採用されるチャンスがありますよと言われたとしても、まさか自分が選ばれることになるとは想像もしなかっただろう。

診察が終わった後、この専門医は、もし人類遺伝学の医師が行った血液検査の結果を事前に知らなかったならば、なんらかの疑いをはさむ余地があるとは全く思わなかっただろうと言った。今日の検査による超音波マーカーを考慮に入れれば、私がダウン症の子を産むリスクは一〇九分の一よりもずっと低いことになるのだそうだ。

「そんなに確率が低いのだったら……」と私が言いかけると、彼はさえぎるように言った。

「そう言っても始まりません。何分の一であれ、ひとりは確実に当事者になるわけですから」

血液検査は、私がまさにその当事者であることをはっきり示している。

二〇一四年一一月二七日
一四週と一日

昨日の専門医の言葉を思い出さずにいられない。彼は、私が診察台に横になっているあいだに、尋ねてもいないのに、障害のある子をもつ親の八〇パーセントは別れるという統計がありますとつぶやいたのだった。一〇年後の私はどんな生活を送っているのだろうかと考えてしまう。離婚して、シングルマザーとして仕事を続けて、四〇代の終わりにさしかかり、障害をもつ娘がいて、それでもまだ何人かの男性と知り合う機会はあるのだろうか?

ちょうど二カ月前には、結婚式の祭壇の前に立っていたというのに、今こうして離婚率について考えている自分がいる。シシリアで、私たちの「バンビーノ」を失うことになるのではないかと一緒に心配していたとき、クリストフと私はより強いきずなで結ばれていたと思う。パレルモで、病院からホテルに戻ってきたあと、母に「クリストフはとても優しくしてくれます」というSMSを送った。

「結婚してよかったと思える人です」とも書いた。別れないほうの二〇パーセントに入れると信じていいものかどうか。

二〇一四年一一月二八日

結婚式の前に知り合ったプロテスタント教会の女性の牧師にメールを書いた。「どうしていいかわかりません。クリストフは絶対、この子を育てたいと言っています。けれども、現実的に考えると、より負担を背負うことになるのは私のほうだと思うのです。かなり追いつめられているので、一度会ってお話しすることはできませんか。今日、あるいは水曜日、木曜日でも、お時間を取っていただけるでしょうか?」。

神学的な問いに答えてもらいたいのではない。彼女は現実に即して考えることのできる人だと知っているから、話を聞いてもらいたいと思ったのだ。ふたりの子どもの母親でもあり、熱意をもって教会の仕事に取り組み、髪の毛を赤く染め、とても小さな銀色の鼻ピアスをつけている。

夏にクリストフと一緒に彼女を訪ねたときは、集会所の庭で、太陽の光を浴びた芝生にすわって話をした。今回は、もう木々は葉を落とし、やってきたのも私だけだった。「自分の人生を二度と取り戻すことができなくなるのではないかと、こわいのです」という言葉が口をついて出た。

彼女は、私の気持ちを落ち着かせようとしてくれた。最初の二年間は、障害があってもなくても大きな違いはないはずですよ。ある友人の娘は一六歳で家を出て、グループホームに移りました。

自分の声が聞こえてきた。まだ生まれてもいない娘を、将来どこかに預けられないだろうかなどと考えている母親っていったい何なんだろう。だけど、私がほかの女性たちより欲張りなわけではないはずだ。私はただ、ふつうの生活、家族がいて、仕事をして、友だちがいて、ときには自分の時間もとれるような生活を望んでいるだけなのだ。私が知っている、子どものいる女性たちは、そして男性たちも、みなそういう生活を送っているではないか。

ドイツでは、仕事を続けながら、ダウン症でない子どもを育てるのだって、十分大変だ。女友だちが、夜子どもが寝てから仕事の続きをして、深夜になってもメールの返事を書いたり、報告書を仕上げたりしているのを目の当たりにしてきた。そうしておかないと、次の日の朝、歯磨きしなさいとみんなを追いかけまわし、子どもの靴紐を結び、パンにバターを塗るひまさえなくなってしまう。おまけに、自分が司会を務める会議の参加者のために、急いでシュヴァルツヴェルダー・キルシュトルテ〔黒い森のさくらんぼケーキ〕を焼くなどという芸当までやってのけるとなれば、時間の余裕はもっとなくなる。

「今度は、クリストフと一緒に来ませんか」と牧師に言われた。この週末には、彼のほうが私の町に来ることになっている。

帰り際に、彼女は二人めの子どもを妊娠したときの話をしてくれた。二人めはとても女の子が欲しかったのだけれど、超音波検査でははっきり男の子だと医師に言われたので、自分には生まれてくることのないだろう娘に、長い手紙を書いたのだそうだ。そうやって娘にさようならを言いたかったのですと、彼女は言う。そうすれば、息子の誕生を心から喜べるようになるだろうと思ったと。

そして赤ん坊が生まれてみると、なんと助産師が、女の子誕生おめでとうと言うではないか。医師の勘違いだったのだ。

いま自分のまわりで起きているすべての問題が、消えてなくなる可能性はあるのだろうか。消えてなくならないのであれば、私はどうやってさようならを言えばいいのだろう。

二〇一四年一一月二九日

自分の子どもだというのにおなかの中の子が、他人のような気がしてきた。彼女はきっとほかの障害者たちと同じような外見で、私の目とは全然違う目をしているのだろう。横長のフワフワした顔。親である私たちではなく、三本の染色体が彼女に影響を及ぼし、特徴づけることになるのだろう。「ない」という否定形の文章しか考えられなくなっている。彼女には、私の蔵書を譲ることはできないだろう。世界の政治状況について話すこともないだろう。私が年を取っても、彼女に世話をしてもらうことはないだろう。孫が生まれることもないだろう。マルヤが四〇歳か五〇歳で認知症になったらと考えると、気が遠くなる。ダウン症だと若年性のアルツハイマー型認知症が生じやすいという話を読んだ。死の間際になっても、一生面倒をみてきた我が子が、目の前にいるのは親なのだとわかってくれないなんて。

「少なくとも、極右になったり、麻薬中毒になったりすることはないよ」とクリストフは言う。そのとおりだけれど、ダウン症でなくても、そんなことにはならないと思う。よりによって私の娘が、極右や麻薬中毒になるはずがない。

ときどき、自分でもまさかこんなふうに考えるなんてというようなことが、頭に浮かんでしまう。そのうち小さな娘にかわいい服を着せてあげようなどと想像するのは無意味なのではと、突然思う。そんなことをしたら、まるで娘をふつうの子どものような外見にするために、変装させようとしているみたいではないか。どうすればいいかわからずうろたえたまま、こうあってほしいと想像する姿かたちに娘をはめこもうとする見え透いた試みというわけだ。そんなことをしたって、そしてどんなにかわいらしくても、娘が障害のある子であることに変わりはないというのに。

自分が描いてきたイメージを手放すのは、とてもむずかしい。私は、こうあってほしいという子どものイメージをどうしてもぬぐい去ることができないがために、自分の子どもに別れを告げるつもりなのだろうか。私にとっては、頭の中のイメージのほうが、おなかの子どもより大事なのだろうか。

結婚式のときに撮られた一枚の写真を、しばしば思い出す。ウェディングドレスに身を包んだ私が、友人の息子に向かってかがんでいる写真だ。私の手には、彼が庭で摘んできてくれた花束があり、その子の腕は私を抱きしめてくれている。パウルは六歳。そしてダウン症。私はちょうどこの三日前に、マルヤを宿していることを知ったばかりだった。

私はパウルのことをどれだけ知っているのだろうか。パウルの両親、パウル自身と知り合ったのはそんなに前のことではないけれど、それにしても私は彼についてあまりにも知らなさすぎる。知っていることといったら、パウルが、会えばいつでもハグしてくれるということ。やさしく抱きしめられるのが好きなこと。私たちがいると、あまりしゃべらないこと。オムツをしていて、ときどき排泄物をいじくりまわしてしまうこと。結婚式のとき、子どもたちが遊べるように用意したスペースで、母親と一緒に絵を描いていたこと。人ごみや大きな音が苦手なので、みんなが踊りだすころには、まだ夜も早かったけれど両親と家に帰っていったこと。でもパウルがどういう子なのか、一度だって本当に考えてみたことがあっただろうか。なかったと思う。

こうなった今、私にはいっぱい訊きたいことがある。でもパウルの両親には、マルヤの診断結果について話さないでほしいとクリストフに頼んだ。そんなことを言われたら、クリストフが困ってしまうのはわかっているけれど。パウルの両親と親しいのは彼のほうだし、彼の友人なのだから。パウルの父親が、息子に対する愛情について、次のような言葉を口にしたのを覚えている。「ポップスターとかノーベル賞受賞者になってもらいたかったわけじゃなくて、ただ子どもが欲しかっただけ」。今は、自分がかかえている疑念について話したくない。その結果自分について判定が下され、羞恥の念を抱かねばならなくなるのがこわい。恥ずかしい思いはしたくない。

アンネのマッサージ台は、私にとって隠れ処になっている。彼女の治療室は、私の家のすぐそばにある。クリストフは遠く離れたところにいるし、この町に戻ってきてからは、しょっちゅうアンネのところに逃げこんでいる。自分のからだが勝手な生き方を始め、スケジュールを決め、診断につぐ診断を求め、技術的装置の探知を受け、検査技師に分析され、医師の診断書に記録として残されていく中、こうして誰かにやさしく触れてもらうのは気持ちがいい。この治療室は静けさに包まれている。まだ下腹部が出てきているわけではないけれども、おなかを押される姿勢になりたくないので、仰向けに横たわることにしている。アンネが腕、足、かかとをさすってくれ、六〇分間の平和にひたる。

彼女が、親しい友人の息子で一六歳になるダウン症の子のことを話してくれるのに、私は耳を傾ける。その子は、ほかのティーンエイジャーたちと一緒に音楽活動をしているのだという。ある晩、彼がブレイクダンスの曲を披露したとき、アンネもその場にいたのだが、演奏後の拍手が本当にうれしかったようで、何度も何度もおじぎをして、差し出された手という手にハイタッチしてまわったのだそうだ。「何かしゃべったりしてた?」と訊いてみる。「うん」とアンネが言う。「ほかの男の子に、何か演奏して! って大きな声で呼びかけていたよ」。そのあと、ちょっとしたお祝いの集まりがあって、そこでは直接言葉を交わしたのだそうだ。「それって、ほんとに会話をしたってこと?」と訊く。「うん」。「その子の言ってること、よくわかった? それともすごくぼそぼそした話し方だった?」。言語、言葉という私にとってとても大切なものを、自分の子どもと共有できないだろうということが、一番心をざわつかせる。この二〇年間、友だちもボーイフレンドもいつも同じというわけではなかったし、住む町どころか、大陸でさえも、時とともに移ろった。でも自分の本、手元に置いてある本は、どこへ行ってもいつでも一緒だった。

ネットでたまたま見つけた『ミニ・ミー』というファッション誌の名前を、ふと思い出す。そこには、母と娘のためのペアルックというのがあって、たとえば「Aラインの木綿ドレス」が紹介されている。自分自身の〝かわいいバージョン〟を産みましたという幻想をかきたてる完璧なドレス。私と娘の場合は『ミニ・ミー』はありえない。余計な染色体のおかげで、冷静さを保ち現実にはっきりと向き合わざるをえないから、錯覚に惑わされることもない。

マルヤの存在によって、私は親の愛の究極の姿を学べるということか。何の要求も期待もせず、子どもが自分の人生を引きついでくれるというひそかな願いからも解き放たれて、ただただ「幸せであってくれればいい」と一途に真剣に望む親。

ひとりっ子の私に対する両親の期待も、ときには自分にとって重荷だったろうかと考える。

「私の場合は、何もかもがうまくいって、両親の自慢の娘だったと思う」とアンネに話す。毎年友人や親戚に送っていたクリスマスカードに、母はいつも、娘である私についてひとことふたこと触れていた。サンドラはいま学生生活を送っています、サンドラが就職しました、サンドラは特派員になりましたという具合に。で今度はどうするのだろう。サンドラはダウン症の娘を妊娠していますとでも書くのだろうか。それとも障害のある子は、クリスマスカードにはふさわしくない？

母も父も、マルヤは思い描いていた孫、家族の姿にふさわしくない気がするなどとは、決して口にしないだろう。両親がそんなことを考えているというのは、私の思いこみでしかないのかもしれない。ふたりは、あなたたちの「新婚生活」が、その重荷を受けとめることができるかどうか考えたほうがいいとは言ったけれど。

相談にのってもらっている牧師は、女性の集まりを開いていて、そこでこれでもかこれでもかと似たような悩みについて聞かされるのだと言う。何十年ものあいだ、言いたいことを言わずにためこみ、家族の関係がこじれ、健康なおとなたちが、父親との関係がむずかしい、母親に親近感を抱けないといった不満をかかえてもめる。ダウン症のひとが、両親といつまでももめているケースは聞いたことがないと彼女は言う。

私は子どもに愛情を注ぎたいし、子どもにも私を愛してほしいと思っていた。染色体が一本多すぎるおかげで、愛情のおまけという恩恵を受けられるのだろうか。はっきり言葉を話せなくたって、愛のない親子関係よりはいいのでは？

牧師はまた「ダウン症のひとたちは、計算ずくの愛情を示すようなことはしません」と言う。「いつだって今そのときの気持ちを素直に見せるのです」。思いとどまったり、見せかけの演技をしたりということができないから。ということは、親としては、愛情も受け取れるし、その愛には嘘があるのではないかなどと心配する必要もないわけだから、マルヤはまさに願いどおりの子どもということになる。

友人のダビッドのおかあさんのところに、定期的に電話をかけてくるダウン症の若い男性がいる。彼はまた、自分の家の近くで、障害のあるひともないひとも一緒に役者をつとめる演劇グループが二〇代の終わりぐらいで、親戚に養子として育てられた。電話をかけてくるたびに心のこもった「大好きです！」という言葉を聞けるので母は喜んでいるとダビッドは言う。

リハーサルをしているという話もしてくれた。「参加者たちはわざわざ集められたわけではない」し、恩着せがましく〃なんて素晴らしい！〃というような言葉を浴びせられることもない。新聞に劇評も載りそうだし、ひとりひとりが舞台上に居場所を見出している。リハーサルのあと役者たちが、みんな外に出てすわり、機嫌よくバゲットをかじり、気どらずに、でも自信にあふれた様子で一緒に過ごしているのをときどき見かけると言う。

ダビッドがそうしたリハーサル後の情景を描写しようとしているとき、どんな思い出を心に浮かべているのか、私にはよくわかる。私たちは二〇年来の親しい友人で、大学時代には一緒に演劇もやっていた。マルヤがいつか、劇場の前でそんなふうにバゲットにかじりつく仲間たちの一員になれたらいいと、もちろん思う。でも障害のある子どもには、本当の友だちができるのだろうか。マルヤは一緒にふざけあえる誰かを見つけることができるだろうか。それとも、ほかの子たちは、善意の母親が、あの子と遊んであげなさいというので、同情心から遊んでくれるだけなのだろうか。

小学校のとき、仲のいい女友だちと、夜中にパーティを開いたことがあった。「おちゃめなふたご」〔イギリスの児童文学作家エニド・ブライトンの人気シリーズ〕みたいに、毛布の下で懐中電灯をつけてポテトチップスを食べたものだった。八年生のときにはその子と一緒に、土曜日の午後、初めて子ども向けのディスコに行った。『ラ・ブーム』の映画音楽にあわせて初めてブルースを踊ったときのダンスパートナーだった男の子に熱をあげ、生まれて初めての恋をしたときも、彼女はそばにいてくれた。ドロとは、スリランカと中国南部を一緒に旅行し、星空の下、海岸で寝たり、蚊帳の吊ってあるホテルの部屋で、ゴソゴソ動きまわるゴキブリの数を数えたりした。そして言うまでもなくドロは、ウエディングドレスの店の試着室から写真を送り、「このドレスでいいと思う?」と助言を求めた唯一の友人だった。

マルヤは、どういう友人関係を体験することになるのだろう?

ドロには、知的障害をもった姉がいる。彼女は今、緑の広がる中にいくつもの作業所が連なるきれいな施設で暮らしている。そこには入居者たちのオーケストラまである。ドロと姉はときどき一緒に映画を観に行く。最近観たのは『アメリカン・ビューティ』。私がためらいがちに、そしてひどく正直に、健常者である兄弟と同じくらい障害のある姉を愛しているかと訊くと、ドロは全く迷うことなく「ヤー」と答えた。でも、子どものころは兄弟姉妹の間で「マイケは障害者！ マイケは障害者！」とはやしたてたりしたこともあると言う。

ドロにも子どもがいるので、「妊娠していたとき、出生前診断の検査を受けた？」と訊いてみる。ドロのことをとてもよく知っていると思っていたのに、この点に関しては何も知らないのが不思議な気がする。でも考えてみると、私が受けたような血液検査は数年前にはまだなかった。羊水検査をするつもりは全くなかったとドロは言う。そんなことをしたら、マイケの生きる権利を否定したかのような気持ちになってしまっただろうからと。

マイケは四〇歳ぐらいだと思う。ドロの家族が集まったとき、彼女に会ったことがある。小さな人の輪の中に入り、お客さんたちと言葉を交わし、みんなが踊ると、一緒になって踊っていた。健常者の男の人たちを好きになって、恋に悩んだことがしばしばあると言う。ダビッドに、そうしていつも振られてしまうのはひどくつらいのではないだろうかという話をすると、人生はそういうものだよと言う。誰だって、拒否されたり、がっかりしたりすることはあるけれど、それでも生きていくしかないんだというのがダビッドの答えだった。確かに彼の言うとおりだ。子どもをいかなる苦痛からも守ってやることなど、障害のあるなしにかかわらず、親である私にはできないことなのだから。

とはいえやはり、おとなになったマルヤの姿を想像することができない。

夜ベッドに入ってから、携帯のインターネットでダウン症の子どもの写真を探すことが多くなった。お風呂に入っていたりハイハイしている赤ちゃんや小さな子どもの、かわいい写真が見たい。携帯のスクリーンを動かしながら、どうしても気になってしまう。見ただけですぐダウン症だとわかるのはどの子だろうかと。ある写真集の表紙を見つけ、しばらく眺める。ダウン症で五歳のユリアーナと、仲よしであるらしいふたりの女の子たち。このふたりが、クスクス笑いながらユリアーナの耳元に何かささやいている。黒い髪をおさげに編んだ小さな女の子が鏡の前で歌っている動画も観た。ものすごくかわいい。それにとても幸せそうに見える。

二〇一四年一二月二日
一四週と六日

私たち三人は、それぞれティーカップを手にして、牧師の仕事机をかこんですわっている。そして、牧師が取り出したA４の用紙に、クリストフと私はこれからの生活設計を書き記していく。用紙の一番上の枠に、クリストフが黒いフェルトペンで「マルヤ誕生」と書く。日にちは五月二七日。計算上はそれが予定日だ。その下の枠には、「サンドラ－育児休業」「クリストフ－育児休業」「三人そろって引っ越し」「サンドラ－主な稼ぎ手」「クリストフ－パートタイム」と続き、二〇二一年八月までの生活プランができあがる。最後のところに、カッコでくくって「マルヤ六歳」と書く。そして、牧師立ち合いのもと、クリストフと私がサインをした。

このとおりに実行しようとすればかなり骨が折れることになるだろうけれども、お互いにとって公平な計画だ。私がただマルヤの母親としてだけ存在するのではなく、私自身として生きる可能性を残し、クリストフも娘のために犠牲を引き受けることになるからだ。

何日か前に、二回めの血液サンプルの解析を行っているカリフォルニアの会社に電話してみた。予想どおり、電話口の女性は、申し訳ありませんが電話での問い合わせには答えられないことになっていますと言った。検査結果がやっとドイツに送られてきても、なにも驚くような内容ではなかった。

二〇一四年一二月三日

クリストフとふたりでタクシーに乗り、羊水検査を受けに行く。外はまだ暗くて、通りを走る車も少ない。明かりのついた窓をいくつも通り過ぎていく。歩いているときに、こうした窓枠から漏れる明かりを目にすると、中をのぞきこみたくなる。そして、この窓ガラスの奥には、きっと満ち足りた笑顔でともに食事をしている家族がいるのだろうなどと、ときには想像してみたりする。友人のイーダは、明かりが漏れてくる窓を見ると、アドベントカレンダーのかわいらしい窓を開けたときみたいに、こじんまりときれいな光景しか目に浮かんでこないんだよねと、よく言っていた。彼女の言うとおりだなとは思うけれど、私は明かりのついた窓を見ると、しばしば、もの悲しい気持ちに襲われる。

タクシーを降りてから、予約した時間までまだ三〇分以上あった。クリニックの隣にベーカリーがあり、朝一番のコーヒーを買う人たちが出入りしている。私たちも、少しのあいだカフェに腰をおろし、私はべとべとと手にくっつくクワルクベルヒェン（フレッシュチーズを生地に練りこんだ小さな揚げパン）を口に運ぶ。

中絶するためには羊水検査による確認が必要だと、医師に言われた。血液検査がどのような結果を示していようとも、とにかく羊水検査による診断だけが真正たる証拠とみなされるのだという。検査を受ける気持ちになかなかなれず、何日も悩んだ。マルヤを産まないという決心がついたのかどうか、自分でもわからないし、もし産むつもりなら、マルヤを守っている羊膜嚢(ようまくのう)にわざわざ針を刺すようなことを、なぜ承諾してしまうのか。ドイツ連邦保健省の健康教育センターの印刷物には、この検査を受けた女性の一〇〇人から二〇〇人に一人は流産する可能性があると書いてあった。本当にダウン症なのかどうか確かめずにはいられない私の不安な気持ちのためだけで、自分の娘の命を危険にさらしたりしていいのだろうか。

私がアドバイスを求めると、イーダは、経験豊富な医師ならば問題が起きる可能性はきっと平均より低いはずだと言った。それにと、彼女は付け加えた。親の権利というものがあり、子どもの権利というものもあるわけだけど、そのふたつはしばしば相いれないものなのだろうと。イーダには三人子どもがいて、私がとても子どもを欲しがっていたのも知っている。もうかなり前のことだけれど、彼女に受胎と妊娠に関する本をプレゼントしてもらい、私はパラパラとページをめくって目を通すなり、薬局に走り、白い容器に入った葉酸サプリメントを購入したのだった。「フォルテ」という名のサプリで、「妊娠を望む方、そして妊娠一二週までお使いいただけます」という説明がついていた。イーダは本当のところは、〝マルヤの側〟に立っているはずだ。それにもかかわらず、彼女が〝私の〟権利ということをはっきりと口にしてくれて、気が楽になった。母親としていったいどこまで何をすることが許されるものなのか、私にはわからなくなりつつある。

でも、決定的な証拠がないと、自分の中に残っている願望をずっと引きずったままになるだろうということは、私にも予測がつく。そうではない可能性がどんなに高いといわれていても、子どもが誕生するその瞬間まで、私の娘は健康な子として生まれてくるかもしれないと、ひそかに願い続けるに違いない。生まれたばかりの子どもを見て、まず最初に抱く感情が失望でしかないという状況にだけは、絶対したくないと思う。

だからこそ、この冬の朝、もうすぐ七時という今このときに、ここにこうしている。前回の診察のとき、医師を前にして自分が言った言葉が頭を離れない。「もし流産したら、ちょっとだけホッとするかもしれません」。今日医師の顔を見たらすぐに、この発言を撤回しなくてはと思う。マルヤに危険が及ばないようにベストを尽くしてくださいと、頼まなくては。食べずにひとつ残ったクワルクベルヒェンをティッシュに包み、コートのポケットに入れる。

ビルの上の階にある診療室に入ると、医師が、お連れ合いの手をとって、もし針を感じたら、ぎゅっと握ってくださいと言う。おなかに針を刺される直前に、自分の口をついて出てきたのは「私たち、この子を産んで育てたいと思っています」という言葉だった。私の子ども、初めての子ども。そしてぎゅっと目をつぶる。

そして検査後は、言うまでもなく、またソファに横になり、からだをいたわって、指示どおり、出血を防ぐためシャワーも浴びなかった。まるで母たるべきものの振る舞いそのものだ。

二〇一四年一二月四日

「医者が、超音波の画像を僕たちに見せる時間が長かったのに気がついた？」とクリストフが言う。

もちろん私も気がついていた。昨日、医師が羊水採取を行ってから、私は診察台に横になったまま、そしてクリストフはすぐ横の椅子にすわり、いったい何秒ぐらいのあいだ、ふたりとも超音波モニターを見つめていただろうか。三〇秒ぐらいか、それとも一分だったのか二分だったのか？ 医師のほうでは、穿刺（せんし）がマルヤを傷つけることなく無事にすんだのを確認し、少なくとも診察は終わっていたはずなのだが、モニター上には、左側を頭にした胎児の輪郭がまだ映っていた。クリストフも私も、自分たちの子どもの姿に釘付けになったままだった。

「あの医者はわざとモニターをつけたままにしておいたと思う？ それで僕たちに何かを伝えようとしていたとか？」とクリストフが訊く。私は肩をすくめてみせる。もし私たちがマルヤを産まないと決心するのであれば、お別れのための一枚として超音波写真を手渡すつもりだったのかもしれない。あるいは私たちに訴えかけたかったのもしれない。見てごらんなさい！ これがあなたたちの子どもですよ。こんなにぴんぴんと元気いっぱいでしょう。よーく考えてください！ 医師の顔をじーっと見つめてみたけれど、その表情からは本心を全くうかがい知ることができなかった。

彼に、中絶手術を行いうるギリギリ最後の日にちはいつなのか、どうしても教えてほしいと頼んだ。もっと時間が欲しい。まだ決心がつかない。でも手術ができる日にちを過ぎて、マルヤを人工的に死産させるのも耐えがたい。医師は、一二月一一日までなら待ちましょうと言った。これから七日間のあいだに、自分の人生において最も困難な決断を下さなくてはならない。

昨日の午後、母からＳＭＳが届いた。ちょうど父から、私が羊水検査を受けに行ったことを聞いたという。「検査がそれほど大変ではなかったようでよかったね。愛をこめて。ゆっくり休んで」とあった。彼女が娘との間にもっと会話が欲しいと思っているのは、わかっている。母にしてみたら、自分の子どもがむずかしい状況に置かれているのを知っているわけだから。でも、今は距離を置きたい。何かあれば母に知らせ、電話もかけるつもりだ。けれども、まず、これからどうするのかについて、クリストフと私の間に合意を見出すのが先決だ。マルヤのことは、私たちふたりの問題なのだから。

とはいえ、まずは私自身がひとりで決断しなければならないのだと、今までにないほどはっきりと感じている。しかも、正しい決断を下さなくてはならない。そういう決心をしたという事実を、私が一生背負いきれるという意味で、正しくなくてはならないのだ。そしてその事実と向き合わなければならないのは、ほかの誰でもない私なのだ。

母には「今のところ大丈夫。今日の夜か明日結果が出ます。でも宝くじの大当たりは期待しないほうがいいと思う」と返事をした。

「羊水検査に基づく分子遺伝学的診断法に関する人類遺伝学的所見－患者番号Ａ／７８３／14。診断－21トリソミーが分子遺伝学的に確認される」。

クリストフは今日、車を見に行った。彼が暮らしている町への私の引っ越しのために、とにもかくにも車が必要なのだが、クリストフはフォルクスワーゲンのキャディが欲しいと言う。スキーも段ボール箱も、そしてベビーカーも何もかも積みこめるような車、家族向けの車というわけだ。

中絶の可能性を私が口にすると、クリストフは、できることならマルヤと私の間に割って入りたいと言う。そう言ってくれることには感謝している。違う態度を取る父親たちだっているのだから。あるセラピストは、「もし自分だったら、妻に〝なにもそんなに悩まなくたっていいよ。僕たち、もっとうまくやれるはずなんだから（中絶すればいい）！〃って言うと思いますね」と電話口で言った。私に対して、この問題に関する個人的な意見を口にしたのはこの人だけだ。それまでは、それなりに信頼できる人だと思っていたけれど、この言葉を聞いてからは、もう電話しないことにした。彼の意見が自分のそれと相いれないからではなく、その物言いに、相手に対するリスペクトを感じることができないからだ。

ファミリー・コンステレーション〔家族療法セラピーの一種〕のセミナーで知り合った女性のことを、クリストフが話してくれた。彼女は、すすり泣きながら、セミナーの場に、中絶して亡くなった子どもの写真を持ってきたと言う。妊娠、中絶はもう何年も前のことだったらしい。クリストフは、君もそういうふうに苦しむことになるかもしれないよとは言わない。中絶して死んでしまった子どもが、ふたりの仲を引き裂くことになるかもしれないなどとも言わない。脅すような口調ではないし、彼の声からは、悲しみばかりが聞こえてくる。でも、やっぱり脅されているように思った。少なくとも、彼が言いたいことは、私にも伝わった。ここ何日か、あてにならない統計のことばかり考えているような気がする。障害のある子どもを持つ両親の八〇パーセントは別れるというけれど、では妻が中絶したあと、別れるカップルはどのくらいいるのだろう？

二〇一四年一二月六日

不思議だ。ダウン症をもって生まれてくるかもしれないのが娘で、息子でないことに、ホッとしている自分がいる。将来私が世話をすることになるはずの子どもが、女の子だと想像したほうが、気が楽になる。だからといって、女はそもそも保護を必要とする存在であるなどと考えているわけでは、もちろんない。

自分の立ち位置はどこにあるのだろう？ 私は自分のことを、自立した自由な女だと思っている。仕事をするようになってから、男たちが群れをなして、女の前に立ちはだかることへの怒りが大きくなった。家族持ちに配慮した労働時間、男女同一賃金、男女の昇進機会均等、保育、父親と母親に対して平等な仕事のモデルなど、いろいろな問題に関して、改善を求め、街頭に出て直接声をあげたいと思う。そして、ドイツでは女性が中絶できるというのも、正しいことだと考えている。

それでも、どうしても何かひっかかるものがいつもあった。「ほかのひとの自由が始まるところで、自分の自由は終わる」という原則は、適切な考え方だと思うのだが、女性が妊娠しておなかの中に子どもがいる場合は、この原則が適用されなくなるのだろうか？ 自分の考え方は、かつてのフェミニストたちとは違うのかもしれない。私にとってマルヤは、自分のものである自分のからだの一部分にすぎないものでは、決してなかった。マルヤ＝私であったことはなく、いつも彼女独自の存在だった。相談所のサイトには、中絶の方法が説明してあり、〝妊娠組織〟という用語が使われているが、この言い方はおかしいと思う。これではまるで、妊婦のほかに、もうひとつの存在である胎児がいるという事実を覆い隠そうとしているかのようだ。でもだからといって、どうだというのだろう？ 自分の中にいる命について、私ではなく、誰かほかの人が決断を下してもいいと、私自身が思ってしまっているとでも？ この命は、ほかならぬ〝私の内部〟にいる。それとも、〝妊娠組織〟というこの医学用語は、適切な表現であり、そうではないと思ったりするのは、ただ重荷を引き受けすぎ、感情に振り回されて、ものごとが実際以上におおげさに見えてしまうからだけなのだろうか？　私が自分の腹部に目を向けるとき、それはまさに私自身のまなざし以外のなにものでもないとわかっている。一九歳で、妊娠したくないのにしてしまったのではなく、私は三九歳でやっと妊娠したのだ。はっきりとした境界線が溶け去っていくのを感じる。突然、最も根本的な問いを突きつけられる。ひとはいったいいつからひとになるのか？

「胚を守る羊膜腔（ようまくこう）を見ただけでも、もううれしくてしょうがなかったよね」とクリストフが言う。本当にそうだった。パレルモの旧市街にある、風雨にさらされて傷んでいるバロック風の教会の中に、マルヤのために一本のろうそくが燃えている。イタリアの女医が、超音波写真の中に、“una struttura（胎嚢（たいのう））”を見つけてくれたことへの大いなる感謝の気持ちをこめて、灯したろうそくだ。そのころからもう自分たちの子どもだとみなしていたこの細胞のかたまりが、出血したあともまだそこにいてくれたことが、本当にありがたかった。この時、まるで奇跡のように、私たちの生活に寄り添うことになるいくつかの用語を覚えた。「羊膜腔」もそのひとつだった。

妊娠が、かつて、これほどまでに監視され、すみずみまで透けて見えるような出来事であったこともなければ、これほどまでに仰々しく、度を過ぎた扱われ方をされたこともなかった。本棚いっぱいの妊娠関連本、インターネットにあふれるあらゆる段階の胎児情報。私も、ドイツ連邦保健省健康教育センターのパンフレットに、何度も何度も目を通し、クリストフが夜、家に帰ってくると、腹部発の新情報を誇らしげに告げたものだった。「考えてもみて。妊娠七週めに入ると、睾丸がテストステロンを分泌し始めるんだよ！」 そのころは、マルヤはまだ〝小さなマフィア〟ということになっていて、ひたすら男、男と思っていたから。

ある産婦人科医は、超音波検査のことを〝テレビ〟と呼んでいる。どこの産婦人科クリニックに行っても、フラットスクリーンが壁に取り付けられていて、まるでソファに横になっているかのように、仰向けの姿勢のまま、子どもの姿を観察することができる。八週間になると胚は、インゲン豆ひと粒くらいの大きさだと、インターネットに書いてあった。九週間だと、ブドウひと粒ぐらいになる。でも、ホームシネマのフォーマットだと、胚がとても大きく映り、それはまだ赤ん坊ではないと言われても、どうしてもそう見えてしまう。特に、その存在について、もうすでにあまりにも多くの知識を得ていたのなら、なおのことむずかしいのではないだろうか。一〇週めを過ぎたときには、「もう胚ではなくて、立派な胎児なんだよ」と厳かに宣言せずにはいられなかった。三カ月めに入ると、腕や足を動かし、指紋もできてきて、顔もどんどん顔らしくなっていく。

ブドウひと粒のときならまだしも、モニターいっぱいに映り、手足をばたばたさせているのを目にしてしまった生きものを中絶できるだろうかと考えてしまう。クリストフは、まだ胚だったマルヤの画像を、スクリーンセーバーとして使い始めた。九週間と六日、三三ミリの人間の超音波写真。妊娠が、さりげなく、なにげなく進行していくという時期は過ぎ去ってしまった。

妊娠検査で陽性が出てからというもの、もちろんアルコール類はいっさい口にするのをやめた。チリコンカルネに赤ワインを入れることさえご法度とした。サラミもあきらめることにして、結婚式の直前になってから、お祝いの会場に予定していた農場に電話を入れて、ビュッフェのメニューを変更してもらった。「生乳チーズなしでお願いします！」トキソプラズマ症やリステリア症、サルモネラ菌についての情報はすでに頭の中に入っていたというわけだ。婦人科の医師がくれたパンフレットには「食品を通しての感染」という章があり、〝用心のため妊婦が避けたほうがいい食品〟という欄を見ると、三〇項目の食品名が並んでいた。というわけで、とにかく用心には用心を重ねて、洗っていなかったり熱を通していない果物が入っていては困ると思い、スムージーもミルクセーキも飲まないことにし、カウンターからサラダ菜を取るのもやめたし、ふたをしていない器に入ったモッツァレラのオイル漬けも、メットヴルスト〔生の挽肉を加熱せず熟成させてつくるソーセージ〕も食べず、ステーキは十分焼いたもの以外は口にしないことにした。まるで自分がどこかの風変わりなカルト集団の一員にでもなったような気がしたものの、トキソプラズマ原虫の侵入を防ぐためなら、革のようにかたい肉をガリガリと噛み続けるのもいとわなかった。こうした私の様子を目にした母はひとこと、「あなたがおなかにいるとき、そこまで気は配らなかったけど」とつぶやいたものだった。

でも私としては、選ばれし者のひとりであることを楽しんでいたし、もちろんそういう自分へのいささかの自嘲もあったとはいえ、九カ月間に及ぶこの異例の事態の演出に参加することにやぶさかではなかった。ショッピングのついでに、いよいよ〝ママ・モード〟の店に向かうエスカレーターに乗ってみたいと思った。なにしろ、このごろはマタニティウェアという呼び方はせず、〝もうすぐママになるあなたのためのベストベーシック〟とか、〝ママのためのデニム〟などというのが売られているのだ。あのころの私は、妊婦のためのヨガコースにさえ申しこみかねなかっただろう。

そして、なんとケイト〔英国王室キャサリン妃〕と同じときに妊娠中というおまけまでついたのだった。

今年の秋は、侯爵夫人と新しい〝ロイヤルベビー〟の話題があふれていて、もうみんないいかげんうんざりというときにも、つわりがひどくて外出を控えているとか、赤ちゃんは春生まれになるとかいうニュースを聞くと、なんだ、私と同じじゃないと思ったものだ。そうそう、つわりのときはきついよね。四月が予定日なんだ、私は五月。ケイトも私もふたりとも妊娠中……ふだんは、ヨーロッパの王室の動向など、全く興味がないというのに。

そして、グーグルを使って助産師探しに精を出した。友人のひとりが、絶対助産師を見つけなきゃ、誰にだって、かかりつけの助産師がいるんだからと解説してくれたのだ。それはもう、助産師という言葉の響きからして、太古の昔から何世代にもわたって伝えられてきた知識を彷彿とさせるし、女にしかわからないことだ、きっと役に立つと思うと、母に話したところ、彼女は私のことを困惑したような表情で見た。私が妊娠していたときは、誰もわざわざ自宅に様子を見に来てくれたひとなんかいなかったけど、そういう訪問サービスって高いんじゃないのと訊く。「医療保険が払ってくれるんだよ」と私。念のため超音波検査の専門家も探しておいて、自然に任せるといった方面は助産師に頼んでおけば、お産はきっとうまくいくはずだ。

南米に長くいたという若い金髪の助産師に決めた。しっかりしていて、仕事のできそうなひとに思えたからだ。彼女のホームページの冒頭には、筆記体の飾り文字が、カプチーノのような琥珀色に浮かび上がっていて、「天空が一瞬息をとめ、新しい星が輝き始める」とある。この引用文は、確かに目についたし、陳腐な気がした。でも、魔法とキッチュというのは、つまるところ、いつも隣り合わせなのではないだろうか。

クリストフの住んでいる町と自分が住んでいる町の両方に、行きつけの医師がいるが、その医師たち同様、私自身も、奇跡ともいうべき事象の商品化に、すすんで貢献した。あるクリニックに置いてあったチラシで見てからというもの、我が子の３Ｄの超音波写真を目にするのを楽しみにしていた。この写真は「個別健康保険給付」（保険が適用されず自己負担が求められる）なのだが、まだ産まれぬ子どもと母親のつながりを強めることにもなるのだとか。すすんで自己負担に名乗りをあげたとはいえ、もちろん、安い代物（しろもの）ではない。特殊なコンピューターソフトウェアが生み出した、すさまじい計算能力に基づくこの３Ｄ写真には、約一〇〇ユーロという値段がつく。それどころか、〝スペシャル・ソノ・パッケージ〟と称して、妊娠の最初から最後までのもろもろの超音波検査をパッケージとして提供するクリニックもある。まず、初めて心臓が動いたときのビデオクリップがＵＳＢメモリーに保存され、その後も毎回このメモリーを持参して、ビデオの数が増えていく。そして、もし二〇週前に流産した場合には、スペシャル・ソノ・パッケージの値段は半額になるのだそうだ。

あのころは、もう少ししてから、こういう３Ｄの超音波写真を、両親にプレゼントしてもらおうかなど考えたりしていた。３Ｄは、二六週以降になってからのほうがおすすめですということになっていた。そのほうが、子どもの姿かたちがよく見えるからだそうだ。ところが、自分の誕生日に、まだ一四週のマルヤの３Ｄの写真を受け取ることになった。血液検査の結果はもう出ていた。私の腹部から音を拾っていた、出生前診断の専門家である医師は、写真を印刷し、私に手渡した。ただなにげなく。

検査中は、まるで胸に岩のかたまりが乗っかっているみたいだなどと言っていたのだが、写真を渡されてみると、そこには、私の子どもであるマルヤが、初めて、その生き生きとした姿で映っていた。顔はなんとなくそのふくらみ具合ぐらいしかわからないものの、からだの形は、どう見ても赤ん坊だ。それまで見てきたような、輪郭だけを示す、冷たい感じのする白黒写真ではなく、赤とベージュの色合い、赤ん坊の色に染められた赤ん坊。自分の人生で、一番悲しい誕生日プレゼント。

「ママ産業」とも呼ぶべき一連のビジネスに鼓舞されて、新たな母子ロマンスとともに登場したのが、この検査なるものであり、これは現代の出産をめぐる負の側面にほかならない。パンフレットが説明し、クリニックのサイトで紹介されている検査により、妊娠のすべてがガラス張りになるのだ。なんという誘惑だろう。何らかの問題がある可能性を消去するために、検査に行くはずなのに、検査を終えて帰ってくるときには、気持ちがぐらぐらと揺さぶられている。かくいう私も、数えきれないくらいたくさんの用紙にサインをし、知らないでいる権利を放棄した。それも自由意志で。

すべてが順調な場合、どの妊婦も、法律上、三回の超音波検査を無償で受けられることになっている。妊娠期間を三つに区切って、一回ずつ受けに行く。でももし本人が希望すれば、「初期三カ月スクリーニング」という検査を予約できる。これは、NT測定と組み合わせた検査値の分析で、私が通っていた婦人科では一七〇ユーロという値段がついていた。一五〇ユーロ出せば、追加の超音波検査を受けることもできる。二〇週、二一週以降になると、特別に臓器を調べる超音波検査も可能になる。自費で料金を払う用意があるという条件付きではあるけれど。医学的見地から必要であるとみなされたときに限り、医療保険が費用を負担することになっている。

私の場合は、あるパンフレットの中にあった短い枠組みの情報に目をとめたのが、すべての始まりだった。そこで、初めて新型の血液検査について知った。自分が、推定的事実、可能性云々といったことに満足できる人間でないのは、よくわかっていた。まぎれもない明確さをもって知りたい。でも子どもを危険にさらすようなことはしたくない。だから、絨毛(じゅうもう)検査を受けてみてはどうかという産婦人科医の提案は断った。細胞を採取するために、形成途中の胎盤に注射針を差しこむなんて、想像しただけでもいやだった。流産のリスクも、羊水検査と同じか、もっと高いぐらいだ。

新型の検査には、プラエナ、ハーモニー、パノラマという三つの選択肢があった。プラエナを選んだのは、血液サンプルの分析が、アメリカではなくドイツの研究室で行われるとあったからだ。ドイツのほうが信頼が置けそうな気がした。というわけでまずは、人類遺伝学のクリニックに予約を入れた。遺伝子診断法により、遺伝子検査を受ける当事者は、検査前および検査後に結果が出てから、専門家のカウンセリングを受けることが義務づけられている。

遺伝学の専門医の診療室は、象眼細工の寄せ木張りの床に、アンティークな家具が置かれ、壁には芸術作品が飾られていた。開いたままの引き戸の横には、ひとの背丈ほどの木彫像がある。彼女からは、後日、決して忘れることのできない電話をもらうことになる。ここは、医師のクリニックのようには全く見えず、カクテルパーティを開いてもおかしくないような部屋ばかりだった。私たちは、デスクをはさんで彼女と向き合ってすわり、家族の病歴について話した。彼女は、ふたりの家系図を、小さな字で走り書きしたあと、心配するようなことはなさそうですね、遺伝学的にみると、問題になりそうなことは、どれもとても離れたところでしか起きていませんからと言った。ぶ厚い本を目の前にひろげたまま、遺伝物質と突然変異について、彼女が手短(てみじか)にレクチャーするのを、私は興味深く聴いていた。劣性、優性といった単語は、二〇年前に受けたアビトゥア〔ドイツの高校卒業・大学入学資格試験〕の生物の口述試験を思い起こさせた。メンデルとエンドウ豆、赤い花、白い花。トリソミーの種類について語るこの遺伝学専門医が、「胎児が生きのびるのには無理がある」という言い方をしたとき、息が苦しくなった。

彼女は私の血液を採取し、私は自分の口座情報を渡した。一〇〇ユーロの〝エクスプレス・サービス〟込みで、七四五ユーロ。このサービスをつけると、通常なら結果がわかるまで二週間かかるところが、七日間で通知を受け取れる。

診療が終わってから、子どもはいますかと、彼女に訊いてみた。いますよ、という答えが返ってきた。作り笑いをしながら、「出生前診断は受けましたか？」とさらに尋ねる。おかしな質問だと言われればそうかもしれない。それは彼女の仕事なわけだから。遺伝子専門医はかるく笑みを浮かべて、「受けませんでした」と言った。

外科的中絶手術がぎりぎり可能な日まで、あと五日。

二〇一四年一二月七日

荷物を整理して段ボール箱に詰めているとき、古い一冊の本が目に入った。『あなたのやりたいようにやりなさい！』というタイトルで、誰にもらったかも覚えていない。こういう手引書の類はほかには持っていないし、本棚のどこかにずいぶん長いあいだ置いたまま、まだ目も通していなかった。

それを二時間かけて読んでみた。四六ページに載っているアドバイス。解決策を求めているときは〝未知の頭脳〟に尋ねてみなさいという。文字どおり、そう書いてある。つまり、相手にとって何がいいのかわかっているつもりになっている親しい人物ではなく、よく知らないひとのほうが、新しいアイデアを与えてくれるかもしれないから、美容師とかタクシー運転手とか、誰でもいいから、とにかく話をしてみなさいということらしい。

私が今まで住んでいた家の向かいにある肉屋で、さっそく試してみることにした。ここは、この二年間近く、編集会議に行く前に、朝いつも、肉をはさんだブレーチェン〔小さな堅焼きパン〕を買っていた店だ。そして毎朝、ちょっとした会話を交わしていた。忙しい？　まあね、今日はレバーペーストじゃなくてコーンビーフにしてもらえますかといった具合に。私が、いろいろなソーセージの加熱温度などを尋ねるようになったものだから、妊娠していることがバレてしまい、店主は今日も、体調はどうかと訊いてくる。21トリソミー、ダウン症という診断が出たと言うと、妻の姉もダウン症だよという答えが返ってくる。そう言ったときの彼の声の調子が、それまでとなんら変わったところがないのに気づく。小声でしゃべるわけでもなく、困惑した響きもない。妻の姉は話すのも読むのも上手でねと言ってから、店主は続けて「ローストポークに塩はかける？」と訊いてきた。

婦人科の医師に三つの質問があった。まず、診察室で横になっているとき、子どもはいますかと尋ねてみる。四人いますよという答えを聞き、安心する。どうして彼の家族構成など知りたいと思ったのか、自分でもよくわからない。たぶん、バランスをとってくれる支えのようなものが欲しかったのだろう。四人も子どもがいる父親ならば、中絶するときも、冷淡な態度で、私の子どもを手技の対象として、無造作に扱ったりはしないことが保証されるとでもいうかのように。そして、もしかしたら、彼が、一瞬でもいいから、その友好的な、そして公正であることに重きを置く態度をかなぐり捨てて、私がどういう決断をしたらいいのか、どんなものでもいいから、なんらかの方向性を示してくれたらと、願っていたのかもしれない。

ふたつめの質問には、面倒な前置きをくっつけた。「私の友人が、中絶の外科手術の話をしたとき、「わらを刻む」というような言い方をしたんですけど、つまりその、吸引するんですよね？」「そうです」。「でも吸引するためには、何らかの方法で、小さくしないとダメなわけですよね？」。医師はうなずき、「そういうことです」と言う。

クリストフがある晩、グーグルで、中絶に関する写真を検索していたのを思い出す。そのあと彼は、私に対し、絶対こういうものは見ないようにときつく言った。

友人のダビッドの連れ合いは助産師だ。彼女は、当事者である妊婦たちにとって、胎児を手術的処置により中絶するよりも、死産というかたちをとり、その姿を見るほうが、精神的に向き合う上で助けになると言う。ひょっとして、本当に彼女の言うとおりなのだろうか？

三つめの問いは、医師に、あとから電話で訊いてみる。中絶すると、そのあと妊娠するのがむずかしくなりますか？　ふつうはそういうことはありませんと医師が答える。ただ、三九歳という年齢を考えると、その後また妊娠しようという気持ちに、どれだけすぐなれるかということと、もし妊娠したくなっても、うまくいくかどうかという問題はあります。年齢が高くなるほど、流産のリスクも大きくなりますから。クリストフは、もし中絶したら、その後すぐまた子どもをつくろうという気にはならないだろうと思うと言う。

私が子どもを産むチャンスは、もしかしたら、マルヤ以外にはないのかもしれない。

二〇一四年一二月八日
一五週と五日

「さっさと相談所に行ってらっしゃい。でないと、みんなが自分の意見を押しつけてくるでしょ！」とイーダが言った。誰もかれもが、このテーマについてそれぞれ意見を持っているけれど、この段階で、何が正しいのかは誰にもわからない。とくに、自分がこれまで、そういう状況に置かれたことがなかったらね。それに、と彼女は付け加えた。誰が何を言ったか、とりわけどんな言い方をしたかっていうこと、絶対忘れられないと思うから。

イーダの言うとおりだ。私にとって、言葉というのは、これまでも、危険な放射性廃棄物の半減期と同じくらい長いあいだ、消えてなくならないものだった。今回も、ひとつひとつの発言が、それを口にしたひとと結びついて、消えがたく記憶に残っていくのが、自分でもわかる。それでも、誰かと話すたびに、まだ自分が気づかずにいたものの見方を発見できるかもしれないという期待を抱いてしまう。突破口を見出せるかもしれないといった期待だ。

もちろん、相手にとって、容易なことでないのはわかっている。友だちが電話してきて、障害のある子どもがおなかの中にいると言ったら、なんと答えればいいのだろう？　しかも、彼女は、いったいどうしたらいいのかわからず悩んでいると言う。いったいどう反応すればいいのだろうか？

「どっちを選ぶとしても、気持ちはわかるよ」とか「もし産まないとしても……リセットボタンを押すことはできないよね」。「あなたは、こう、深みのあるひとだから」というのもあったが、これは、私には障害児を育てる能力があるというような意味らしい。私がパニックに陥っていると聞くと、イーダは「自分の子どもが化けものであるみたいに思ってはダメ」と言うし、別のひとりは「自分だったら、産んで育てる自信がないと思う」と言う。

クリストフはやはり、パウルの父親と話してきた。パウルの母親は、ダウン症の息子の写真を添付して、私たちふたりにメールを書いて送ってくれた。メールが言わんとしていることを、クリストフが要約する。「彼女は、こういう人生もあるんですよ!って言いたいんだよ」。写真の中のパウルは、コック帽をかぶっていると言う。私は、なにやらつぶやいてみたものの、彼女からのメールを読んだり、写真を見る気にはなれない。

数日前に羊水検査を受けに行ったかかりつけの婦人科医が、人類遺伝学専門家のクリニックを紹介してくれたのだったが、今度は遺伝学者が、相談所の心理カウンセラーにコンタクトをとってくれた。気がつくと私は急に、援助を必要とする人物となり、一連の仕組み、過程の中に組みこまれていっている。これまでは、社会福祉などというものはいつも他人事だったけれど、みんな親切にしてくれ、いまはこうした仕組みがあることが心底ありがたい。

羊水検査の結果がはっきりしてから、遺伝学者と電話で初めて話したとき、教会関係の相談所には絶対行きたくありませんと伝えておいた。こちらが息を吸いこんで何か言う前に、もう向こうが何を考えているかがわかるような状況には、身を置きたくなかったからだ。

そして今日足を運ぶことになった相談所で、私はティッシュの箱を前に、籐椅子にすわり、以前だったら想像すらできなかったような言葉を口にしていた。「自分の子どもを十分愛することができないのではないかと心配なのです」「喜びを感じられなくなってしまいました」などと言っている自分。それに対し心理カウンセラーは「個人的感情が傷つけられる」という言い方をした。誰でも、自分の子どもは特別にかわいくて賢くたくましいに違いないと思い描くけれども、時とともに、こうした理想は全くあてはまらないのに次第に気がついていく。私の場合は、ほかのひとより早く、そのことを知っただけであり、どちらにしろ手に入るはずのない理想の子どもを思って悲しんでいるのだと。

このカウンセラーに好意を感じる。彼女はとても落ち着いているし、いつもあちこちで聞かされてもう耳にするのもいやになっている「こういう場合には、正しい決断も間違った決断もありません」といった言いまわしを使わずに、会話を進めてくれる。この言い方は、賢明なように聞こえるけれども全く役に立たない。なぜなら、私はもちろん、自分にとって正しいと思える決断をしようと必死になっているわけで、いったいそれ以外の何を求めているというのだろうか？　私にはコインを投げて、表か裏かで決めるような真似はできない。当事者でなければ、障害のある子どもを産むのも産まないのも、どちらの決断にも同じくらいまっとうな理由があると思えるだろうし、どういう決断をしたとしても誰も私のことを表立って非難したりはしないだろう。それはわかっているけれど、やっぱりコインを投げて決めるようなことではない。

話せば話すほど、怒りがこみあげてくるのが自分でもわかる。ダウン症の子どもの親になるかもしれない未来について話していたとき、クリストフは何度も「そうなったとしても、自分たちがこれまでよりダメな人間になるなんてことは絶対ないはずだよ」と言った。それはそうだろう。それに、障害のある子どもを通して、賛嘆に値するような、思慮深い人たちと知り合うことができるかもしれない。でも、無理やりそうした人たちの輪の中に引きずりこまれるような気がしてならない。当事者たちのコミュニティ、高潔な人たちの集まりに参加させてくださいと頼んだ覚えはないのに。これまでの人生、これまでの友だちが好きなのに。自分を高貴な人間にしてくれる障害児など、必要ない。「どうすればよりよい人間になれるのかという速成講座なんて、今受けたくない」と言いたくなる。

心理カウンセラーは、子どもとの結びつきは、ふれあいを通して初めて生まれるものですと言う。それを聞いてホッとする。自分の子どもを実際に見て、感じて、そのにおいをかぐことができて初めて、心の中にあるポッカリとした空しさが満たされていくのかもしれない。もしかしたら今はまだ、そんなに多くの感情を抱かなくてもいいのかもしれない。自分の子どもに対する愛情は、男性や女性に対する愛情とは異なり、「元に戻すことのできないプロセス」だと、カウンセラーに言われる。

「こういう時代に、中絶だなんてどうすればいいのでしょう？　事前に超音波写真で何度も子どもの姿を目にしてしまうというのに！　昔のほうが決めやすかったのではありませんか？」と訊くと、「そうとも言いきれません」と彼女は答える。以前から、多くの母親たちは、まず診断と検査の結果が出るのを待ち、それまでは、まだ生まれていない赤ん坊と自分との結びつきを、あえて思い描こうとはしなかったのだと言う。

こうして女たちは、母になる幸せへのゴーサインが出るのを待つ。でもだからといって、警告が解除されたわけでもないし、不安から解放されるわけでもない。疑問の余地がなくなるわけではないのだ。ただ一段階ごとにひとつずつ不安が取り除かれていくだけで、たぶん大丈夫だろうと推定しながら進んでいくにすぎない。なぜなら、妊娠中にまだまだいろいろなことが起きうるのだから。人間が人間になっていくプロセスは、人間が管理しきれるものではない。

自分の気持ちの揺れ動きを数字で表せと言われたら、どういう数になるだろう?「産むほうに七〇パーセント」かなと思う。

この相談所の次には、遺伝専門クリニックでの相談が待っていた。そこで、自分が今まで知らなった事実を突きつけられた。ダウン症は知的障害だけではなく、身体的問題も引き起こす可能性があるのだという。多くの子どもたちが、聴力が弱かったり、腸の手術が必要だったり、あるいはまた、視覚機能に問題があったり、呼吸器感染症にかかりやすい。白血病にかかる危険性も高い。ダウン症の子どもたちの約五パーセントが、てんかんの発作を起こすという。心臓の欠陥もしばしば見られる。そして、これもこれまで気がつかずにいたことだが、こうした障害の程度の幅がとにかく広い。たいていは、軽度から中度の知的障害だけれども、数の上では少なくても、ダウン症により重度の知的障害がある子どもたちもいる。生まれてくる前に、どの程度の障害をもっているのか断言することは、誰にもできない。

相談の終わりに、医師とふたりきりで部屋にすわっているとき、イーダの言葉を思い出す。もしマルヤを産まなかったら? と問う私に対して、彼女は「文字どおり、地下室に死体を隠すことになる」と答えた〔「地下室に死体がある」は、隠しておきたいような暗い秘密があるという意味〕。ひとり知っている女性で、中絶したあと、とても長いあいだ、そのことで苦しみ続けたひとがいてね。それほどまでに尾を引くものだとは信じられないくらいだった。

クリストフという証人がいないまま、医師に最後の質問をする。「中絶したあと、また幸せになることはできるのでしょうか？」彼女の答えは「できますよ」。そして私に、折りたたんで封筒に入れた紙を手渡す。私は読まずにその紙をしまう。中絶すると決めたなら必要になる書類だ。

クリストフにとって、むずかしい状況になっているのがわかる。彼は、私の子どもの父親ではあるけれども、法律上は、妊娠を続けるかどうかは母親だけが決めることになっている。赤ん坊が生まれてきたら、とにかく最低限のこととして、彼は子どもの養育費を払わなければならない。私たちは、男たちがオムツを替え、子どもを遊び場に連れていき、育児休暇を取ることを望み、子どもを育てる喜びも苦労も公平に分けあうべきだと考えるけれども、生まれる前は、男女平等の掟（おきて）は通用しない。もしクリストフが、私に、中絶してくれと強く要求するようなことがあれば、この結婚は破綻するだろう。確実にそうなるはずだ。でも、もし彼の希望に反する形で、中絶するとなったら、クリストフは私に寄り添い、私と一緒に苦しい時期を乗りきらなければならない。ふたりとも口には出さないけれども、彼にとってはとても大変なことだ。寄り添ってほしいと私が頼まなくても、彼のほうから、そうなったときには一緒にがんばろうねと約束してくれるので、気持ちが楽になる。

外科的処置による中絶が実行可能な日まであと三日。

二〇一四年一二月九日

女友だちのひとりが、集中力を高めることが、今のあなたにとっては大切なのではないかと言う。話をするのではなく、感じとること。あなたのからだは、もっといろいろなことをわかっているはずだと。グーグルで検索して、あるセラピストを見つける。大学で神学を学び、グリーフセラピー〔グリーフとは、死別など大切な人やものの喪失に対する悲嘆、怒り、絶望等の心身の反応〕、深層心理学ボディーワークを専門的に勉強したとある。ひどく難解な感じもないし、よさそうな気がする。

クリストフも一緒に来てくれて、セラピー室のそばにあるピザハウスで待っていると言う。本当だったら、彼は何百キロも離れたところにある事務所に出勤していなければならないのだが、もう一〇日間も、当然のことのように、私のところにいる。仕事の予定を変更し、上司をどうにかなだめすかして。クリストフも、私が決断するのを待っている。そのうち、それもかなり近いうち、彼は仕事に戻らなければならない。ピザハウスの赤いラッカーで塗られたテーブルをはさんで、セラピーの時間が来るまで、私たちは手を握り合ってすわっている。君と一緒にこうしたすべてのことを経験できてうれしいよ、ほかの誰でもなく君というひととね、とクリストフが言う。この瞬間、ふたりとも自分たちの中にある力を感じとったと思う。

建物の中庭に入ると、地面は石畳で舗装されていて、いろいろな色の看板、アトリエなどがあり、古いガラス板をはめこんだ白いドアが見える。ここが入り口らしい。歩道のほうに目をやると、笑い声をあげながら、何人もの人たちがかたまって通り過ぎていく。この付近にたくさんあるバーや映画館に行くところなのだろう。ちょうど映画の夜の部が始まる時間だ。この通りに足を踏み入れたとき、クリストフに「この辺だったら、出かけてくるのによさそうだね」と言った。そして沈黙のうちに気がついた。自分の発言が、およそふさわしくないものだったことに。この日の夜の私たちには全く不釣り合いな内容だし、私たち自身と、このあたりを歩いているほかの人たちとでは、あまりにも違いすぎる。ここは町の人気スポットだというのに、私が約束している相手はグリーフセラピストなのだ。

ドアをあけると、そこはほとんどからっぽの大きな部屋で、五十歳前後の女性が、私に近づいてくる。上品そうな顔だちで、笑うと目元に小じわが浮かぶ。ふたつの椅子に向き合う形ですわる。言葉で表現しようとしても、凍結した表面を滑って、あっちに行ったり、こっちに行ったりするだけで、一番奥のほうにまで進んでいくことができないような気がするのですと私。

セラピストは床にすわり、あなたの後ろ側に腰をおろしてもいいですか、私に寄りかかってはどうでしょうかと訊く。最初は気恥ずかしく思ったものの、彼女の提案に従って床にすわる。背中に彼女の上半身を感じる。そして泣きだす自分。それから少しして、今度はマットに横になり目を閉じる。そうしたまま、からみ合い、もつれ合った感情をときほぐし、まじりけのない純粋な気持ちを感じとってくださいと言われる。マルヤのところにいる自分、マルヤのところにだけいる自分を見つけると、あたたかくてやわらかいものに包まれる。それでいて、障害に思いが及ぶと、腕と足を押しつけるようにして、ぐっと重いものにとらえられたような気持ちになるのに気がつく。

いったいどちらが、本当の気持ちなのだろう？　より強い感情はどちらのほうなのだろう？

セラピーのあいだ、私たちはあまり話をせず、最初に少し言葉を交わしただけだった。そのとき彼女が言ったこと。あなたはもうこの二〇年間、自分が生きたいと思うように生きてきましたよね。

こういう見方に、私は不意をつかれたように思う。どんなに努力したからといって、常にこれまで以上によりよい生活、より快適な生活、より楽しい休暇、より興味深い仕事、より大きな屋上テラス、とにかくいつでもこれまでの生活より上にあるものを要求する権利なんてものは、もしかしたらないのかもしれないという考え方。そう言われてみれば確かに、私は上海のビルの三三階でジントニックを、ハバナの岸辺にある遊歩道でラム酒を飲んだことがある。スマトラのジャングルの河で泳いだことも、タンザニアのセレンゲティ国立公園でライオンを探し回ったこともあるし、トタン板の小屋に暮らすインドの少女にインタビューしたこともある。中国の大富豪を取材するときは、そのひとのリムジンに乗りこんで話を聞いた。いったいこれ以上、何を望むというのだろうか？

でもやっぱり、私は、子どもの言語療法のためにポニー牧場に行きたいとは思わない。スキー講習にはダウン症の子どもも参加させてくれるのだろうか？　障害のある娘がいる私たちと一緒に、休暇旅行に出かけてくれるような家族はいるのだろうか？　それとも私たちと一緒では、ひどく疲れてしまうだろうか？

セラピーが終わると、隣にある店に戻り、クリストフに「待っているあいだ、何をしていたの？」と訊く。このあたりの道を歩き回っていた、近くでやっているクリスマスマーケットものぞいてみたよと言う。「でもどこか一カ所に長く立ち止まったりはしなかったけど」。

夜になって、電話が鳴る。知らない女性だ。アクセントのあるドイツ語を話す。人類遺伝学のクリニックに、同じ診断が出ている妊娠中の女性がいたら、私の電話番号を渡してもらえますかと頼んでおいたのだった。そうすれば、自分の気持ちをわかってくれる人に出会えるかもしれないと思ったのだ。検査結果が出てからというもの、まるで宇宙に打ち上げられてしまったかのような気持ちがしている。無理やり引きずり出され、世界から切り離されてしまったような感覚。いったい誰とならこういう話ができるのだろう? 誰なら、私たちが感じているようなことを、自分のこととして共感してくれるのだろう? 健康な子どもをもつ友人たちは、まさに健康な子どもの親なのであり、それだけでもう住む世界が違う。中絶した女性たちは、そのことを話したがらない。中絶したことがあるという友人を、私は知らない。障害児をもつ親たちの前では、犯行に及ぼうとしている殺人犯のような気持ちになってしまう。それに、子どもに障害があるかもしれないということを、誕生前に知っていた人でなければ、私たちの置かれている差し迫った状況はわかってもらえない。知らなかった人たちには、選択の余地がなかったのだから。

寝室の自分のベッドの上にすわり、暗闇の中で、彼女の話に耳を傾ける。血液検査と超音波検査を組み合わせた妊娠初期(第1三半期)複合スクリーニングを受けたところ、ダウン症の可能性が高いという結果が出て、羊水検査により確定された。彼女も、どうしたらいいのかわからないと言う。なにかが吸いこまれてしまう、ひっかいてどかされてしまうというのは、想像しただけでも「私には全部すごくひどいことです」と、たどたどしいドイツ語で話す彼女に、「そうですよね」と応じながら、私は、この見ず知らずの女性に対して深い親近感を抱いている。生まれてから養子に出す、あるいはどこかの施設に預けることもできると考えると、気持ちが落ち着くと言う。でもそういうことは、自分の手に負えなくなって、どうしようもなくなったときだけですけど。もうふたり子どもがいるんです。

家族は、彼女に対して、そんなことを考えるなんてと叱責する。不満を抱いたりせずに、おなかをなでてあげなきゃと言うのだそうだ。それを聞いて、私は彼女をうらやましいと思う。私に対して、おなかをなでてあげたらなんて言ったひとは誰もいない。

彼女も私も、残酷な決断を迫られている。残酷なのは、あまりにも苦しい決断だから。そして、本当は誰にも決めることのできないことだから。子どもを産んでその後の重荷にどれくらい苦しむことになるのか見当がつかない。助けを必要とするひとりの人間を永久に世話するという使命に押しつぶされてしまうことになるのか、子どものために自分の人生がひどく困難なものになって、私自身という人間からは何も残らなくなってしまうのか。自分にはわからない。果たして、子どもの愛が私を気丈にしてくれるのか、どれくらい幸せな気持ちにしてくれるのかも、わからない。そして、もし中絶したら、その痛みがどれほどのものなのかも、わからない。相談所の心理カウンセラーは「全身麻酔にしたほうが、少しは楽な気持ちになれそうですか?」と私に尋ねた。もちろん、もちろん、全身麻酔のほうがいいと思う自分。全身麻酔には、心を惑わせる響きがある。でも、本当に手に入れたいと思うのは、心の全身麻酔。でもそんなものはない。

外科的処置による中絶ができるのはあと二日。

二〇一四年一二月一一日

昨日の夕方約五時、私は娘の死をキャンセルした。もしキャンセルしなければ、今日の早朝七時半には、娘は死んでいた。死亡場所は商店街。建物の下部にはカフェがあり、客たちがラテマキアートを飲んでいる。クリニックの手術室があるのは五階だから、そこで死を迎えることになっていただろう。階下で、クリスマスプレゼントを買う人たちがさざめいている中、自分の子どもが血だらけのごみになるのはいやだった。少しは尊厳を保ちたかった。自分と自分の赤ん坊のために。たとえそのせいで、外科的処置による中絶手術が可能な日が過ぎてしまうことになってもだ。これからは、マルヤを産む以外にはない。生きたまま、五月の末に産むか、それともその前に死産するかのどちらかだ。

中絶について話していたとき、「どういう方法かというのは、決定的なことではないと思うんですけどね」と相談所のカウンセラーが言った。それを聞いて、私はクリニックに電話をし、予定をキャンセルしたのだった。そしてすぐその足で、子供用品を売る店に行った。マルヤにカタツムリを買うために。ヘビのようでもあるこの布製のカタツムリには触角がついていて、赤ん坊のからだのまわりを囲むようにして置くと、安心感を抱き、ゆったりと居心地よく感じられるのだという。カラフルな色彩で、星や水玉の模様がついた、楽しげなカタツムリを選んだ。私自身もなんだかうれしくなった。それから、ちょっと高めのクリスマスの飾りを買って帰り、うちにある緑の花瓶に挿してあるハシバミの枝につけた。陶磁器でできた白い松ぼっくりにカットガラスはあうだろうかなどと考えることが、なんと気持ちを楽にしてくれることか。こうしたなにげない些細なことに思いをめぐらせる時間が、本当にありがたい。

「親そして乳児・小さな子どものためのセラピー」を専門としている精神療法医を、彼女の小さな屋根裏部屋に訪ねたことがある。そのときの私の質問は「母親というのは誰でも子どもを愛するものですか？　いつでもそういうものなのでしょうか？」。彼女は私のことを見つめ、しばらく考えてからこう言った。「いつも必ずそうなるとは言えません。でもあなたの場合は、子どもに愛情を感じるようになるのではないかと思います」「どうしてそう思うのですか？」「そういう予感がするんですよ。たとえばちょうど今も、あなたはまたおなかの上に手を置いているでしょう」。

それなのに、私は友人たちに、中絶手術のアポイントメントをキャンセルしたからといって、最終的な決断を下したわけではないと言い張った。新しく覚えた「生存能力がつく限界値」という言葉を使うと、まだ猶予期間があることになるのだ。つまり、二二週を超えると、子どもには母胎の外でも生きのびる可能性がでてくる。私がもしマルヤを産まないと決心するならば、とにかくこの二二週という限界値にできるだけ近づかないようにしなければならない。

誰かが私の言葉や態度からなにかを感じとり、それを手短にまとめて「産むつもりだよね」と言うと、私はいつも抵抗し、その意見に逆らおうとする。まるで、ほかの人たちに対して距離を置くことで、こわれそうななにかがもっと成長していけるかのように。こわれそうななにかとは、私の子どもに対する愛情。愛情は、自由な中でこそ、育っていくものだから。

今日の午後、クリストフは、家族向けの車を買った。色は赤で、チャイルドシート用の特別な装具がついている。

二〇一四年一二月一二日
一六週と二日

今日、「人類遺伝学的診断書」なるものが、郵便受けに入っていた。数日前に人類遺伝学のクリニックで行った相談の内容を、書面にまとめたものだ。「シュルツ様」で始まり、〝家族既往歴〟の箇所には「おふたりは三九歳と四二歳で、健康。互いに血縁関係なし」とある。これを見て、思わずふきだしそうになった。もちろんクリストフと私の間に、血縁関係はない。いったいぜんたい、どういう世界に入りこんでしまったのだろう。私ときたら、つい最近まで、ロビーに鉢植え植物を置いている人類遺伝学の開業医がいることさえ、知らなかった。

Ａ４の紙四枚には、ダウン症の特性と健康上のリスクが、〝大きめの舌〟に始まり〝生存率〟にいたるまで、今一度列挙されている。「五〇パーセント以上が五〇歳を超えます」。そして「重要な予後因子は、生まれつきの心臓奇形がありうることですが、あなたのお子さんの場合は、超音波検査によって今のところそうした兆候は見つかっていません」。

この報告書にはまた、次のように書いてある。「知的発達の平均的予測という点に関していうならば、ダウン症の子どもたちの多くは、その能力により、染色体に異常が認められない子どもの六歳から八歳程度の発達レベルに達するとされています」。すぐに、友人たちの子どもたちの顔を思い浮かべる。このぐらいの年の子は誰だろう？　そういえばひとり、ちょうど小学校に入った男の子がいたっけ。サッカーが好きで頭の回転の速い小柄な子だ。ときには本当に利口そうな口をきく。七歳の子にしては、だが。

二〇一四年一二月一五日

親と乳児のためのセラピーを専門にしている心理カウンセラーともう一度会う約束をした。彼女に呼ばれるのを待っているあいだ、部屋の中を見回すと、文章付きのカレンダーが壁にかかっていたので、読んでみる。ある父親が、ダウン症の息子アントンのことを書いている。アントンは「アントン語」を話します、それも完璧に。息子に対する正直な愛情表現だ。正直だなと思ったのは、彼が七歳になるアントンの言葉を、細かく引用しているからだ。たとえば、「もう一回」は「もいっか!」、「遊ぶ」は「あそ!」という具合に。心を動かされた一節がある。「人生の道のりにおいては、前と同じように太陽が輝き、道ばたの木々の緑の色も前と変わりません。ただ、アントンと一緒に歩むようになってからは、いつも少しだけ上り坂になったかなという気がします。私たちにとっては、いくらか骨の折れる歩みになったかなと」。

このイメージは美化されていなくて、気に入った。「少しだけ上り坂」なら、どうにかなるだろうと思わせてくれる。二年、三年、あるいは七年間だけでなく、いつまでも上り坂が続くのだとしたらいったいどうなるのか、私たちにはわからないけれど。

インドの友だちが、最近デリーからSMSを送ってきた。ずっと音沙汰がなかったけれど、どうしてる？ 妊娠したけど、子どもにちょっと問題があって、障害をもって生まれてくるようだと返事した。

「でもあなたはドイツにいるんだから、そういうことがあっても、手術できるんでしょ」。

「ダウン症なの。手術とかはできない」。

手術はできないけれど、確かに彼女の言うことは的を射ていると思う。私はインドではなく、ドイツに住んでいる。私たちは元気にやっていて、健康だし、専門教育を受け、収入もあり、大きなアパートもある。私たちが住んでいる国には、医療保険も介護保険もあり、ダウン症の子どもたちのための乗馬セラピーもある。障害のある娘をスラムで育てなければならないのとはわけが違う。ただ上り坂をのぼらなければならないだけであってほしい。それ以上の問題なしに。

二〇一四年一二月一六日

午前中に、かかりつけの婦人科医が、マルヤの心臓に小さな穴を見つける。午後になって、ふたりめの超音波専門医が、今度はもっと重篤な心臓疾患を発見する。医師の報告書にはまだ、疑いありとされているけれども、自分としてはかなり確実だと思うと、その専門医。小児心臓専門医にアポイントを取ってくださいと言われる。

二〇一四年十二月一八日
一七週と一日

今日、マルヤの心臓に「完全型房室中隔欠損症」という疾患があることがわかった。心臓専門医は「かなり重症で複雑な心臓疾患です」と言う。人口心肺装置を用いての手術、集中治療室、経過観察のためとにかく生後二週間は入院、もしかしたら生後すぐ「予備的手術」が必要となるかもしれない。でも手術をすれば「大いに改善する」と言う。私のかわいそうな娘。赤ん坊なのにメスを入れられるなんて。生まれた子を家に連れて帰ることもできないなんて。本当にそんなに長く入院しなければならないのですかと訊いてみる。あなたのお子さんが真っ青になっていないかどうか、看護師がチェックしてくれてよかったと思うはずですよと女医。自分がわがままなのはわかっているけれど、お産が台なしになってしまうと知って、やはり腹が立つのを抑えることができない。

二〇一四年一二月二〇日

障害児をもつほかの親たちと話をする気になるまで、とても時間がかかった。ドロのおかあさんに電話をして、ドロの姉であるマイケの話をしてもらうこともできたはずだ。クリストフがもらってきた、パウルの両親の友人の番号に電話することも、ダウン症の家族がいる人たちが共同で設立した団体に問い合わせることもできたはずだ。この団体の機関紙が相談所の待合室に置いてあったので、持って帰ってきたのだった。誰にもらったのかもう忘れたけれど、古い封筒に〝ダウン症自助グループ〟とメモした携帯電話の番号も持っていた。

まだどうするか決めていないのに、ほかの親たちと話すことなんてできないと思っていた。彼女、彼らは自分たちの子どもに愛情を注いでいるのに、もしかしたら自分はそういう子どもは欲しくないかもしれませんなどとは言えない。

でもあるとき、電話してみることにした。まずは面識のない人たちから始めた。私がまず最初にした質問は「幸せですか？」。なんという質問だろう。もし自分がこんな問いを投げかけられたとしたら、人生のどんな時点であったとしても、到底答えることなどできなかっただろう。なんてばかな質問をするのだろうと思ったに違いない。いつも幸せな気持ちでいますか？　だなんて。でも今の私には、こういう大げさで、いささか愚かな問いだけが、大切なことのように思えるのだ。ある母親は「幸せすぎて叫びたくなるほどだというのではありませんけど」と答えた。彼女は、健康な子どもと昇給を比べてこう言う。昇給すれば、もっとお金があって、もっといい家があって、もっと休暇がとれるかもしれないけれど、だからといって、より幸せになりますか？

また、ある女性は、ダウン症という診断が出てから、友人に泣いて電話をしたと言う。また別の女性は、生まれてきた子どもとの関係が親密なものになるまで、少し時間を要したと言う。「この子がいま心臓手術を受けるとなったら、あのころよりもっとずっと辛いでしょうね」。悲しんでもいいのだとわかって、気持ちが楽になる。

私が電話で話を聞いた母親たちは、三年間の育児休暇を最後まで使いきることなしに、みな仕事に復帰している。誰もが、もったいぶったことはほとんど口にせず、お説教しようとするひともいない。ひとりの女性は、そういえば、私も夫も別に、ダウン症の子どもをもっているひとたちとばかりと親しくしているわけではないんですよ、でも人生にはこういうこともあるのだなと思いますけど、おもしろいことに、今住んでいる家は、ダウン症関係の結びつきが縁で仲介してもらったんですと言っていた。クリストフも彼女と話をし、引用だけどと、彼女が言った言葉を教えてくれる。息子は今まで習ったことは何でも覚えてきました、ほかの子たちより時間はかかるけど、それでも学んでいくし、そういう上達の一歩一歩に、格別な喜びを覚えるんです。

あるひとりの女性は、離婚していた。八〇パーセントという数字が再度頭をよぎる。出生前診断専門医は、障害児の子どもがいるカップルの八〇パーセントは離婚すると断言した。彼の主張を裏づけるかのような話を、すでに二回耳にしている。まずは、ドロのおかあさんから聞いた。やっと最近になって、勇気を出して、彼女に電話してみる気になったのだ。彼女がほかの親たちと一緒にずいぶん前に設立した、障害者の作業場のある施設について話したあと、質問してみた。「シングルペアレントはたくさんいますか?」確かに何件かそういうケースを知っているとのことだった。

感じのいいある母親も、シングルマザーだと聞き、気おくれしながらも、尋ねてみる。あの、すみません、面識もないのに、それに電話だと、もちろん変な質問に聞こえてしまうかもしれませんが、なんていうかその、ダウン症のお子さんがいるから、別れることになったと思われますか? 「そうは思いません」というのが彼女の答えだった。

ダウン症の子どもをもつ母親たちと話すとき、毎回のように訊かれることがある。「子どもがダウン症だとどういうふうに知りましたか？」最初のうちは、あまり考えずに、「血液検査を受けました」と答えていた。でも、誤差率について知りたいと思い、検査についてグーグルで調べているうちに、この検査をめぐる議論の全体像に気づかされた。議員たち、連邦政府の障害者問題担当長官、婦人科学・助産学協会の声明が出されている。

これで何となくわかった気がする。私が血液検査を受けたと言うと電話の向こうに沈黙が広がり、相手が何を考えているのかが。ああ、そういう人なのかと思っているのだろう。私は、即座に、障害者に敵意を抱いている人と位置づけられてしまったに違いない。このごろは電話口で、すぐに「21トリソミーではなくて、13トリソミーと18トリソミーが気になっていたので」と付け加えるようにしているのだが。実際そうだった。あのとき、わざわざ「検査オプション2」にしるしをつけたのは、三種類の染色体異常がわかるというからだった。生まれてもすぐに死んでしまうなんて、誰にとっても無益な苦しみだと思ったのだ。それに、三九歳で死産、あるいは四〇歳で、一歳になった子を埋葬することになってしまったら、またいつ妊娠できるかわからないではないかとも考えた。まだ子どもが欲しいのなら、そんなトラウマを経験している余裕は、数字の上からももうない。そういう事態を通過するには、自分は年をとりすぎていると。

「検査オプション1」は、まだ生まれていない子が、のちのちダウン症になる可能性の有無だけを調べるものだ。障害児をもつ多くの親たちは、このオプションを、母胎内にいるうちからの淘汰だとしている。その行き着く先は、標準化された人間ばかりの社会であり、その標準からはずれた者は、できるだけ早い段階でふるいにかけられる。ましてや、そのうち、医療保険が、すべての妊婦の検査費用をカバーするようになったら、その傾向はますます強まるだろうと。

知的障害のあるひととその家族がつくった「レーベンスヒルフェ〔いのちのサポート〕」というグループは、こういう形で行われる出生前診断は、母親と子どもの健康ではなく、中絶の可能性をまず第一義に据えていると批判している。この診断が中絶の正当な理由となりうるという考え方が広まれば、ダウン症のひとたちの差別につながるというのだ。

その主張は理解できる。診断の進め方には、モラルに反するにおいがする。自分は採血のためにただ腕を差し出すだけで、検査を行う会社に料金を支払って、染色体異常の胎児を見つけ出してもらう。天気についておしゃべりでもしながら、二分間の採血をするだけで、中絶の第一歩が始まるというわけだ。

とはいえ、高齢出産の女性で、数年前まだ血液検査がなかったころ、羊水検査に踏みきったひとたちを、自分は何人も知っている。私と同じような動機で、でも、おなかの中の子どもが健康であろうがなかろうが、あのころは、流産の危険を承知で、あえて検査を受けたのだ。また、その幅によって、トリソミーの可能性がわかるかもしれないからと、少なくとも赤ん坊のNTの検査だけはやったという女性たちもたくさんいる。新しい血液検査は、出生前診断における需要と供給の動きが、何年もの時間をかけてたどりついた結果なのだ。

だが、私にとって重要なのは、自分が、もし最初に疑いを抱くような理由もなく、まだきっかけになるような問題も感じず、中絶の可能性を考慮する理由も必要としていなかったとして、そしてまだ血液検査がなかったとしたら、それでも羊水検査をしただろうかということだ。待ち望んだ子どもの流産の危険を冒してでも、とにかく知りたい、知ることに価値があると思っただろうか? そんなふうには考えなかっただろうと思う。羊水検査を受けるのだったら、もし「全く気になる点のない検査結果ではない」と言われた場合、自分はどうするだろうかと事前に、もっと時間をかけて、もっと徹底的に考え抜いただろうか? たぶんそうしただろう。子どもを失うリスクを目の前に突きつけられていたら、熟慮の末の判断も、もっとむずかしいものになっていたはずだ。

もちろん、クリストフも私も、まだ私の妊娠がわかる前から、もしダウン症の子だったらどうしようかという話はしていた。クリストフはダウン症の子でいいと言い、私にはよくわからなかった。あとで決めればいいと思った。もし本当にそういう状況になって、ああだこうだと思考をもてあそぶことがもはやできなくなり、とにかく決断しなければならないということになったら、そのときになってから決めよう。これまでずっと多数派の一角を占めて生活してきた自分には、心のどこか奥底で、まさか自分が急に少数派のひとりになるなんてありえないと信じていたのだ。統計上の、当事者のひとりになるなんて。

自分自身を、実際より決断力のある人間だと思いこんでいたことに、今になって気がつく。自分を過大評価していた。でも、それならば血液検査は禁止したほうがいいということなのだろうか。一旦検査を受けてしまったら、どうしても確証を得たいという欲求に屈してしまったら、どういう事態に巻きこまれていくことになるのかを、容赦なく、最終的な結果として、私のような女たちに思い知らせるために、血液検査は禁止して、羊水検査により二〇〇人に一人の子どもが命を失うことになったほうがいいのだろうか?

本当に問題とされるべきなのは、診断方法なのだろうか。それとも、当然のこととして自動的に診断を受けること自体が問題なのか。結局のところ、誰も障害のある子どもは欲しくないということを問題とすべきなのか？

電話で話をしたある母親が、彼女の住んでいる場所の近くにいる心臓専門医を、強く薦めてくれる。素晴らしい医者ですよ。経験豊富で、ダウン症の子どもたちに対して、とてもポジティブな姿勢で接してくれるし、本当にいいお医者さんです。「もし今の夫と結婚していなかったらなんて思うくらい……」と彼女は笑う。

その医師に電話をする。ダウン症の子どもたちの知能指数は、だいたい七〇ぐらいかもしれませんが、感情面での知能指数は一五〇です。心臓疾患は「比較的簡単に手術できる」し、ほとんどの子どもたちは、手術をすれば全く問題ありませんと言う。なんてうれしい気持ちにさせてくれるのだろう。マルヤの心臓疾患を見つけた心臓専門医の言葉とは、全く違う。日程表が目に入り、私が泣き続けているのを見て、彼女は苛立ちを隠そうともせず、ただこう言っただけだった。「重い病気のお子さんで、気の毒です」。

電話した医師と、あさって会うことにする。マルヤの心臓をよく見てから、必要な手術について説明してくれると言う。

二〇一四年一二月二二日　午前中

クリストフとふたりで、新しいキャディを、車内から屋根の上まで私のいくつものトランクでいっぱいにした。今夜は、初めて一緒に、ふたりの新しいアパートで過ごすことになる。その前に、一度高速道路を降りて、電話予約をした心臓専門医に会いに行くことになっている。

私たちにとって新たに訪ねることになるクリニックへ向かう途中の車の中で、クリストフに、自分が経験した小さなクリスマスストーリーを話して聞かせる。これは涙なしには語れない。

あるセラピストのところへ行くためにタクシーに乗ったときの話だ。企業コンサルタントをしている知人と携帯電話で話す。彼が何を言うかはわかっていた。品のない言い方をするだろうけれど、それは検閲なしの明確な発言であり、私自身でさえときどき考えることだ。「そういう子どもを治すことなんてできないよ」。損傷は修理不可能なり。「そりゃあ、中絶は大変なことだろうけど、君はその、――ごめん、でも――ちょうどホルモンいっぱいっていう感じだし」。そんな単純な計算問題ならいいのにと思う。子ども消去、ホルモン消去、痛み消去という具合に。でも、その時点ですでに私は、今の自分にはわかっているあることに、もうすうす気づいていたと思う。もしマルヤを殺したら、私の中にあるなにかも一緒に死んでしまうだろうと。それは、自分自身を傷つけることにほかならないのだと。

こうしてタクシー運転手は、好むと好まざるとにかかわらず、客の電話の会話を聞かされる羽目になった。電話を切ってから支払いのためにチップの小銭を探しても、二、三セントしか見つけられずにいると、彼は振り向いて、財布をひっかき回している私に手を振ってみせ、気にしなくていいですよというジェスチャーをした。そして、私のことをじっと見つめ、言いたいことを表現する言葉を探している。彼にとってドイツ語は外国語なのだ。中国かベトナム出身だろうか。年は六〇歳ぐらい。「子どもが、どういうふうに見えるのか、どうでもいいでしょう。心は完全です」。彼が言わんとしていることはわかったが、「違うんですよ。知的障害なんです」と私。彼は頭を振り、「中のほうは完全なんです」と言う。「子どもは愛が欲しいと呼びます。ママのことを呼びます」。

運転手の言葉に、強く胸を打たれた。私は「クリスマスおめでとう」と笑顔で答え、この挨拶をこれほどまでに心をこめてしたことは今までなかったと思う。

ここにふたつの真実が隣り合わせに立っている。一方には「絶対治すことなどできない」。もう一方には「心の中は完全」。私という人間はこれまで、確信に満ち満ちて「神を信じます」と口にすることなど決してできなかった。でも〝魂〟という言葉につながる何かには、親しみを感じる。信じないとは言えなくなってしまうような状況がときにはあるのもわかる。以前は、自分が信仰に対して甘ったれた態度を取らないようにと厳しく律してきたはずだったのだが。信ずれば道は開けるだなんて、まるでそれが自己欺瞞(ぎまん)ではないかのようなことを言ってと、思っていた。

堅信礼のクラスには、当然のこととして通った。友だちがみんな行くし、堅信礼を受ければ、ステレオのプレゼントがもらえるのではないかと期待もしていた。この儀式に参加するとそういうたぐいの贈り物をもらえる子たちが少なくなかったから、根拠のない期待ではなかった。堅信礼のために聖書の言葉を選ばなくてはならなかったが、自分自身、牧師、そして――たぶん――神の前でも正当化できるものとして認められる程度に曖昧な解釈が可能な一節を見つけた。マルコによる福音書の一節で「信ずる者にはどんなことでもできる」。こういった具合に堅信礼を通過し、聖書を自分に都合よく解釈し、つまり、この書物は、自分自身を信じなさいと促しているのだと理解するようになった。そしてそれ以来ずっと、神をめぐる問いかけに、絶えず駆り立てられてきた。学校の旅行でテゼ共同体〔宗派を超えて活動するフランスの男子修道会〕を訪ねたときも、歌の響きに耳を傾けながら、若くてかっこいい修道僧のひとりをつかまえて、何に突き動かされてこうした生活を送るようになったのかを、こっそり教えてもらえたらいいのにと思ったりした。その後、大学に入ったときには、もちろん副専攻科目としてだけれども、宗教学を勉強してみようかと、かなり長いこと考えた。

ここ何週間かのあいだに、形而上学はもはや知的な道楽ではなくなってしまった。自分の人生における根本的な問題に、改めて向き合わざるをえなくなった。どうすれば幸福でいられるのか? 慈悲深い神が、私と私の子どもを守ってくれると信じるのか? 人生の統轄権を譲渡してしまったらどうなるのか? 何にこだわり続ければいいのか? これまでの人生において、私はいつも、自分はものごとを決めるに足るだけの一人前の人間であると思ってきた。ほとんどいつだって、自分が何をやりたいかわかっていた。何をやりたいかではなく、そこにどうやって到達するかということのほうが問題だった。今になって、自分がいかに無防備な状態で人生に向き合わされているのかに、気がつく。

私がマルヤを失ってしまうのではないかと心配していたあの日、クリストフはペンダントをプレゼントしてくれた。おなかの中の〝struttura(胎嚢)〟を守るため、私がホテルのプールサイドの日陰に横になっているあいだに、クリストフはひとりでパレルモの町をさまよい歩いていた。そしてある小さな店で、ごてごてした装飾のない平らで金色の十字架を見つけた。裏面には、船舶の信号旗の符号がいくつか彫りこんである。ぴったりだとクリストフは思ったそうだ。私にとって彼は〝海賊〟なのだから。肩にとどく長髪でピアスをつけたクリストフに、私がつけた愛称なのだった。

その日からずっと、このペンダントを首につけている。私たちの子どもに幸運をもたらしてくれるお守り、迷信の一種でもあるけれど、なんやかんや言ってもとにかく十字架であることに変わりはない。

それでも、ものごとを起こるにまかせる、ひたすら待つというのは、ひどくみじめで落ち着かない気持ちにさせられるものだ。短気が自分の一番の弱点であることは、自覚している。私の中には、行動への強い願望が奥深く潜んでいる。そして今、手近にあって実行に移せそうな行為といったら中絶ということになる。もちろん、それとは異なる行いだってありうる。相談所に行ったとき、自分の中にある怒りを抑えてこう言ったのを覚えている。「そりゃあ、ダウン症雑誌の編集者にだってなれるはずですけど、自分がやりたいのはそういうことではないんです。障害児の母親であることが第二の職業だなんて、私はいやなんです！」支援を申請し、先例をつくるために頑張ることに、自分の時間、自分の生活を使い果たしたくない。それにもかかわらず、もう自分が、進行中の出来事の真っ只中に放りこまれてしまっているのに気がつく。最高の心臓外科医を見つけること、医師のサードオピニオンとフォースオピニオンを比べること、矛盾点を調べまわること。毎日、それ以外のことは何もしていない。私は、最善の情報を入手したいという衝動に駆り立てられている。

こうした中で、ただマルヤそのものを自分のおなかの中に感じられる瞬間というのは、めったにない。マルヤに歌を歌ったことが二回あった。「ねむりなさい。赤ちゃん。ねむりなさい」という子守歌を歌い始めたものの、歌詞を覚えていないのに気がついて、勝手に自分でつくりだした。「マルヤはおりこうさん。かわいい子。よーく寝てね。すぐに寝てね。ねむりなさい。赤ちゃん。ねむりなさい」。私の声を聞くことができるようになってから、マルヤには、私が叫んだり泣いたりしている声もとどいているのだろう。もっと違うふうに、母親の声を知ってほしかったのに。あなたを守ってあげるよという静かな声を。

新たな超音波検査の検査結果で、唯一いいニュースは、マルヤが生まれたときに、心臓奇形があっても驚かずにすむということだ。だから、出産する専門クリニックを、今から探し始めることができる。

私の荷物の中には、クリストフへの小さなプレゼントも入っている。あるカフェで偶然みつけた食器用ふきん。白地に赤く「太陽の光」と刺繡（ししゅう）してある。私たちの新しいキッチンにかけてほしい。

高速道路を走りながら、私たちは、マルヤ、ダウン症と心臓奇形のある私たちのマルヤはどこで生まれるのがいいんだろうねと話し合う。

第２章
「正直なところ，わかりません」

二〇一四年一二月二二日　夜
一七週と五日

断片的なことしか覚えていない。クリニックに到着すると、出生前診断学の教授は病欠だけれども、彼の代理の医師ならいると言う。でも肝心なのは心臓の問題なのだし、私が電話で話した医師はいるとのこと。彼はもちろん、後から来ますよ。新たな寝椅子。新たな薄型スクリーン。照明が消え、ひとりの医師が超音波検査を行う。彼が部屋から出ていくと、もうひとり別の医師が入ってくる。このふたりの目、四つの目が見つめている。後から入ってきた女医が、測定に測定を重ねてから、無言のまま急いでドアに向かい、姿を消す。照明がつき、心臓専門医が入ってくる。

次に覚えているのは、寝椅子にすわり、すすり泣いている自分と、その横に立って、私を片手で軽く支えるようにしている心臓専門医。彼は心臓については語らず、私たちにマルヤの頭部の写真を見せる。黒くなっています、黒い部分がとても大きい、大きすぎる。脳があるべきところに水がたまっていますと説明する。

とぎれとぎれの言葉が思い出される。「これだけでも理由になるというか……ダウン症の子どもとは異なり……おわかりになりますか、何も得られない、こちらがいくら与えても、何も得ることができない……頭部と心臓と両方一度にだと、私としても、どう手術したものか、見当がつきません」。

「でもそんなはずないでしょう」と私。「六日前に超音波検査をしたばっかりなんですよ。そのとき、脳は正常だったんです！　六日前ですよ。それなのに、なんで今になって？」

二〇一四年一二月二五日

昨日はクリスマスイブ。「マルヤに空を見せたかった。すごく見せたかったのに」とクリストフに言った。一八週に入った一二月二三日、超音波スキャナーが、マルヤを二時間にわたって検査し続けた。教授でもあるという新たな専門家が登場し、私の子どもの臓器ひとつひとつを、微に入り細をうがち測定した。マルヤがびくっと動いた。プローブが私の腹部を押したからだけかもしれない。それも何分も、何時間も。まずひとつの病院で、それからまたもうひとつ別の病院で。マルヤの命がかかっていた。そしてこのあと、私たちは彼女の死の宣告にサインした。許してね。

そう、サインしたのだ。そのときの文言がある。「胎児の身体的知的健康の傷害が緊急に指摘されたことを受けてなされた相談および仲介、また妊娠中絶を行うにあたり必要な相談および仲介を受けたことに関する、妊婦の書面による確認書」。

私の名前、私の住所、私の責任。母親だけがサインしなければならない。そして私はサインした。「よくなるチャンスはありますか」と教授に尋ねた。髄液で満たされた脳室の大きさを測定し終わっていた彼は「よくなることはまずないでしょう」と言った。こうした妊娠初期にみられる水頭症（脳室の拡大）は、妊娠末期のものとは同じではないのです、とも。それに、マルヤの場合、左右の大脳半球間をつなぐ神経線維の束である脳梁（のうりょう）が欠けているか、あるいは少なくとも未発達である可能性が疑われるのだと言う。

私たちは、病院の中庭に出た。医師が善意をもって対処してくれているのはわかっていた。私は彼の患者ではないのに、そして、クリスマス前日だというのに、わざわざ病院に出勤してきて、マルヤのからだを一ミリの狂いもない正確さで、きわめて入念に調べてくれた。二時間以上もかけて。診察が終わったとき、外はもう暗くなっていた。この医師が何を言ったのか、正確には覚えていない。それより彼の目の表情、態度でわかった。言葉を思い出せなくても、彼が言わんとしていることは明らかだった。

ここまできて、クリストフにとっても私にとっても、事態は即座に明白になった。だから、とにかく早くサインして、早く中絶してしまいたいと思った。いろいろあったけれど、とにかく終わりにしてほしい。もう望みがないのだから。私たちは、異なる言葉を使いながらも、同じ内容の話を繰り返し、一〇分、一五分もかからないうちに結論に達した。これ以上は意味がないと。病院の別棟の前に立っていた私たちは、サインしようとまた建物の上階まで行こうとしたのだが、もうドアが閉まっていた。病院から締め出されてしまっていたのだ。

その後、どうにか中に入り、上まで行ってサインをした。医師が「うちの病院の小児科医と話してみますか?」と訊いたが、ふたりとも「結構です」と答えた。一日前に、もう別の医師を訪ねていた。そのとき、心臓専門医は、お子さんの頭部の写真を見てショックでしたと言った。私の娘の頭を「使いものになりません」とまで言ったのだった。

ふたりとも、もう誰とも話したくなかった。とにかく終わってほしいと思った。終わりにしてほしい。突然、冷静さが戻ってきた。クリスマスイブには中絶したくない。そんなことをしたら、この先二〇年間のクリスマスが台なしになってしまう。それに祝日のあいだは、病院に出勤する医師や看護師の数も少なくて心配だ。クリスマスがすんでから、できるだけ早い日の一二月二七日に予定を入れた。あさってだ。

陣痛を促進する薬にからだがどのくらいの速さで反応するかわかりませんが、二、三日かかるかもしれませんと言われた。からだというのは、胎児を手放すようにはできていませんから。二七日に病院に行けば、大みそかまでには退院できるはずだと思った。

私たちは家に帰った。そして眠りについた。一二月二四日の朝、教授が電話番号を書いてくれたポストイットの付箋を取り出した。当直の医師に伝えておきますとのことだったが、電話に出た助産師は、この件について知らされていなかった。こちらに電話してくださいと医師に伝えるよう頼んだ。そして電話がかかってくるのを待った。これまでのクリスマスはいつも、この時間には、クリスマスツリーを飾り、プレゼントを包んでリボンをかけていたのに。

解剖するかどうか考えておいてくださいと言われていた。もしまた妊娠した場合、先天異常の原因ができるだけ判明していたほうが役に立つだろうと言う。ただ、小児病理学者に知らせなくてはならないので、早く決めて連絡してください。小児病理学者はこの病院にはいないので。どんな埋葬の仕方にするかも知らせてください。合同埋葬という形にするのか、それとも個別のお墓にするのかということです。イーダが、お葬式には行くからねと言ってくれた。

しばらくして、医師が電話をかけてきた。一縷（いちる）の望みがないかどうか改めて尋ねる。これは自然なことなのです、と彼は言う。妊娠後すぐの時期にどれだけ多くの早期流産が起きるか。どれだけの数の赤ん坊がおなかの中で亡くなるか。健康な新生児というのは本当に幸運なのですよ。そうではないケースは、病院の外だとほとんど目にしないので気がつかないだけです。ちょうどまた、病気の子どもをかかえた女性が救急のほうに来ています。この二年間、何度も何度も救急病棟にやってきているこの女性は、どうやら夫と別れたらしいと聞いています。

今度のことが一段落したら、ゆっくり長い休暇をとってくださいと医師。ほかのことを考えられるように。彼は、一二月二七日の午前九時から九時半のあいだに、どこに行けばいいのかを教えてくれる。第九病棟に来てください。書類を全部持ってきてくださいね。分娩エリアに入らないでもいいようにしてもらえますかと頼む。個室を予約しておきましょう。中絶するおかあさんたちはいつも個室です。

クリスマスイブの午後、まだ早い時間帯。すべてが規則正しく動いていく。車で出かける。冷蔵庫には何も食べるものがない。そういえばいつだったか、ラクレットを食べに行こうとふたりで話したことがあった。結婚式をあげた村で。そして教会に行こうと。

町の中を走るが、どの駐車場もからっぽで、スーパーはもうとっくにどこも閉まっている。また家に帰る。写真なしの初めてのクリスマス。携帯で犬の写真だけ撮った。ろうそくなしのクリスマスツリーの下で、骨にかじりついている私の犬の姿。ツリーは、頼んでもいないのに、両親がいつのまにか運んできてくれていた。私は誰にも会いたくなかったけれど、母と父はなにか自分たちにできることをしたかったのだ。

今日は、両親の家でガチョウ料理を食べる。妊娠に関する話はしないと約束してあった。「もう結構おなかが出てきたわね」と母。両親は二七日の予定について何も知らない。

ガチョウ。クロース〔マッシュしたジャガイモを団子状にまるめ茹でたもの〕。クッキー。帰宅。

昨日、私の子どもが生まれてくることはないのだと、自分の中で確信した瞬間があった。朝のうち、ひとりで静かな通りを歩きまわった。クリスマスツリーと、ツリーを飾る明かりを目にしながら、晴れ渡った冷たい空の下を。頭上を見上げたら、悲しみでからだが重たくなった。「クリスマスに、ふたりでマルヤにさよならを言いなさい」とドロが言った。マルヤの一〇週めの誕生日に買ってきたドライフラワーの花輪が、戸棚の上にまだ置いてある。私が病院から家に帰ってくるときまでに、捨てておいてとクリストフに頼む。入院のために何を持っていこうかと考える。マルヤのカラフルなカタツムリ、それと日記。陣痛が来るのを待っているあいだ、何をしたらいいのだろう？　死にゆく私の娘に手紙を書こうと決める。

二〇一四年一二月二六日

昨晩の夢。私はマルヤを探していた。バスの中でも探していた。あちこちさまよい歩く自分。会うひと会うひとすべてに、私の子どもを見ませんでしたかと尋ねてまわった。もういなくなってしまった。泣きながら目を覚ました。

クリスマス休暇の二日め。光り輝くほどに青い空。じっとしていられない。家の中でこうしているのが耐えがたく感じられる。明日病院に行く予定になっている。もう多くの時間は残されていない。三日前、教授が「うちの小児科医と話してみますか」と訊いたとき、私たちは断った。小児科医。そうだ、小児科医と話してみなくては。

ネットで電話番号を探してみると、ほとんどの病院のサイトに、分娩室の直通番号が載っているのに気がつく。私が以前住んでいた町のクリニックの番号にかけると、新生児専門の小児科病棟につないでくれた。看護師に、主任医師を呼んでくださいと懇願し、医師が電話を取る。「電話では何とも……写真を見ないと……」と彼が言う。

「お願いします。あす中絶する予定なんです。診断書を読んでお聞かせしますから。どう思われますか?」

医師の答えは「それぞれの問題点に対処することはできると思うんです。ただ全体がどうかということになると……」「むずかしいですね」「水の量が増えていくかもしれない」「解決するのはかなりむずかしいでしょう」。

電話を切る。「この町のクリニックに行かなきゃ」とクリストフに言う。「低出生体重児の病室だったら、クリスマスでも誰か働いているひとがいるはずだから」。

私たちは、ひと気のないクリニックの敷地をウロウロと迷いながら歩いていく。誰かに訊こうにも、路上には人影ひとつない。産科の建物を見つけるが、ここの廊下もからっぽだ。ドアの取っ手という取っ手を回してみるが、医師たちのオフィスはどこも閉まっている。やっとのことで、NICU〔新生児集中治療室〕にたどりつく。ガラス張りのドアがふたつ。ドアとドアの中間のスペースには虹、壁には夏の草原と風船が描かれている。青い色の服を着た看護師と医師の姿が、後方に見える。あのあたりに低出生体重児の保育器があるに違いない。

ひとりの医師が出てくる。新生児医療の専門医で、ちょうど当直だと言う。私たちより年下だろうか。少年のような顔だちをしている。私たちは、エレベーターの向かいにある、ねじ固定式の金属の椅子に腰をおろす。彼に最新の医師報告書、まだ生まれていない命についての要約、二ページめの最後の段落を見せる。「すでに存在する胎児の水頭症および多動性障害を考慮するならば、総合的にみて病状の見通しは厳しい」。小児科医は、マルヤの頭部の超音波写真を見てから言う。「私は、そんなにひどいとは思いません」。

彼は、静かな声、落ち着いた態度で、水頭症の未熟児にどのような処置を施すか、話してくれる。まず穿刺して、針で髄液を抜きます。毎日頭に針を刺すなんて、おそろしいと思いますよね。でも、水頭症はよくある症例で、穿刺しても子どもたちは痛みを感じません。

けれども、明日、病院に予約を取ってある。そして年配の教授の言葉。同情するような、でも厳しく、はっきりとした、妥協を許さない視線。避けられないことなのだから受け入れなさいと迫るような視線。クリスマスの日、クリストフといろいろ話したときの彼の言葉は「一種の安楽死みたいなもの」だった。

クリストフは希望を失ってしまった。今ここにこうして、クリスマス休暇の二日めに、私たちが病院の待合室の椅子にすわっているのは、私がそうすることを望んだからだ。私が、自分を待ち受けている痛みの重みを、夢に見たから。夢の中では、ずっと迷ってきたこの最後の一歩が踏み出されていて、私の子どもは消えてしまっていた。それ以来、この痛みが、まるで獰猛な獣がいつでも飛びかかる用意ができているかのように、私の奥深いところで待ち伏せしている。私が答えを求めて尋ね続けているあいだは、この獣を押しとどめておくことができる。

クリストフはもう質問する気もない。もう十分聞いた。もう決心した。ダウン症、重い心臓疾患、不幸を告げるかのように難題を投げかける脳。これではあまりにもひどすぎる。彼は、マルヤを苦痛から守り、私たちを、予測不可能な真っ暗な人生、マルヤの頭の水のように真っ暗な人生から守ろうとしている。

こうして、私は重荷を自分ひとりで背負っているような気持ちになる。心の安らぐときがなく、マルヤのベッドにすわっている自分が目に浮かぶ。毎日毎日、毎晩毎晩、マルヤのしくしくと泣く声が聞こえる。そして、ああ、彼女は私のせいでこんな人生を送らなくてはならないのだと思う。ほかの赤ん坊たちは、揺りかごの中で輝きに満ちているというのに、マルヤはどれだけの手術に耐えなくてはならないのだろう？　何度も何度も痛い思いをしなくてはならないこと、繰り返し知らない人たちがやってきて痛みを与えることを、彼女にどう説明すればいいのだろう？

もしかしたら、自分の子どもに死をもたらすことこそが、より深い愛情を証明する行為なのではないだろうか？

そんなことをしたら、私に痛みが襲いかかるだろうけれど。でも、マルヤが苦痛を受けるよりはましだ。医師に尋ねる。「母胎の外に出てから、子どもはどのくらい、生きているのでしょうか？」

時期が遅くなってからの中絶について、自分が知っていることを話す。娘の心臓はまだ動いているだろう。マルヤは息をしているはずだ。

「お子さんを温めてあげてください」と医師が言う。「腕に抱いてあげてください。そのほうが時間もかかりません」。

家に帰ってから、クリストフが、マルヤが死を迎えるとき、自分が胸に抱いて温めようと言う。

二〇一四年一二月二七日
一八週と三日

病院には行かなかった。

二〇一四年一二月二八日

「麻酔をかけなくては」とドロに言われていた。「陣痛を待っているあいだ、鎮痛剤を出してもらいなさい。夜になったら赤ワインを二杯飲む。そしたら寝られるから」この会話をしたのは、クリスマス休暇の一日めだった。

クリスマスにも、確認書類にサインした後も、アルコール類には口をつけなかった。ここ何カ月か毎日七錠とっていたビタミン剤は、もう飲んでいない。いつから飲まなくなったのかも覚えていない。

経験豊富な超音波診断専門医と電話で話す。「見通しはとても厳しい」とこの医師は言う。「多少なりとも無難な結果に達する可能性はないでしょう」。

おなかの中にいるのが赤ん坊ではなく、腫瘍であるかのような気がしてくる。

二〇一四年一二月二九日　午前中

マルヤを妊娠したとわかった最初のころから、ずっと見守ってくれていた人たちと、クリスマスに話をした。この友人たちは、ダウン症の子どもを産むことを抵抗なく受け入れる人たちだった。彼女・彼らに、マルヤの頭部に見つかった水のこと、私がサインした書類のことを話した。そのときは、二七日の朝九時半に病院の第九病棟に行くつもりでいた。そうしていれば誕生予定日のちょうど五カ月前にあたる一二月二七日が、命日になるはずだった。

「生存能力そのものを得られるように、まず手術しなくてはならないと言われたんだけど」と私は説明した。「そんなことはしないほうがいいと思うんだよね」。私の話を聞いて、ドロは言葉少なに同意した。ダビッドは、妻の姉が、重度の障害者の施設で働いていると言った。夫婦でその姉を仕事場に訪ねたことがあるが、不自由なからだに身をゆだねきり、自分の世界に沈みこんでいるような様子で介護スタッフに世話されている人たちの姿を目にするのは、気が滅入るものだったと。

友人たちに、マルヤが受けることになるだろう数々の手術と、それに伴う痛みについて語った。そして、重い障害をもった子どもは、そのときそのときの時間の中だけに生きていて、痛みは一時的なものだと理解できないまま、ただ苦痛に耐えるしかないのだと。このごろは、マルヤの姿を思い描くとき、必ず、彼女のからだをピカピカと光る照明が上から照らしている場面が目に浮かんでしまう。

赤ん坊というのは、電灯ではなく、三日月の濃黄色の明かりの中で浮かび上がるもののはずなのに。そういう三日月のランプを、何年か前に、私が名づけ親になった子どもにプレゼントしたことがあった。

イーダは、退院してからとにかく、なんらかの支援を受けなくてはと言った。「からっぽの揺りかご」のような自助グループがいいかもしれないね。

ダウン症のパウルの父親とも話した。彼は「そういう話なら、もし自分だったらどういう決断をするか、僕自身わからなくなってきた」と言った。

友人たちのこうした言葉は、おそらく、私の決心を反映したものだったのだろう。決断するのにこれほどまでにもがき苦しんできた姿を知っていたら、マルヤに下った診断を聞いて、もう一度考え直したほうがいいなどと、誰が言えるだろうか？　みんな、私が実は心ひそかに赦免を切望していることにも、気がついたのかもしれない。でも友人たちの言葉は重みをもっている。どれも誠実な言葉だった。それに、マルヤの診断はそのままで何も進展はない。それなのに、私は中絶の予約を取り消した。

いつだったか手に入れた小冊子をめくってみる。「出生前診断の結果に正常ではない点が見られた妊婦さんへの情報・資料」という題名だ。最後のところに、「イニシアティブ――虹」の住所が載っていて「お産のあいだに、またお産後に、あるいは医学的要件による中絶により、お子さんを失った親たちがつながり合うためのグループです」と書いてある。「失った」という表現に、胸をしめつけられる。自分たちが手を下さずに子どもを亡くした親たちと一緒に、私も嘆き悲しんでいいという。

私は中絶の書類にサインしたというのに、そうしなかった親たちと同様に、深く悲しんでいいというのだ。私だって、どんなに、この子と一緒に生きていきたいと願ったことか。

二〇一四年一二月二九日　夜

一二月二三日に訪ねた教授は、あの日、何を目にしたのだろうか？　挨拶のため私の手を取ったとき、あごを少し上げるようにし、頭を傾けて、長々と探るように私の目をのぞきこんでいたとき、彼はそこに何を見たのだろうか？　どういう人間の姿を見たのだろうか？　秘書のところに携帯から電話をかけ「すみません。建物を間違えました。すぐそちらに着きます」と息をきらしながら伝えてきたあと、駆け足で現れた女性。その直前に、もうひとつ別の病院の別の寝椅子に横になっていた女性。今しがた、町の中を猛烈な勢いで車を飛ばして、スピード違反の車を見つけるフラッシュ撮影にひっかかり、そして今、自分の前で、ハアハア息をしながら、これまでの診断の数々を列挙している女性。もしかしたら教授は、この女性の中に、母親というよりは、追い立てられた動物の姿を見ていたかもしれない。

マルヤを診察するもうその前から、彼は次のような言葉を口にした。もう終わりにしなければなりませんね。はっきりさせる必要があります。教授は、救済を約束した。

でも、その一時間前に訪ねた出生前診断専門医は、救済を拒んだのだった。彼も脳室の大きさを測定したが、診察の終わりに、二週間たったらまた来てくださいと言った。そうすれば「髄液のダイナミクスを認識する」ことができるからと。「これまでずっと、子どもを産むつもりで考えてこられたのでしょう」。それなら、もう少し待ったほうがいいと言う。もっと待つだなんて、いや、それではまるで最高刑を受けるようなものだと私たちは思った。

こうした経緯のあと、クリスマス二日めの休日に低出生体重児病棟で出会った親切な小児科医に、もしまだどこかの医師に相談に行くことができるとしたら、どこへ行けばいいだろうかと訊いてみた。「女性の医師のところに行ってみましたか」と言われ、そういえばこれまで訪ねた専門家たちは、みんな男性で、著名で、そして年配の人たちばかりだったと気がつく。というわけで、今日はプロテスタント系の病院で勤務する女医のところに行くことにしたのだった。

彼女は微笑みながら「お入りください」と言って、私の腕に少し触れる。そして、至福に満ち満ちた母親たちがいる廊下を急ぎ足で過ぎ、私を案内していく。お産病棟の中のこの数メートルを通らねばならないことを、私がどれほど恐れていたか、彼女は知っている。すでに電話で、診察はどこで行うのかと尋ねてあった。けれども、彼女が使う優れものの超音波診断器は、長い廊下の一番奥にいつもあるドアの内側、ちょうど分娩室のすぐ前あたりにあるのだ。彼女が、私と一緒に歩を進めながら、私に話しかけ気をそらせようとしてくれるのがありがたい。かなり離れたところから、ひとりの女性がこちらに向かって歩いてくるのが見える。ゆっくりと、おそろしくゆっくりと、足を一歩一歩前に踏み出しながら。そして、キャスターつきのとても小さなベビーベッドを押しながら。私は頭を低くし下を向く。黄色いリノリウムの床。いや黄土色といったほうがいいだろうか。右側も左側も赤く縁どられている。頭を左に向けると、そこには、濃い褐色の髪の毛を束ね、アイロンをかけたばかりのようにパリパリとしてシミ一つない白衣を着た女医がいる。彼女は早足となり、私たちは、まるで行進しているかのように速度を上げる。ベビーベッドを押す女性は、もう二、三メートルのところまで近づいている。彼女とすれ違う直前、「申し訳ないけれど、患者さんに廊下を歩かないでくださいとは言えないので」と女医が言う。ベッドのほうをつい見てしまう。毛布にくるまれて寝ている赤ん坊。なんて小さくてしわだらけの顔なのだろう。女医が急ぎ足で先に行き、ドアを開けてくれる。こうしてクリストフと私は、やっとのことで彼女のデスクにたどりつく。ドアが閉まる。

もしマルヤを死産すると決めたとしたら、あなたのもとでそうしていただくことはできますかと訊く。彼女は、質問に直接答えるのではなく、そういうことにもっと経験のある看護師たちがいるほかのクリニックがありますと言う。それに、そんなに急には……。「でも、もう三日間の考慮期間は過ぎているんです」と私は答える。ちょっとつっけんどんな言い方で。自分は法律上の決まりをちゃんとわかっているのだということを、医師に知らせなくてはと思ったのだ。法律により、診断の告知と、中絶の医学的要件を書類の上で確定するまでのあいだには、まるまる三日間なければならないことになっている。衝動的に中絶すると決めてしまわないようにとの理由からだ。「でも、このケースでは、しないほうがいいのではないかと思うんですよ」と医師はやさしい口調で言う。

全くどうしたというのだろう。私は、中絶に対して呵責(かしゃく)の念を抱くひとに会いたいと思っていたはずなのに、いざ誰かがその実行を阻もうとすると、今度は途端に、自分がそうする権利を主張して譲らないだなんて。まるで、いつになっても非常口はそこにあるのだと信じたがっているかのように。

いい知らせもある。医師が、超音波診断で脳梁を識別することができた。一二月二三日の段階では、左右の大脳半球を結ぶ脳梁が欠けているか、おそろしく未発達である疑いが強いと言われていた。一二月二三日に話した医師は、脳梁に関しては、一、二週間してから確実な診断を下すことができるだろうと言ってはいたのだけれど、あれから一週間たって、もう脳梁が見えるようになっているのだ。脳梁のあるその子ども自身は、間一髪のところでもういなくなっていたかもしれなかったのだが。

女医は、私に3Dの超音波写真を持たせてくれる。一一時四三分撮影の写真。マルヤはちょうど左手で、一方の目をおおうようにしていて、少しだけ微笑んでいるようにも見える。

この産婦人科医が、あとから報告書に書いた内容－「この夫婦は悩んでおり、新生児専門医学からみた見通しおよび病状判断を望んでいる」、そして「……私の見たところ、現在焦眉(しょうび)の問題として、このカップルは決断を下すにあたり支援を必要としている……刑法二一八条(中絶の要件を定める法律)についてはすでに話し終え……中絶する場合の病院はすでに決まっており、迅速なアポイントをとることも可能と思われる」。さらに「推奨する」という項目には「小児科医の会議で取り決めたとおりに、二〇一五年一月八日に、胎児水頭症の経過チェックのために来院」となっている。

両親に新たな診断について話すとき、私はいつも外来語を使う。Hydrozephalus。ギリシャ語だと、それほどひどい話のようには聞こえない。父が「そもそもどういう意味なんだい？」と訊く。「水頭症」と私。するとたちまちイメージが目に浮かび、みなぎくりとする。

私は、なんと治療師(ヒーラー)(祈禱(きとう)など心霊治療を施す)にまで助けを求めた。この私が！ クリスマスに教会に行くのでさえ、「なんでそんなところに行くの？ いったい何を求めているの？」と宗教裁判であるかのごとく自問せずにはいられないこの私が、批判的にものごとを判断するジャーナリストであるはずのこの私が、治療師に？　そう、何人ものガンを治癒したとされている治療師に電話してみたのだ。自分の子どもが置かれている厳しい状況を語り、私自身、心の平安が得られなくなっていると説明する。彼女は、交信してみますと言う。いったい誰に？　交信といったって何に？　さっぱりわからない。「マルヤにです」と治療師。ありがとうと言って電話を切る。

しばらくして、治療師からメールを受け取る。メッセージ「マルヤは、おかあさんにもう行かせてちょうだいと言っています」。

二〇一四年一二月三〇日
一八週と六日

朝起きてすぐに、プリンターから新しい用紙を一枚取り出し、デスクの前に腰をおろす。「バンビーノ」と名づけた赤いファイルを開くと、紙の束がごそっと出てくる。角に折り目をつけた医師の診断書、超音波写真など、あらゆるものがぐちゃぐちゃになっている。それを分類し整理して、穴をあけてファイルにとじこみ、目を通してから「おなかの中のマルヤ」という名の新たなファイルを作る。そしてペンを手にしたまま、電話をかけ始める。まるで記事を書くときの手順どおりじゃないのと思われそうな流れだ。でも今は、自分の人生のために調べものをしている。

「使いものになりません」──「そんなにひどいとは思いません」。ふたりの医師が、マルヤの頭部を見て口にした言葉。相対（あいたい）するふたつの証言。どちらが正しいのだろうか？

前から通っていた婦人科の医師に電話をする。最新の検査結果はお手元にありますか？　はい、トキソプラズマ、サイトメガロウイルス、パルボウイルス、どれもネガティブです。妊娠初期に行った前回の検査結果と変わりありません。ということは、私は急性の感染症にかかっているわけではなく、それが原因の先天異常ではないのだと言われる。

一、二週間前に電話で話した、息子がダウン症だという母親のひとりに電話してみる。「マルヤと同じ診断が出たお子さんをご存知ありませんか？ ダウン症で、多量の髄液が発見されたというケースなんですけど、どうでしょう？」――「思い当たらないですね」。でも、親同士の幅広いメーリングリストがあるので、誰か知っている人がいるかもしれないと言う。また連絡しますとのこと。

人類遺伝学のクリニックにも電話をかけて、同じ質問をする。21トリソミーで水頭症という子どものケースは聞いたことがないという返事。「それで、もし中絶するとしたら、あとどれくらい時間が残されているのでしょうか」と尋ねる。法律上の問いではなく、耐えがたくなる限界はいつかという意味で、いったいいつまでならと言えますか？ 母胎の外でも生存能力ありというぎりぎりの時期にはできるだけ近づきたくないと、今までも言ってきたけれども、もう妊娠一九週になっている。とにかく、マルヤが死の前に絶対苦痛を感じないようにしなければ。電話で聞いたことをメモする。「二〇週、二一週。心臓がまだ動いているかもしれない。一回、二回、三回ぐらい息をする。二二週が過ぎると〝胎児殺し〟」。

胎児殺しというのは、私の腹部を通してマルヤの心臓に注射針を打つということだ。最初にこの方法を聞いたときには、まるで処刑であるかのように感じたが、今の私にはときには慈悲深い行為ではないかと思える。マルヤが事前に麻酔をかけてもらえるのならなおのことだ。自分の子どもが「陣痛のもとに死ぬ」よりは、塩化カリウムの注射液で命を絶たれるほうが時間もかからないし、慈悲深いやり方なのではないだろうか？「陣痛のもとでの死」というけれども、いったいそれがどういうことになるのか、私にはよくわからない。マルヤをいま出産するとしたら、彼女がどういう死を迎えることになるのか尋ねると、いつもそういう言い方しか返ってこなかった。医師たちは、そのように言い換えたほうがソフトで自然な感じがするし、死なせるという言いまわしのように不快な気持ちにならずにすむと考えているのだろうか？ なんでみんな曖昧な言い方しかしないのだろう？ そのほうが、私たち当事者すべてにとって、重荷が軽くなるから？ 医師は針を刺さなくてすむし、私のほうは、それ〝以前〟とそれ〝以後〟をはっきりと認識しなくてすむ、つまり心停止をライブで確認しなくてすむから？

私には、「陣痛行為による」終わり方は残酷に思える。マルヤがしわくちゃになり、つぶされるようにして、私のからだから押し出される様子を想像してしまう。陣痛促進剤を飲んで、子どもを守っていた洞くつから追い出すにしても、塩化カリウムを選択するにしても、私の行為の目的そのものに変わりはない。

超音波診断専門医のオフィスに電話を入れる。「一二月二三日に忘れてしまった保険証のことなんですけど、今日そちらに持っていかなければなりませんか？」電話に出た看護師は、クリスマス前最後の勤務日の終業間際に、私の問い合わせを受けたひとだった。あのときは、私が出現したことにより、彼女の仕事の手順をすっかり狂わせてしまったのだった。どうしても医師に会いたいと懇願した経緯から、私のことも知っているし、マルヤの診断結果も知っている。中絶を間近に控えていることも伝えた。「もちろん保険証がいりますよ。もうお知らせしましたよね。ちょうど四半期末なんですから！」

一二月二三日に会った教授の秘書に電話。このあいだ忘れた保険証、持っていきます。その必要はありませんと秘書。医療保険のほうに連絡して手続きしておいてもらいましたから、大丈夫ですよ。彼女の思いやりに泣きたくなる。

もう何度も行ったことのある出生前診断専門医に電話する。21トリソミーと水頭症が組み合わさったケースは知らないと言う。この医師は、頭部と心臓に目立った点が見つかったということは、ほかにも先天異常が出てくる可能性があるという言い方をした。もしかして、あとから母胎の中で発育不全が起きるかもしれませんね。「この子は欠陥だらけです」。

母胎外での生存能力がつく前は、中絶に関して議論されずにすむ。でもその期限を過ぎて、中絶の時期が遅れてしまうと、助産師、医師、牧師などからなる病院の倫理協議会におうかがいを立てなければならない。それに、「まだ引き受けてくれる」病院の数も少なくなる。

インターネットコミュニティの中に、「ダウン・プラス」という表題があるのを見つけた。私が探しているのは「ダウン症＋x＝？」という計算式にあてはめれば、マルヤに水頭症を付け加えたような誰か、そして、この計算の答えを生きぬいた人物だ。でも、ダウン症プラス水頭症というのは見当たらない。目についたのは、ダウン症プラス自閉症、ダウン症プラスてんかん、ダウン症プラス〝ADHD（注意欠陥・多動性障害）〟。こんなプラスがあるということは、知らないでいたほうがよかったかなと思う。ほかの親たちに自分たちの状況を説明し「お子さんの病状について似たようなことを経験をされた方はいませんか？　もしいらっしゃるのなら、その後、息子さんや娘さんはどうしていますか？」という書きこみをする。あっというまにたくさんの返信が来て、幸運を祈りますという多くの励ましや、温かい言葉をもらう。「心から歓迎します」と書いてきた家族もいる。でもマルヤのようなふたつの病気が重なる子どもはいなかった。

遺伝学専門医から今朝紹介された小児神経外科医に電話する。遺伝学専門医は、この医師と相談してから水頭症の子どもを産もうと決心した親たちが何人もいるんですよと付け加えた。彼は今手術中なので、そのあと、今日の午後、あなたに電話するそうですと彼女が約束してくれた。

電話口の向こうにいる小児神経外科医には、すぐに好感を抱く。ダウン症プラス水頭症というマルヤの診断に関してグーグルで見つけた数少ない参考文献、私たちの医師めぐり、情報探しなどについて話す。「私がそういう立場に置かれたら、同じようにするでしょうね」と医師。

再度がっかりさせられたのは、水頭症とダウン症という組み合わせは非常に珍しく、自分の患者の中にもいないという彼の言葉だった。

この医師は、それぞれの診断をとりあえず、別々に考えてみませんかと提案した。まずは水頭症について。電話で話した一時間のあいだに、Ａ４用紙二枚が上から下まで、メモの走り書きでいっぱいになった。研究あり。パーセンテージ。経過。組織の形成。組織ができればラッキー。二四週までに脳室の状態がまた正常に戻る子どももたちがいて、もしかしたらマルヤにもそういう可能性があるかもしれない。

もしそうならなければ、あとからマルヤにチューブを埋めこまなければばならない。髄液を排出するためのいわゆるシャントだ。ただ問題もある。シャントが感染源になる場合もあり、そうすると「さらなる知的障害につながる」かもしれないと言う。ダウン症プラスさらなる障害だなんて、インターネット上の親たちのフォーラムに新しい見出しをつくれそうだ。ひどすぎる。

でもこの医師は、とにかく解決策について、そしてそのために取りうる処置について語ってくれる。これまで訪ねた超音波診断専門医たちの中には、ひとりとして解決策ということを口にしたひとはいなかったと思う。それに、マルヤが本当に頭部にシャントを必要とするかどうかはまだはっきりしていないのだ。

出生前診断専門医のひとりと一緒に、マルヤの脳を診てみましょうと、この外科医は約束してくれる。

私のメモは、数字、きれぎれの言葉、矢印で埋まっている。でもある一文だけは、ひとつひとつ聞いたままを繰り返して書き記し、青いフェルトペンで囲んだ。「手術のあと、ふつうのダウン症児となる可能性のほうが、最重度の障害につながる可能性よりも大きい」。

生存能力がつく限界の日付まであと三週間。

二〇一四年一二月三一日

ついに電話番号が手に入った。マルヤと同じ診断を受けて、生きている子どもがいる！　この家族は南ドイツに住んでいて、親のネットワークを通してメールの問い合わせを見たと言う。電話をかけると父親が出る。午後早めの時間だったが、すみませんと謝る。あと数時間でおおみそかの夜だと言うのに、電話なんて申し訳ありません。大丈夫ですよ。妻はちょっと横になって休んでいます。

彼は息子の手術の回数について、七回まで数えて、もし忘れた分がなければと言いながらまだ考えていたが、数え終わる前に、まずこう言った。「息子はふつうの男の子みたいですよ」。この子は多くの喜びと幸せを家族にもたらしてくれます。来週またみんなでアルゴイ地方の乗馬セラピーに行く予定だと言う。

彼の息子の場合、まず胎内にいるときに脳出血が見つかり、早産となり、さらには21トリソミー、心臓疾患、水頭症といわれた。今この子は一〇歳。自分で歩きまわり、何を食べたいかも言うし、農場で牛にえさをやる手伝いもする。食卓の用意もするし、踊り、歌う。字は読めないけれども、絵を見れば理解する。自分で服を着たり脱いだりするのはむずかしい。

まだオムツをしている。もういやだというときは、床に倒れて転がり、意思表示する。どうしても何かが欲しいときは、ほかの人をひっかいたりつねったりすることもある。何をしたいのか、何が好きなのか、ちゃんとわかっている子ども。好きなものは、プレイモービル・ファンパーク、クマのプーさん、メリーゴーラウンド、電車に乗ること、動物。好きでないのは、広く果てしない海。家族に愛されている子ども。

二〇一五年一月一日

自分自身の中に閉じこもっている。いや、ほかの人たちを自分の世界から締め出したといったほうが正しい。鍵をかける。距離を置きたい。外界と自分の間に、せめてドア一枚はあってほしい。部屋の中には、ベッドがひとつ、椅子がひとつ、デスクがひとつ、本棚がひとつ、戸棚がひとつ。外にはワイン園のブドウ畑、チャペルが見える。一一月一九日に21トリソミー、ダウン症という診断が出たあと目にしていたあのときと同じ眺め。

また両親の家に来ている。ほかにどこへ行けばいいのかわからなかった。冬の休暇だかなんだか知らないが、友人たちはここにはおらず、違う町にいる。クリストフには会いたくない。けんかして、古傷が新たにぱっくりと開いてしまった。私はマルヤとふたりきり、いやマルヤもいない、マルヤとふたり、いやいない、やっぱりいる……こんなふうにして一日が過ぎていく。少なくともおおみそかは過ぎ去ってくれた。両親がドアをノックし、私を呼び、「出ておいでよ！」と言っても、ベッドの中でひたすら待った。新たな年がやっとのことで、新年の挨拶を交わさなくてすむころになるのを待ち続けたのだ。なんていやな年。

ずっとこの部屋の中だけで過ごす。何時間も何日も。ときどき階下で、両親と一緒に食事をとるほかは。私の沈黙と悲鳴、交互にやってくるこの沈黙と悲鳴が、両親を傷つけているのはわかっている。でも今の私にとってはどうでもいいことだ。私にとって大切なのは、私の子どものことだけなのだから。

この部屋にいると、自分の過去に引き戻されていくような気がする。本棚の一番下には、子ども時代の写真アルバムが並び、一番上にはドールハウスが置いてある。

このドールハウスは、もう一〇年以上もここにある。私が母の六〇歳の誕生日に贈ったものだ。戦後、まだ小さな女の子だったとき、母はドールハウスが欲しかったと言う。けれどもそのころ、そんなプレゼントはもらえなかった。いろいろな国に行くたびに、私はこのドールハウスのために何か持って帰ってきた。香港では、両親の居間に掛けてあるような掛け軸のミニチュアを、日本ではとても小さな寿司皿の飾りを手に入れた。ただのドールハウスではなく、私たちの家族につながっているようなものであってほしかった。カーテンには、シュヴァルツヴァルトにある別荘の本物のカーテンと同じチェックの生地を使った。キッチンには、私の祖母が昔クリスマスのプレゼントとして送ってきたカッコウ時計の小型版を飾ってある。ジャック・ラッセル・テリアの子犬、フリーダを飼い始めると、子犬の写真の縮小コピーが加わり、さらには、私が仕事をしている雑誌のミニチュア版を作ってナイトテーブルの上にのせた。こうして、このドールハウスは、私たちの生活を表現するもので満たされていった。小さな部屋が整然と並び、見た目にもきれいな家。母は何年かに一度は、この見通しのいい世界にたまったほこりの拭きとりそうじさえしてきた。少し前からは、紙でできたウエディングドレスがタンスの扉にぶらさがっている。あと足りないのは子ども部屋だけということになる。本当は、このクリスマスに、小さな揺りかごを工作して母にプレゼントしようと思っていた。

ここに揺りかごのミニチュアを置く日は果たして来るのだろうか。ドールハウスの中に介護用ベッドが置いてあるのは見たことがない。

二〇一五年一月二日

真っ暗な中、フリーダがベッドに飛びのってくる。片方の前足を鼻の上にのせるようにして、私の足のはじっこのほうで丸くなっている。まだクリストフがいなかったころ、まだマルヤがいなかったころ、いつもそうしていたように。さっと、リスク計算に頭を働かせる。二、三週間前に、ある友人が遊びに来ないかと誘ってくれたとき、かわいい子猫を二匹飼ってるんだよと言うのを聞いて、これから九カ月間は彼女の家に行くのはやめておこうとひそかに決めたのだった。クリニックで働く診療助手たち数人から、猫の糞の中にひそんでいるかもしれないトキソプラズマ症病原体には気をつけるようにと、注意されていたからだ。犬は大丈夫とのことだった。犬がベッドで寝るのは、それでもやっぱり今晩だけということにしようと決める。

二〇一五年一月三日
一九週と三日

電車で、以前暮らしていた町へ向かう。そのころ住んでいたアパートへ。家主が、次にここを借りるかもしれない人が見に来られる日を決めたいと言う。ガス給湯器の整備もする予定だとのこと。これまでの生活の清算というわけだ。そしてそれからあとはどうなるのだろう？

このアパートと同じ通りにあり、何週間か前にマルヤにカタツムリを買った子ども用品の店をのぞきこむ。ショーウィンドウの向こうに、セミロングの髪をまとめた親切な店員の姿が見えたので、なんとなく中に入ってみようという気になった。この前ここに来て、21トリソミー、ダウン症という診断なんですと話をしたとき、彼女はとてもポジティブな態度で接してくれた。私はまた励ましてくれるのではないかと期待して、店に入ったのだろうか？　たぶん。見知らぬひとのほうが、自分がかかえこんでいる不運について話しやすい。店の奥に置いてある揺りかごのそばで、静かに言葉を交わす。マルヤの頭部に水があるという話をすると、彼女は息をのむ。そして、ときどき店に来るという、低身長症の女の子を連れた母親の話をする。ついこのあいだも、スノースーツを買いに来た。ほかの母親たちの視線が耐えられないと、いつも閉店時間のあとに来るのだと言う。

二〇一五年一月五日

最初のうちはまだ、ゆったりとしたセーターの内側に隠すようにして、ジーンズのボタンをはずしておけばよかった。でも今では、タンスの中にある服のどれひとつとして、もう着られなくなった。それでもマタニティウェアは買わない。

子どもを産むかどうかもわからないというのに、そんな気持ちになどなれるはずがない。ポンチョ一着だけ手に入れた。これならいつでも使うことができる。週に二回は、黒いナイトウェアにレギンスをはいて、ワンピースみたいに見えると自分に思いこませる。

以前住んでいたこの町にこうして帰ってきたのだし、私のお気に入りだった店に行く。店員とは顔見知りだ。ここ何年もずっと、この店に来るといつも試着室とレジの間をさまよいながら、雑談に花を咲かせたものだ。私の腹部を見てニコニコしながら話しかけてくる彼女に、マルヤに下った診断について説明する。すると不思議なことが起こった。彼女は、自分自身がかかえている傷をさらけ出したのだ。ある友人の言葉が、というよりかつての友人の言葉というべきなのだろうが、彼女の心に致命傷を負わせた。彼女の母親は、脳卒中で倒れてから車椅子の生活を送っている。友人だったはずの女性は、その話を聞いて次のような言葉を投げつけたと言う。「そんなモノをあっちに押したりこっちに押したりして楽しい？」――車椅子の母親のことを「そんなモノ」呼ばわりされたのだ。

こうして、まだ生まれてもいないのに、マルヤは深遠な出会いをもたらしてくれる。こちらの痛みを語り始めると、聞く側だった相手も、それまでは口にすることのできなかった自分自身の傷について打ち明ける機会がついに来たとばかりに話し始める。

二〇一五年一月六日

ここ何日か、透明な液体が出てきているのが気になる。昨日の夜、ひとりでタクシーに乗って病院に行った。羊水が漏れ始めているのではないかとこわかった。「破水してしまったのだとしたら、もうどっちみち手のほどこしようがないわけですよね？」と医師に尋ねる。彼女は「そうですね」と答える。検査の結果はネガティブで、破水ではなかった。ホッとする。

二七週、二八週というかなり遅い時期になって赤ん坊を失ってしまった同僚の話を、ある友人から聞いた。その同僚のために、それから一年間はオフィスの窓を開けることができなかったと言う。窓が開いていると、子どもたちの笑い声が聞こえてきてしまうから。

　昨日のことを考える。「そんなモノ」をあっちこっち押してまわるという言葉。自分たちが日常しているような生き方のできなくなった人に対して、私たちはなんと冷酷になってしまうのだろうか？　そして、「もともとそうした生活ができない人」に対して。マルヤがこの世に生まれてきたら、彼女もそういう人たちのひとりになるのだ。私たち誰もが、明日か二〇年先かわからないけれども、脳卒中が起きれば、途端に障害をもつことになるというのに。

　アンネのマッサージ台でシーツの下にもぐりこんだ。電気毛布のスイッチを入れ、ウールの毛布をもう一枚かけてくれるようにと彼女に頼む。今日は一日中、ひどく凍えて寒く感じる。

　私の妊娠というものを象徴するようなジェスチャーが何かひとつあるとしたら、多くの医師たちが、慣れた手つきで、さりげなく、折りたたんだ硬いペーパータオルをディスペンサーから取り出して、私の手に渡す動きということになるだろう。たいていは無言のままで、目を合わせることもないまま。これを使って、医師が私の皮膚の上に容器から押し出して塗った冷たい超音波検査用ジェルを、――透明の湿った大量のジェルの山の大きさに比例して検査時間も長くなる――このべとべとしたものを肌から拭き取れという身振りだ。私がそうしているあいだに、医師はもう別のことを考え始めているか、またはその前に起きた出来事を思い出しているかのどちらかで、少なくとも私の腹部に関しては、もう作業終了とみなされている。

「できることならずっとここで、ただ横になっていたい」とアンネに言う。「もう立ち上がりたくない」。ここにいるあいだは、何も決断しなくていい。この部屋にいるかぎり、何もかもが平穏だ。カーテンの後ろの黄色い明かり、天井に飾られた銅製の皿、ティーライトの光に浮かび上がるベージュの壁。私の子宮。

二〇一五年一月七日
二〇週

何日か前に電話で話をした小児神経外科医の診察の日がようやくやってきた。その場に同席するためクリストフも、こちらの町にわざわざやってきた。超音波診断専門医のクリニックで会うことになっており、この専門医が私に外科医をかなり形式ばったやり方で紹介する。「電話ではもうずいぶん話しましたよね」と私。「なんだかまるでもう顔見知りみたいな感じがしますよね」と外科医。そしてふたりとも笑う。不安がぬぐい去られたような気持ちになる。

超音波検査を受けながら、また何か新たによくない話が見つかるのではないかと心配ですと私は言う。それに対して外科医は、でももういろいろな診断が出ていますからね、統計上はそのうちいつかその連鎖も終わるはずですよ。

「もう二回墜落していますから……」と私。

「スーパーフライヤーズカードをなんとしても手に入れないといけませんね」と出生前診断専門医が話をつなぐ。

中絶のアポイントメントを前にしてクリスマスイブの朝、電話で聞いた医師の見解を説明する。その医師は、産むのであれば、水頭症を理由にかなり早めに出産する必要があると言った。小児神経外科医と出生前診断専門医は顔を見合わせて、首を横に振る。いや、そういうケースはとても稀ですし、早いと言っても三四週以降です。

こうして私たちには、ふたつの町にふたつの医療チームができた。私が住んでいた町には、人類遺伝学クリニックが薦めてくれた小児神経外科医と、出生前診断専門医がいて、一緒にマルヤの頭部超音波写真を検討している。そしてクリストフが住んでいる町には、プロテスタント系の病院の女性の産婦人科医と、まだ会ったことのないNICU専門の教授。女医が、次の診察のとき、この教授も連れてくると言う。ひとりの胎児に四人の専門家。

母胎の外での生存能力がつくまであと二週間。

二〇一五年一月九日
二〇週と二日

私は医師たちと談判し始めている。一緒にクッキーを焼いたり、橇(そり)に乗ったりしたいだけなんです、お願いです。マルヤが幼稚園で遊べればいいいんです。医師たちは黙ってうなずく。

多くの追加の質問に脅されるようにしながら、いくつかのからみ合った言葉にしがみついているクリストフと私。今回初めて現れた新生児学の教授は、ひげをはやしたにこやかな人物だ。彼は「ごくふつうのダウン症の子どもになる可能性が全くないとは言いきれません」と言う。「一本の針があって赤と緑の領域の間で揺れ動いているとしましょう。お子さんの場合、たぶん針がギリギリで緑のほうを指し示しているのではないかと思うのですよ」。脳というのは予測のつかないもののようだ。ときには予想外の回復をみせ、即興の力で動く。おそろしく多量の水を頭部にかかえながらも、ハンドルを握って町の中を走りまわっているタクシー運転手がいるのだそうだ。かと思うと、ひきつけの発作についても聞かされる。マルヤがふるえ、痙攣し、ばたばたと激しく動く姿が目に浮かび、気分が悪くなる。

マルヤの脳についてもっとくわしく知る唯一の方法は、胎児ＭＲＩだと言う。ヨーロッパの中でも一流の専門家がウィーンにいます。ウィーン！　初めて、「もうやめてほしい！」と思った。これまでドイツ中あっちに行ったりこっちに行ったりして、多くの専門家たちの話を聞いた。苦労して今さらオーストリアまで行ったりしたくない。もっとも、そうしたＭＲＩは三二週になってからでないと、はっきりした方向性を見つけるのはむずかしいのですが。まず脳がもう少し成長する必要があります。「三二週ですって！」と叫ぶ私。「で、その結果何をどうするのですか？」ウィーンの話はこれでおしまいになった。

この超音波検査には、クリストフと私とふたりで一緒に行った。クリストフがコーヒーを買いに病院の廊下に出ているとき、若い小児科医が私のほうに来る。クリスマス休み二日めに、未熟児病棟で私たちが声をかけた医師だ。彼は声を落として「子どもにはママとパパと両方必要ですよ」と言う。クリストフと私、ふたりの間の空気が、二週間前とは違うことに気がついたのだ。

二〇一五年一月一〇日　午後

週末。私たちはホームセンターに向かう。私たちとはママとパパ。新しいアパート、初めて一緒に暮らすアパートは、気持ちよく住める状態にはまだほど遠い。いたるところに段ボール箱がバラバラに散らばっていて、私にとってこの片付けはきつい。今のところ一番居心地のいい場所は、朝日があたる食卓の椅子。

ホームセンターで、知的障害のある娘を連れた家族に出くわす。彼女は車椅子にからだを曲げたますわっている。たぶん一八歳、二〇歳くらい。茶色い髪の毛の若い女性だ。彼女に目を向ける練習をする。ふだんこういう場合には、控えめと思われる視線をチラッと投げかけるだけなのだろうが、そうではなくて、ベッド用品と浴室用品の間で出会うほかの人たちすべてを見るのと同じ視線を、彼女にも向けたい。こうした家族は、土曜日はふつうどういうふうに過ごすのだろうかと、クリストフも私も考える。あの家族、今朝はきっと早くから一日が始まったんだろうねとクリストフが言う。うなずく私。「どうしてああいう姿勢になるんだろう?」とあとからクリストフに尋ねる。「何年ものあいだずっと、一部の筋肉がほとんど使われないままだからじゃないかと思う」という答えだった。

「水頭症」の診断が出た少しあと、出生前診断医と電話で話したときに聞いた言葉をまた思い出す。自律した人生を送れるかどうかということが重要なのではないですかと、彼は言った。そうだろうか?　もちろん私だって、自分の人生の表題に自律と掲げることができたら悪い気はしないだろう。

でも、それが本当に、生きる価値があるかどうかの決定的な基準なのだろうか？ 自律せずに依存して生きるくらいなら死んだほうがいいというのか？

どうして幸福であることや、痛みのないことではなくて、自律できるかできないかが判断基準になるのだろうか？ 自律ということが、我々が生きているこの時代、文化の形容詞のようになってしまっているから？ それともこんなふうに考える自分は単純なのか？ どの程度までの他律、すなわちどのくらい他者に依存すると、幸せな気持ちになれなくなるものなのか？ 幸福をもってしてももはや埋め合わせることのできないくらいの痛みとは、どれほどのものなのだろうか？

クリストフが、プールの更衣室で、以前ときどき見かけた親子の話をする。父親が、もう成人した障害のある盲目の息子ふたりを連れてきていた。若い息子たちはふたりともたぶん三五歳くらいで、歩くときも立っているときも、そしてシャワーを浴びているときも、目を閉じたまま、いつも手を握り合っていた。七〇歳前後の白髪の父親は、息子たちのからだにせっけんをこすりつけたり、服を着せたりしていたと言う。「極端なケースかもしれないけど」とクリストフ。「そりゃあ、太陽の光が顔にあたれば、あのふたりだって幸せな気持ちになれるのかもしれないけど、でも……」。

マルヤがダウン症だけだったらよかったのにねという話を、ふたりで繰り返しする。友人たちの息子である小さなパウルのように満ち足りた子どもだったらいいのに。パウルのように走ったりソーセージを食べたり、庭のプールでパチャパチャ遊んだりして、いろいろなことを一緒にやれたらいいのに。「パウルはゴールドスタンダードだよ」とクリストフ。化学が専門の彼の言葉によると、パウルは「可能な限り最高の標準物質」なのだそうだ。

二〇一五年一月一〇日　夜

「あのね、その行為そのものにひっかかるんだよね」とクリストフに言う。「そうするということ自体に。私には耐えられない」。わかるよという返事。母には「自分から死んでしまうのだったら、それはまた別の話だけど」と言う。人類遺伝学専門家のひとりが、21トリソミーの胎児は、染色体異常のない子どもよりも、母胎の中で死亡するケースが多いと言わなかっただろうか？

二〇一五年一月一一日

「医者たちはもちろん、すべての事実を教えてくれるわけではないだろうね」と父が言う。私は、いったい何を言いだすつもりなのと父を見る。「あのね、おとうさん、医者たちはなんでも知らせてくれるよ」。とはいえ、そもそも事実とは何なのだろうか？

私たちはありとあらゆる医師をつかまえては、機会さえあればいつも同じ質問をする。「歩けるようになりますか？　話すことはできるでしょうか？　目は見えますか？」私はとにかく質問せずにはいられない。「人は誰でも事実を受けとめて生きていくことができる」という言い方があるが、これなら数少ない人生の座右の銘のひとつにしてもいいかもしれない。

「正直なところ、私たちにもわかりません」と医師のひとりが言う。

胎内にいるときから子どもを知っていて、生まれた後も何年かその子を診つづける医師というのはほとんどいないらしいことに、私たちは気づかされる。産婦人科医たちが子どもを担当するのは出産までで、小児科医たちはたいていの場合、子どもが胎内にいたときの超音波写真もほとんど目にしていない。出生前診断専門医は、私の妊娠中に診断を下すのはむずかしいと言う。マルヤのようなケースに関するデータは、「ほとんどの親たちが子どもとの別れを選ぶ」ため、ほとんどないのだと言う。

小児神経科医と電話で話す。ひょっとして神経科医は、神経外科医にはない着想があるのではないかと思ったからだ。

「脳室に一二ミリメートルの水がたまっているんですけど、これはどういうことでしょうか？」

「一二ミリメートルと言われても、何のことだかわかりませんね。どういう診断が出たのですか？」

「よくわかりません。だから今日こうして電話したわけで。ただ一二ミリメートルの水という所見だけなんです」。

「診断内容がわからなければ、その子が後からどうなるのか予測することはできません」。

「いつになったら診断を下すことができるのでしょう？」

「むずかしいところですね。ふつうは生まれてからです。ときには生後一年たってからということもあります」。

超音波写真に何が見えているかは、わかっている。でも、それが何を意味するのかはわからないというのだ。そこから何が導き出されるのかがわからないというのであれば、診断には役に立たないではないか？　本当の意味での診断を下すことができないなら、何の意味があるのだろう？　私たちは、ない。

検査結果が役立たないとなると、正しく確かな決断を下すためにといって、まだ生まれていない赤ん坊たちをよりこまかく検査しようとする。いったい全体、どうしてそんなことをするのだろう？　何のための出生前診断なのだろう？　こうして私たちは、知識は得ても、それによって賢くなることはない。

自分たちは渦の中に巻きこまれてしまった。異常を最初に指摘された時点から不安が浮かび上がり、心配がつのっていく。そして唯一の解決法は何かといえば、不安を解消するためのさらなる検査ということになる。でもそれは何ひとつ解決することなく、吸いこまれるようにして「経過チェック」に支配されて妊娠期間を過ごすのだ。

自分たちの絶望感を、形を変えて表現することができるときもある。クリストフと私は、ほかの誰も言ってはならないジョーク、私たちだけが口にすることが許されるジョークをとばす。たとえば、駐車スペースが見つからずいつまでもグルグルと輪を描いて運転しているとき。「マルヤがいれば、とにもかくにも障害者手帳を調達してくれるから駐車スペースを手に入れられる。じゃあ取引成立」という具合に。あるいはまた「ねえ、脳梁がないんじゃないの」とか「脳室が腫れたっていうわけ？」と互いをからかい合う。

超音波検査をしながら「きれいなヴルム〔通常、青虫など足や羽のない虫を指す〕ですね」と言う医師の言葉を聞いて、私は笑いながら「どんなからだの部分でも、あればうれしいです」と言う。ヴルムとは小脳虫部のことなのだそうだ。「きれいなヴルム」、すなわちそこには先天異常は見つからない、つまり異常な部分がひとつ少なくなったわけだ。

二〇一五年一月一二日

マルヤの脳室拡大は症状であり、診断ではないのだと女医が説明しようとする。熱が出た場合と比べてみてもいいかもしれません。発熱は何かの兆候なわけです。でも何の？ まだ新しい血液検査がなかったころには、髄液の増加を目にして、21トリソミーの胎児を「引っぱり出した」こともあります。つまりいくつかのケースにおいては、関連する場合もあるのですが、この組み合わせは典型的なものではありません。とくに脳室の拡大が「軽い」ものなので、判断するのがむずかしいのです。「あなたが疑問を持つのはわかります。でも私たちにも答えようがないのです」と新生児学の教授。

この常軌を逸したような状況に自分を追いこんだのは自分自身ではなかったかと、ときどき考える。もちろん、血液検査をせずにすますこともできた。でもそうしていたら、次の定期検診で、21トリソミーの子ども特有の心臓疾患が見つかったに違いない。ということは、一三週ではなく、遅くとも二〇週あたりの超音波検査で、染色体異常の疑いが濃厚だと知らされていただろう。それならば、知らずにいる権利を主張して、超音波検査は一切受けませんと言うことだってできたかもしれない。でもそれでは私は軽率、いや怠慢だとさえ感じただろうと思う。生まれたあと、最悪の場合、貴重な時間を無駄にすることがないように、別の病院に運んだり、ヘリコプターでどこかへ移送しなくてすむように、マルヤの臓器、とくに心臓が正常かどうかを知っておく必要があるのではないだろうか？ 超音波検査がマルヤの心臓に問題があると明らかにしたことで、彼女はいわば待機中の患者になった。

ところが、マルヤを心臓の専門医に引きあわせようとしているあいだに、そこで「偶然の所見」が私たちの生活に襲いかかってきた。マルヤの水頭症を暴いた超音波検査の写真。そしてこの「偶然の所見」なるものは、マルヤの命について私たちに何も教えてくれない。この所見があっても、胎内にいるあいだに手術をするわけでもセラピーをするわけでもない。マルヤの役には全く立たない。ただ撃墜許可がおりただけだ。

二〇一五年一月一三日
二〇週と六日

「レーベンスヒルフェ」に相談に行くことにした。情報を集めなければ。母胎の外で生存能力がつくまであと一週間しかなく、本当はもう自分に残された時間は全くないに等しい。マルヤが死ぬとき、一切痛みを感じなくてすむのだと確信が持てるためには、実行に移すまでのあいだの猶予期間が欲しい。決めなければならない。もう決めなければならないのだ。母胎外での生存能力の始まりというのは重要な境界線になると、出生前診断専門医たちも繰り返し強調していた。私はそうした声を尊重しているし、自分自身でも、とにかく決断したいと思っている。決断したいだけではなく、決断しなくてはならないのだ。そうでないと、ほかの人たちが私のかわりに決めてしまうかもしれない。以前、出生前診断専門医が話していた倫理協議会なるもの、不吉な響きのするその協議会なるものが決断してしまうかもしれない。とはいっても、決断を下すところにたどりつく前に、自分にはもっと知らなくてはならないことがある。

そうした意味で私が求めているものを、医学的診断を下す専門家たちは差し出してくれなかった。今度は、ほんものの命の専門家たちに話を聞こう。親子グループの集まりに一度参加してみてもいいかどうか訊いてみるつもりだ。電話をしたりメモをとったりするのはもういい。自分たちもひょっとして近いうちにその一員になるかもしれないひとたち、その家族たちの輪、その様子を、自分の目で見て、聞いて、身をもって知りたい。

「超音波診断の専門家によれば……」というのが、私の口癖になっている。このあいだイーダと話したときも。すると彼女は私をさえぎって言った。「超音波診断の専門家は、これからずっと、あなたが朝ごはんを食べるとき、いつも一緒にそこにすわっているわけではないでしょ」。

重要なのは、ただひとつのことだけのはずと彼女は言った。「あなたは障害のある子どもとともに生きていくことができるの？　あなたという人間にはそれができる？」

「レーベンスヒルフェ」のある女性と会う約束をしてある。彼女が現れるのを待っているあいだに、玄関ホールに置いてある新聞をめくってみる。ひとつの記事が目にとまる。若い女性の障害者に対する性暴力の話だ。そうした問題についてまだ考えたことがなかったのに気づく。マルヤにそんなことが起こらないようにするために、自分には何ができるのだろうか？　そのうちいつか私も年をとって、マルヤの世話をできなくなる。クリストフと私が死んだあと、誰がマルヤの面倒を見てくれるのだろうか？

そうしたことも、今日聞いてみたい。マルヤがこの世に生まれてきたら、誰が私たちに支援の手を差しのべてくれるのか？

心理カウンセラーだという女性が、自分のオフィスに私を招き入れてくれる。私たちは小さな机の前にすわる。目の前にはお茶の入ったカップ。ティッシュの箱がないのに気づく。この何週間かのあいだに知り合った心理カウンセラーたちのところには、必ず、机の上の手のとどくところにティッシュの箱が置いてあるのが気になっていた。セラピストたちには確信があるのだ。あなたにはティッシュペーパーが必要でしょう、ここにありますよというその確信が厚紙でできた箱となって目の前に現れるというわけだ。

今日の私たちの会話の場には、ティッシュの箱はふさわしくない。この感じのよい女性は利発でたくましく、悲嘆に暮れたりしていない。私がおずおずと彼女の人生について尋ねると、その答えの中に多彩な生き方が浮かび上がってくる。大学での興味深い研究プロジェクト、夫は芸術家、子どもが四人、一番下の息子に知的障害がある。この息子はもう成人していて、ダウン症のガールフレンドがいるのだと言う。私は耳をそばだたせる。そういうこともあるのか。障害があっても、幸せな恋をすることができるのだ。

白分自身についてはふだんあまり話をしないのですけどねと、このカウンセラーは言う。彼女はもしかしたら、私が、マルヤの人生設計だけではなく、私自身の人生の見取り図も探し求めていることに気づいたのかもしれない。私はどういうふうに生きていくことができるのだろうか？　彼女は、親たちの話し合いの集まりについて教えてくれ、ある母親が書いた本を私に手渡す。『ロッタは魔法の袋（ヴンダーテューテ）』という題名で、著者は私と同じくジャーナリスト。私のように政治学を大学で学んだ。それも私のようにベルリンで。それぱかりか、彼女の名前は私と同じサンドラ。この本は、彼女の娘であるロッタ、脳血管の先天異常で重い障害をもったロッタについての話だ。

帰る前に、カウンセラーが上の階に私を連れていき、乳幼児向けの療育プログラムに参加する親子グループが集うスペースを見せてくれる。ここには、赤い色のマットやカラフルなダイス、そしてトランポリンまである。リビングキッチンでは、親たちがコーヒーを片手に集まることができるようになっている。格言のように頭に浮かんだのは、なんて好都合なんだろうということ。ここならうちから遠くない。路面電車が建物の真ん前に停まる。

長い会話だったけれども、うれしいことに、相手から一度も警告めいた言葉を聞くことはなかった。別れ際に彼女はただ「あなたのお子さんがそこにいるような気がします」とだけ言った。

私たちは、広々として天井が高く明るいロビーに、向き合って立っている。ガラス張りのドアを通って外に出ようとする間際になって、突然彼女に、まだ生まれていない自分の子どもにどういう名前をつけたのか教えたいと思う。彼女に名前を伝えたい、そして名前を口にする瞬間の喜びを分かち合いたい。そう、これはまさに喜び。マルヤの存在を喜んでくれるひとにやっと出会うことができた。

「マルヤ……」私たちはふたりで、この響きに耳を傾ける。私は彼女に娘を紹介したのだ。

「マルヤがとても重い障害をもっていたらどうなるのでしょう?」と私は尋ねる。「それでも楽しい人生を送ることはできるのでしょうか?　そして親子の間に結びつきは生まれるのでしょうか?」愛情を注がれる子どもたちの目には輝きがありますと彼女は答える。

二〇一五年一月一四日

カフェテリアにすわってものを書く時間が増えた。空いた時間がありすぎるくらいある。この新しい町に知り合いは全くいないし、クリストフは夜遅くならないとオフィスから帰ってこない。私自身はもう数週間前から仕事はしておらず、サバティカル〔研究休暇〕に入っている。妊娠するずっと前から、とると決めていた。

21トリソミーという診断が出た数日後から、日記をつけ始めた。あのころはまだ子宮内の出血、血腫のため横になっていなければならないことが多かったのだが、ある日の午後、もうたくさんという気持ちになり、路面電車で町に出かけた。そして本屋に行き、モールスキンのノートブックを購入した。

ジャーナリストになってからというもの、こうしたノートブックがとても気に入っている。レジに立っているときからもう、ブルース・チャトウィンになった気分だった。当然のように、いつも黒いクラシックなものを選んでいたが、たいてい、最初の数ページだけしか使わずに終わってしまった。具体的な言葉を書きとめても、自分が感じ、想像し、表現しうる言葉には、どうしてもならなかったからだ。それにもかかわらず、私は懲りることなく、いつも新しいノートブックを買い続けた。そして、あの日の午後、初めて色のついた装丁のものを買おうと決めたのだった。ピンク色のノートブック。血液検査の結果がわかったとき、自分を待ち受けているのは、バラ色のロンパースに彩られた時間ではないことを悟った。そうではなく、私の目の前にあるのは、自分の娘の物語なのだと気がついたのだ。だから、娘の今現在を記録し、自分自身について記すために、書きたかった。主語、述語、目的語がある中で、私が書き続けているあいだは、とにかく主語がある。受け身になってしまった自分の人生に抗うように、受動態の構文ではないものを書きたかったのだ。でもどうすれば、思うようなものが書けるのかわからなかった。言葉が出てこなかった。これまで一度も日記をつけたことはなかったのだから。少女のころだって、日記などつけなかった。そうしているうちに、私という人間について記事を書くことになったと自分自身に思いこませればいいのではと思いついた。すると、書きだすことができた。「マルヤ、私の子どものために」という献詞をまず記した。

それからというもの、私はこの新たな居住地界隈において、レストランのふたりがけのテーブルにひとりですわり、ナイフとフォークの隣にバラ色のノートブックを並べて置く女性ということになった。

ついこのあいだ、アパートのそばにあるピッツェリアを試してみた。けれども食べ物は全くのどを通らず、ノートに書く言葉も何ひとつ浮かばなかった。子どもを連れた母親と、子どもの祖母が、隣の席にすわってランチをとっていたのだ。私は赤ん坊をじっと見つめた。健康そうな、ほおのふっくらとした男の子。あまりにもジロジロと見続けていたからだろう。赤ん坊の母親が、私の腹部に視線を向けながら、ニコニコと話しかけてきた。この近辺の助産師でよさそうな人がいたら教えてもらえませんかと、彼女に訊いてみた。数週間前に一度訪問してくれた最初の助産師には、新しいアパートへ引っ越したため別れを告げた。このあたりは彼女の担当地域ではないのだ。「まだ助産師を見つけてないんです」と言うと、赤ん坊の母親は、信じられないという様子で「六カ月なのにですか！」と思わず口にした。それなら急いだほうがいいですよ。とっさに、弁明したい気持ちに襲われた。まるで、何かだらしないことをしでかしたのを見つけられてしまったような気がしたから。「いろいろととてもむずかしい問題のある妊娠なので」と話し始めたものの、声にならないすすり泣きに身を震わせながら、横を向いてしまった。今度は彼女のほうが、唖然として私を見つめているのがわかった。スパゲティを口に運ぶフォークを一瞬とめて。そのあと彼女は、いい助産師だというひとの名前を教えてくれた。

　この新しい助産師に電話をすると、五月誕生予定の子どもたちがたくさんいて、もう空きはない状態だと言う。けれどもマルヤに下った診断を聞くと、明日訪問しますと約束してくれる。私のか細い声、今にも堰を切ってあふれそうな涙がひそむ声に耳を傾け、彼女は言う。「まあ、あなたの場合、生まれたあとの自宅への往診はどちらにしろそれほど頻繁にする必要はないですよね。まずは病院で過ごすことになるわけですから」。そう、母子ともに入院。ありのままの、きわめて味気ない事実。でも利点もある。少なくとも今、妊娠期間中は、まだ助産師が時間をとってくれる。次の日やってきた彼女に、マルヤを感じることができるかどうかと訊かれる。二〇週、二一週ぐらい、ちょうど今ごろから、そういう感触が出てくるはずだと言う。おなかの中に蝶々がいるような感じ、ガスがたまっているような感じならある。「はい」と答える。泣いてばかりいるので、みじめな気持ちになるんですと彼女に話す。「マルヤはそこにいる。そこにいるんだと自分自身でも感じるんです」と私。「彼女のほうでも私という存在を感じとっているのではありませんか？　つまり、私が感じている絶望感も?」マルヤはあなたの愛情も同じようにに感じとっていますよと助産師。

　少ししてから、死産に立ち会ったことがあるかどうか彼女に尋ねる。「必須研修に入っていましたから」。それを聞いて安心する。もし死産ということになったら、心の準備をするのを少し手伝ってもらえるかもしれない。助産師は、その場合、赤ん坊の足形をとり、亡骸の写真、そしてもしかしたら三人一緒の家族写真も撮っておいたほうがいいだろうと言う。子どもの写真を一枚も撮らなかったことを今でも後悔している女性を知っているのだそうだ。それでは、何ひとつ残るものがありませんから。

　薄い紙に印刷されたマルヤの超音波写真なら、一〇枚も二〇枚も持っている。一二月二三日の夜に訪ねた教授の言葉を思い出す。先天異常について、そしてマルヤが生命を失い、私たちの目の前に横たわっている瞬間について話しながら、こう言ったのだ。「見た目はなんともありません。そのことはわかっておいていただかなければ」。彼は、マルヤを遺骸とみなして語ったのだった。

　とにかく、マルヤの死亡通知をつくらなければと思う。写真つきのカード。円を描くように置いたカラフルなカタツムリ。そしてその真ん中はからっぽになっている写真。

　別れ際に、助産師は私の腹部に触り「こんにちは、マルヤ!」と声をかける。誰かが自分の子どもを名前で呼んでくれるのは心地よい。ほかの人がマルヤに話しかけてくれるのは初めてのことだ。

　この助産師から聞いたある話が、頭から離れない。出産準備コースにはたぶん出ないだろうと思いますと彼女に伝えた。そうしたコースに参加することをとても楽しみにしていて、妊娠検査がポジティブと出た途端、すぐにでも申しこみたかったくらいなのだが、もうそんな気にはなれない。今は

「妊婦たちの誰もが幸せそうにしているところになんか……」と思う。そして、うらやましさに駆られている自分に気づく。ああいう女の人たち、一日中、帽子を買いに行くとか、お産をする部屋のことを考えるとか、そんなことばかりしている人たちのそばにいるのは耐えられない。彼女たちのおしゃべりを想像し、意地悪で、公正を欠いたものの見方をしてしまう。あなたたちの心配ごとなんかたいしたことないでしょう。そんな心配ごとなら喜んでもらってあげる。かつて社会からつまはじきにされた伝染病の患者にでもなったような気持ちになる。ああ、子どもが障害児だというあの人ねというふうには扱われたくない。だったら準備コースになんか出なくていい。ほかの人たちと関わりたくない。助産師が私にいくつか呼吸法を教えてくれるかもしれないし、だいたい、出産準備コース云々といって大騒ぎする必要なんかないのだ。アフリカの女の人たちは、そんなコースになんか行かない。

この助産師は、やはりいろいろと問題をかかえた妊娠をしている女性をもうひとり知っていると言う。彼女は、準備コースに申しこんだものの、直前になってキャンセルしたそうだ。私と同じような理由から。「あなたはほかの女の人たちの幸運を目にするのは耐えられないと思いますよね。彼女たちは彼女たちで、落ち着かない気持ちになってしまう。あなたの姿を目にすると、自分の子どもにも何か問題が降りかかるのではないかといった不安を抱いてしまうのです」と助産師。

私は突然、人々の反対側に立ち、暗い影を投げかける存在になったのだ。私がいると、ほかの人たちは、いつ何どき自分にも襲いかかってくるかもしれない災いに思いをめぐらせてしまう。事故だったり、ガンだったり、とにかく、一瞬にしてすべてをひっくり返してしまう何か。自分には絶対起こるはずなどないと信じているけれども、実はいつもどこかにひそんでいて待ち伏せしているものがあるかもしれないのだと思い出す。そういうことは、いつもほかの人の身にしか起こらないはずだった。テレビのニュースに出てくる人たちとか、ときには知り合いに、ごくたまに友だちが巻きこまれるぐらいで、そうした他人の人生には、同情しつつも、お気楽な身震いとともに、自分は恵まれた人生を送っているのだと――比較の問題ではあるが――確認するにすぎないのだった。

ほかの人たちのほうも私とはもう関わりたくないのかもしれない、幸福な人たちにとって私はお荷物でしかないらしいと気づかされるのは悲しい。妊婦である私のおなかは、警告を発する記念碑のようなものなのだ。私自身が、出産準備コースに行きたくないのは事実だ。でも、控えめとはいえほかの人たちにとっても、私が来ないほうが楽なのだと、暗に知らされるとは。何度も何度もそのことを考える。

二〇一五年一月一五日

ロッタの本を数ページ読むたびに、涙があふれて、先に進めなくなる。手術につぐ手術。救急車。てんかんの発作。とても心がこもっている。でもたくさんの不安があふれている。読み続けることを自分に強いるようにして、ページをめくる。抵抗力をつけるために？　こういう人生がどのようなものなのかを知りたい。この本を書いた女性は、少なくとも、打ちひしがれたりはしていないとイーダに言う。「それどころか彼女には、本を書く時間もあるじゃないの」とイーダ。

二〇一五年一月一六日

再び超音波検査。いずれにしても胎児殺しを行わなくてはならないというときが来るまで待ったほうがいいのではないかと医師に訊く。そのほうがマルヤの苦しみも少なくてすむのではないでしょうか？　そんなに簡単な話ではありませんと医師。「子どもはときに針をよけようとするので」。私の中で痛みがうずく。なんという光景だろうか。自分の子宮が罠と化してしまうとは。

二〇一五年一月一九日

前回の検診のとき、あたりまえのように、医師たちと、知的障害と知能指数について、話をした。そのとき突然、小児神経外科医が出生前診断医に言ったこと。学校でいい成績をとっていた生徒たちのことを思い出してみると、自分自身でものごとをむずかしくしてしまう子が多かった気がする。たとえば、ひとり、高校卒業資格試験の成績が抜群によかった子がいたけれど、今はドアマンの仕事をしている。そして「僕たちみたいにふつう程度に頭がいいぐらいのほうがいいよね！」と付け加える。笑い声。思いがけない声音。クリストフが笑っているのが聞こえる。そう、私たち四人全員が笑っている。モニターの青っぽい光に顔を照らし出されて、笑っている。私は飾り房のついた紫色の毛糸の帽子をかぶっている。何日間か、髪をとかすのも忘れていたから。そしてさらけだした腹部には、超音波検査用のジェルが塗られている。

ビール瓶片手にキッチンで交わすパーティの会話のようだった。でもそのかわりに私たちは、暗くした部屋に一緒にすわり、まだ生まれていない娘の脳を観察している。

マルヤの頭の中はどうなっているのだろうか？「ダンディ・ウォーカー症候群」でないのはわかった。マルヤの小脳に問題はないようだ。それにもかかわらず、珍しい病像がいくつも見られるらしく、水頭症はその中のひとつの特徴、構成要素でしかないと言う。どの症候群かをあれこれ推測すると言う、ぞっとするようなゲーム。あるいは、マルヤの脳の発達がうまくいっていないだけという可能性もある。超音波写真には映らないけれども、胎児の脳出血が認められ、それによってまた別の障害が生じうるとも言われた。ただ、少なくとも、水頭症との合併症とされる二分脊椎に関しては、医師たちがまずありえないだろうと言っている。羊水検査による特定のタンパク質の量は正常で、マルヤの脊髄は問題ないと言う。

そのあと、アンネのマッサージ診療所に行く。また涙が出る。アンネのところではいつも泣いてしまう。どうしても涙が出てしまうのだ。クリストフの前では滅多に泣かない。友だちと一緒にいると、ときどき泣くこともある。家族の前では絶対に涙を見せない。でもアンネといるときは、泣いてもいいのだという気持ちになれる。ほかの人たちの前で毅然とした態度を見せたり、無理やり自信があるかのように振る舞う必要もない。

このあいだ、テレビを見ていたら、またケイトが出てきた。美しき侯爵夫人。聞くところによると、彼女は今回「ベビー腹スタイリングにおいて前回より進化を見せた」のだとか。ひざ上丈の青いドレスにハイヒール。ケイトのようなひとは、もし自分の子どもにマルヤのような症状が認められたら、いったいどうするのだろうか？　しかも世界中が見ている中で？

二〇一五年一月二二日
二二週と一日

プロテスタント系の病院の医師が、母胎外での生存能力がついたあとでも、もし本当に中絶するつもりなら、それが可能なクリニックを探しておきましょうと約束してくれた。「外国ですか、それともドイツですか？」と訊くと、「ドイツ国内で」と答えが返ってきた。彼女がこういうふうに言ってくれるのは、とてもありがたい。彼女は、先天異常をかかえた私の娘を見くだすような言い方は一切しない。でもその一方で、私のことも気にかけてくれている。私の子どもと私、両方を大事に思ってくれる。

プロテスタント系の病院で再び超音波検査。新たな3D写真を持って帰る。一四時九分に、マルヤが両腕を折り曲げ、前腕を左のほっぺたに押しつけている写真。

二〇一五年一月二四日

助産師は、もし今私たちがマルヤを手放さないと決めたなら、ふたりめの子どもをより早く欲しくなるはずだと言う。クリストフもそうだろうと言う。私もそう思う。

助産師から聞いていた母親と電話で話した。彼女が妊娠中、子どもの生存確率は三〇パーセントと医師たちに言われたが、その男の子は生きている。今ちょうど寝ていますと言う。そのころ下された診断。横隔膜ヘルニア、胸郭に入りこんでいる臓器、肺のいちじるしい形成発育不全。それを聞いた義母は「あなたはまだ若い。また妊娠すればいいでしょう」と言ったそうだ。

けれども子どもの両親は、専門家たちに相談し、人工呼吸器の管がとどく範囲内でしか遊ぶことのできない子どもたちの写真にも目を通した。自分たちの息子もそういう状況に置かれることになるかどうかは、わかっていなかった。「私たちはいつも彼の力を信じていました」と電話口の彼女は言う。数週間にわたる昏睡状態、生後すぐに何度も行われた手術、数カ月に及ぶ入院。そして今、年齢の割に少しきゃしゃではあるけれど、好奇心旺盛で快活なその子は、人工呼吸器なしで生活している。

クリストフにこの話をする。夜パパが家に帰ってくると、その子は大喜びするんだって。

二〇一五年一月二五日

超音波検査を終えて病院のエレベーターに乗ると、私たちのあとから、ひとりの男性がからだを押しこむようにして入ってくる。彼はたくさんのおもちゃを腕にかかえている上、セロファンに包まれた巨大なミッキーマウスまで運ぼうとしているものだから、ほとんど身動きすることさえできない。陣痛が始まって二〇時間後の今日、娘が生まれたと言う。母子ともに寝ているあいだに、さっと家に戻り、プレゼントを置いてきますと言うこの人は、疲れ果てながらも喜びにあふれている。

彼に対し私たちが抱いた感情は、羨望と言っていいだろう。でもそれは、健康な子どもでいいですねというねたみの気持ちでさえなく、とにかく生まれてくる子どもが喜びとともに迎え入れられているることがうらやましい。病院の暗い中庭を歩いているとき、クリストフが言う。「マルヤが生まれて、いざとなったら、僕がすごくたくさんのプレゼントを買ってきて、いろいろな送り主の名前を書いた名札をくっつけるよ。フーゴおじさん、ゲルダおばさん……」

このあいだ、また両親を訪ねた。多くは口に出さないし、私たちの考えを変えさせようといったことをあからさまに試みたりはしないけれども、ふたりがなんらかの疑念を抱いているのは明らかだ。マルヤにおなかを蹴とばされると気がつくのと同じくらいはっきりと、その気持ちが伝わってくる。ダウン症、心臓疾患に加えて今度は水頭症だなんて——両親がその誕生を楽しみにしていた孫は、もっと違う子どもだった。ふたりが私の中にいる生きものについて語るとき、マルヤという名前を決して口にしないことに気づく。意図的にそうしているのだろうか？

「おばあちゃんがもう食べ物を飲みこめなくなったとき、おとうさんは胃ろうのためのカテーテルを入れると決めたじゃないの。飢え死にさせるようなことはできないってあのとき言ったでしょ」と父に言う。「それとこれとを比べることはできないよ」と父。こんな比較は確かにできないのかもしれない。でもやっぱり比べてしまう。私の子どもと私の祖母。ひとりはまだ生まれていない。人生の出発点にいる。もうひとりは年を取っていて、人生の終わりを迎えようとしている。ふたりとも、助けを必要としている。

おそらく父と母は、その世代の多くの人たちがそうであるように、障害のある子がいる家族の生活がどのようなものなのか、とにかく想像することさえできないのかもしれない。息子がダウン症だという友人がひとりいるものの、それ以外にダウン症の人は知らないと言う。クリストフが育ったオーバーバイエルンの町でも、似たようなものだ。その地域にいたただひとりのそういった人物は〈フランツル〉と呼ばれていた男の人で、誰も彼の苗字を知らなかった。クリストフが子どもだったころ、〈フランツル〉は三〇歳ぐらいの若い男性だった。午後になると、クリストフはBMX自転車を、限られた台数の車が制限速度で走行する広場で乗り回していたのだが、〈フランツル〉は必ずいつもそのあたりをウロウロしていたと言う。ほかの人と一緒だったことはなく、ひとりで住宅街の間をさまよい歩いていた。口には短い柳の枝のはしっこをくわえ、上唇と下唇の間でそれを人差し指と親指を使って絶えず回転させるようにしていたから、枝の先っぽの曲げやすい部分が、顔の前でプロペラのように回っていた。その界隈の親たちは、子どもたちに「フランツルを怒らせるようなことをしてはいけないよ！」と注意し、「近づきすぎないように」と言っていたそうだ。だから、彼の姿はみんなよく見知っていたのに、彼が本当のところどういう人物なのかは知らないままだった。〈フランツル〉は住民たちの多くに、いつ何をするかわからない予測のつかない人間だとみなされていた。

両親も、私たちと同じなのだ。子どもである私たちを愛していて、なんとしてでも、子どもたちが不幸になることを防ぎたい。子どもたちの生活を台なしにしかねないというのであれば、いざとなったら孫でさえ遠ざけてしまおうとする。両親の気持ちはそういったものなのだろうと、私は思う。私たちは、父母が抱くそうした疑念を非難はしないが、距離を置いて、自分たちの世界に引きこもる。私たちの子どもは、クリストフと私が守る。なんとしてでも守る。

二〇一五年一月二六日

超音波専門医は、まだ生まれていない子どもたちに対して、小児科医とは違い、ネガティブな見方をするような気がする。超音波専門医にとって、標準からの逸脱はすなわち警報信号に等しい。母親が期待に満ちて寝椅子に横たわっているその隣で、超音波専門医はモニター上にモノクロで現れる問題を見つける。その仕事とは、赤ん坊の取り消し宣告を発令すること。それに対し、小児科医は無声映画ではなく、ひとりの人間をそこに見る。叫びながら生きている証をこちらへ突きつけ、助けを求めているひとりの人間。

超音波専門医にとって、標準からの逸脱よりもさらに厄介なのは、標準からの逸脱を見落としてしまうことだ。医師の側から見れば、健康だという所見を下した胎児をめぐって、生まれてから法律上の争いに引きずりこまれる羽目になるのは、恐怖でしかない。実際、正常であると推定されていた子どもが、生まれてみたら障害をもっていたとして、親たちが医師を訴えたケースもある。診断が悲観的であればあるほど、医師がもめごとに巻きこまれる可能性は低くなる。なんだかんだ言っても、予想していたより健康な子どもであれば、誰でも喜んで迎え入れる。

ケイトはカリブ海に行っているのだそうだ。「ベビー誕生前休暇」なのだとか。

二〇一五年一月二七日
二二週六日

マルヤは四カ月後の今日、この世に生まれることになっている。計算上は。でも新生児専門の小児科医によれば、ダウン症の子どもたちは予定より少し早く生まれることが多いと言う。もうマルヤに早く会いたい。ちっちゃな彼女の手を握っている自分を想像してみる。もうマルヤとの生活を始めたい。もうこんな妊娠を続けるのはいやだ。こんなひどい妊娠。毎週受ける超音波検査。今度はどんな数値が出てくるのだろうと考えると、検査の二日前には胃の具合がおかしくなる。いつの時点になれば、思いきってオムツ交換台を取り付け、揺りかごやロンパースを買う気になるのだろうか。今子ども部屋の用意を始めるのは、過信のように思える。まるで控えめな気持ちが足りないがために、マルヤの運命が悪いほうに傾いてしまうのではないかと思ってしまうのだ。そしてもちろん、赤ん坊の部屋に赤ん坊を連れずに戻らなければならないのではないか、抱きかかえてもらう機会のなかったぬいぐるみのひとつひとつが苦しみを大きくすることにならないかといった言いようのない不安もある。

とはいうものの、私のナイトテーブルの上には、もう耳の大きなネズミがすわっている。メリノウールを手製でフェルト状にしたもので、ビーズの目がついている。そして、赤ん坊ネズミを腕にかかえている。これが入った箱を私に手渡しながら、クリストフは「もうずっと前に手に入れてたんだけど」と言った。クリスマスの前、まだマルヤの出産を疑わなかったころに買った。でもそのあと水頭症の診断が出て、私にプレゼントするタイミングを見つけることができなかったと言う。つい最近のある晩に、彼はやっと私にこの贈り物をくれた。滅多にないことだけれども、それは、私たちにも、マルヤとともに歩む明るい未来があるのかもしれないと思えた瞬間だった。

　私が以前住んでいた通りにある小さな店のショーウィンドウで、私たちはふたりとも、このぬいぐるみを目にしていた。夏には、ちょうどその同じ場所に、ネズミの新郎新婦を発見したのだった。展示ケースがわりに置いたチーズケースの下に並べられ、「コレクターズアイテム」という表示までついていた。でもそのころは、一五九ユーロも払ってニセモノネズミを買おうなどとは、ふたりとも思いもしなかった。そのかわり、ふたりともこっそり写真を撮り、私がそれを彼の携帯に送信する前に、クリストフのほうではさっさと写真を印刷し、カードをつくってしまった。裏側に「僕たちの大切な日を待ち望む気持ちが強まりますように」と書かれたカード。結婚式の二カ月半前のことだった。そしてクリストフは、一二月には大金をはたいて〝ママネズミ〟を買ったのだった。私がとても喜ぶだろうと知っていたから。

二〇一五年一月二九日
二三週と一日

　プロテスタント系の病院で、側脳室の測定。「今日は若干拡大して左が一五ミリ〔メートル〕、右が一五・二ミリ」と医師が書きとめる。ひどく暗澹(あんたん)とした気持ちになる。髄液の数値はずっと安定していたのに、ここへ来て上がってしまうなんて。神経外科医が引用した研究によれば、これは「軽度脳室拡大」の境界域ぎりぎりの数値とされている。「髄液のダイナミクス」のなせるわざか。「軽度」だとまだなんとかなるように聞こえるが、「軽度」の次には「重度」が来る。一六ミリになると「重度」になってしまう。あと一ミリしかない。

一ミリ増えるごとに、神経外科医が話していたシャントに近づいていく。頭部から腹腔に髄液を流すためのシリコンの管。シャントがうまくいかないとマルヤの生命が危なくなる。重度の感染症になると、マルヤの脳がさらなるダメージを受けることになる。そうした場合、少なくとも知能指数が一〇ポイントは下がることになると彼は言った。

ひどい絶望感に襲われて、その神経外科医に電話をかける。新しい話は何もないのだけれども、三〇分、四〇分かけて、辛抱強く説明してくれる。私がいろいろな疑問を抱くのは、「することがある状態に自分を保ち忙しくしておく」一種の方法でもあると、この医師は言う。

私には、ダムになる言葉が必要なのだ。不安の高波が押し寄せそうなときは、ひそかに医者たちの答えを繰り返してみる。脳には柔軟性がありますと神経外科医は言う。手術のあと、また拡張することができるのです。いい響きだ。柔軟性。拡張。陳腐と思えるフレーズさえもマントラに変わりうる。慰めるようにして神経外科医が言った言葉――「一五ミリは一六ミリではありませんよ」。確かにそうだ。マルヤはまだ「軽度」のケースにとどまっている。一五ミリは一六ミリではない。一五ミリは一六ミリではない。

プロテスタント系の病院の女医がくれた、新しい3Dの超音波写真では、マルヤの顔かたちがこれまでよりもはっきりと見える。とがったあご。唇にも輪郭ができつつある。

二〇一五年一月三〇日

腹部の痙攣のため、クリニックで一晩過ごすことになる。その日の朝、耳鼻咽喉科の待合室にいるとき、急にひどく気分が悪くなり、横にならなければならなかった。高血圧のせいだったが、驚きはしなかった。というのも、新居の廊下の壁紙が湿気で浮き上がっているのが見つかり、騒動になっていたからだ。大家の息子のせりふ――「奥さん、ちょっとヘアドライヤーで乾かしてみればいいんじゃないの」。職人が来て壁紙をはがす。壁という壁がカビで黒くなっており、腐敗したような臭いが充満する。こうした問題の専門家もやってきて、私たちが入居するずっと前からの損傷だと言う。彼が、壁、寄せ木張りの床、ドアなどすべてを調べると、どこもかしこも湿っていて、巾木(はばき)の下までカビが広がっていた。もうエネルギーが尽き果てた。

二〇一五年二月一日

両親の家に引っ越した。病気の子どもをおなかにかかえ、カビの中で生活するわけにはいかない。新しいアパートを見つけるまでのあいだ、父の仕事部屋にマットレスを敷いて寝ることにする。インターネットで、〈不動産スカウト24〉というサイトをチェックしてみたり、小児神経外科医のいるクリニックを探してみたり。床板は必要だろうか、それともラミネート加工でも大丈夫だろうか？　マルヤのからだの中にいったいどうやってシリコンの管を埋めこむのだろうか？　北側にバルコニーがある家でもどうにかなるだろうか？

父は、私たちのために、アパート物件の概要をまとめて印刷し、その紙の束を手渡してくれる。娘の役に立てそうなことがやっと見つかって、父はうれしいのだと思う。いいアパートだけど家賃が高すぎるのでこれは無理と、ある物件を選択肢からはずしていると、「じゃあ毎月いくらか援助するよ」と言う。この申し出はお断りさせてもらう。自分たちの家賃は、クリストフと私の責任でどうにかする。それにこのアパートはキッチンが完備してないしねと言うと、父はすぐさま、そういうことなら娘たちにレンジ、冷蔵庫、食器洗い機をプレゼントすると決意をかため、二、三時間もすると、〈メディアマルクト〉〔家電量販チェーン店〕のチラシのあちこちにしるしをつけて持ってくる。

二〇一五年二月二日

イタリア！　相談センターの女性が、イタリア人のほうがドイツ人よりも、ダウン症の人たちにとても自然に接するんですよねと言っていたっけ。浜辺でも道でも、なにかの儀式の行列でも、ダウン症の子どもたちを見かけることがずっと多いんですよ。その話を聞いたとき、休暇にはマルヤを連れてイタリアに行こうと思った。でも今は違うことを考える。マルヤが本当に頭部にシャントを必要とするようになったらどうしよう？　ちょうど休暇中にシャントが閉塞したらどうすればいいのだろう？　シシリアやサルジニア、エルバで頭部の緊急手術を受ける危険を冒してもいいものだろうか？

すべての大陸が抹消されて、縮んで小さくなってしまった世界に、まだ生まれていない子どもと座りこんでいる自分。

二〇一五年二月三日

引っ越してから私を担当してくれている、プロテスタント系の病院の医師が、ミリ単位の数字にこだわりすぎないほうがいいと私にさとす。機器や担当者が異なるだけでも、ある程度の測定ミスはついてまわります。妊娠中はできればもう少し落ち着いて過ごしてほしいと思うんですと彼女。マルヤが生まれたあとのためにもエネルギーを取っておいたほうがいいと言う。検査に来るのは二週間に一回で十分でしょう。

彼女が好意でそう言ってくれているのはわかっている。診察中に、わざわざ熱いお茶を持ってきてくれたり、出産病棟の朝食ルームにあるリンゴはいかがですかと訊いてくれたりもする。このあいだは、私のことをほめてくれた。あなたのからだは何から何までとてもよく頑張っていますよと説明してくれて、私も実のところいい気分になった。まるで自分もそれに一役買ったかのような気さえした。私のからだは染色体傷害と先天異常を生み出すだけではなく、女性としての責務もそれなりに果たしているというわけなのだから。

でも、落ち着いてと言われると、バカにされているような気持ちになってしまう。毎週超音波検査を受けさせてくださいと頼みこむ。脳の柔軟性の話を改めてすると、彼女は伏し目がちに「それほど単純な話なのかどうか、私にはわかりませんけど」と言う。

尿路感染症の疑いが浮上。クランベリージュースを山ほど買いこむ。ベリー類は抵抗力を高めるというから。薬を飲むのはこわい。マルヤに、彼女の髄液に、なにかしら影響が及ぶかもしれないと思うとゾッとする。まだ今の段階では、家にある薬を試してみればいいでしょうと産婦人科医。具体的には、とにかくたくさん水分をとることです。

もういいかげんはっきりと決断しなさい、そうすれば絶対もっと気持ちが上向くはずだからと、友人のドロは言う。ドロ。彼女には本当に感謝している。彼女自身、病にひどく侵されて必死なのに、それでもいつも私のかたわらにいて支えてくれる。

イーダは、私がもうとっくに決断を下しているのではないかと思うと言う。ある出生前診断専門医は、もう何週間か前に私に言った。「右に行くか左に行くかというだけのことですよ」。それなのに、そうした、すっきりと明確な瞬間というのが、訪れてくれない。どれだけ重い障害をかかえることになろうとも、とにかくマルヤを産むのだとは言いきれない自分。でも、だからといって、彼女にさようならを言う決心もつかない自分がいる。マルヤのために時間が決めてくれるだろうと思う。私の行動とは、何もしないこと。

二〇一五年二月四日

朝の五時半から、ある学位論文で見つけた診断について書きとめている。これを小児神経外科医に見せようと思う。この博士論文はクリストフがインターネットで見つけた。やはり夜中になってから。胎児の脳室拡大がテーマだ。ふたりとも、「サンプリング集団として二万七六四五件の胎児のケース」を調べたという、「合併形態異常」「先天異常」といった表現があふれる一〇〇ページの論文に、四苦八苦しながらどうにか目を通した。その結果、不気味な名称のリストができあがり、私の記憶の中には新たな痛点が生まれてしまった。脳室拡大が認められた場合、特に腎臓に注意する必要があるという指摘が多くの文献でなされているのだそうだ。腎臓に注意しろとは！　これ以上何に注意すればいいというのだろう？

二〇一五年二月五日
二四週と一日　昼

今日、奈落の底に突き落とされるような数字が出た。一五・七ミリと一六ミリを超える髄液が脳室で測定された。しかも二四週に達しているというのに。研究の中に出てくる運のいい人たちのように脳室拡大は改善していなかったというわけだ。それどころかさらに拡大してしまった。ということは、マルヤはおそらく誕生してからシャントを必要とすることになる。こうして私たちは、次なるカテゴリーに滑り落ちた。その名も「重度脳室拡大」。

無意識のうちにいつも「私たち」という言い方をしている。シュミットさんたちは、私たちと同じ心臓疾患を患っていますという具合に。この「私たち」なる共生関係を、ときどき罵らずにはいられない。クリストフには仕事があり、会議があり、ひとに会う約束がある。私は、障害のある病気の子どもをおなかの中にかかえている。逃げ場がない。ドアを閉めて、マルヤを家に置いていくことはできない。赤ワインを二杯飲んで、一晩なにもかも忘れてしまいたくても、そんなことは許されない。二、三時間だけでもぐっすりと眠りの世界にひたるために、睡眠薬を飲むのもダメ。マルヤはいつもそこにいる。彼女から逃れることはできないのだ。ちょっとのあいだ、私の中に怒りがこみあげてきて、まだ生まれていない自分の子どもに対して腹を立ててしまう。叫んでしまいそうになる。「もう私をほっといて。一分、一秒でいいから！」そしてすぐに恥ずかしくなる。マルヤ、私の女の子、あなたは何もしてないよね。あなたのせいじゃないよね。生きて大きくなること以外に、あなたが何かをしたわけじゃない。マルヤ、私のおなかの中で機嫌(きげん)よくしていて。マルヤ、ごめんね。そういう意味で言ったんじゃないの。

何を考えても、自責の念に駆られてしまう。再びからだ中を通り抜けていくもろもろの考え――そしてもし脳が成長してくれなかったら？　そして腎臓の問題まで出てきてしまったら？　思いもつかないようなことだけれども、死んでしまった私の子どもの姿、私を通って死んでしまった小さな人間のかたまりがパッと浮かんだりすると、即座にマルヤに言う。ときには大きな声で。「ダメだよね、マルヤ、そんなことには絶対ならないようにしようね」。母親の考えていることが、娘に聞こえているかのように話しかける。彼女がまるで、裏切りの気配を感じとっているとでもいうかのように。マルヤは本当にそうしたことを感じとれるのだろうか？　だったら、彼女に愛情を送りとどけねばと思う。「シーッ、マルヤ、何もかも大丈夫だよ。ママが気をつけているからね」。

マルヤが送ることになるであろう人生を思い、いったい私はそうした生を彼女に要求していいものだろうかと悩む。それが一番辛い。「あなたのせいではない」と一番の親友であるドロは言う。「それはマルヤの運命なのだから」。

でも私自身が決断しなくてはならないのだ。重荷を引き受けてくれるものはほかに何もない。運命でもないし、神でもない。二〇一五年のドイツに生きる私、きちんと専門教育を受け、絶対的で神聖なるものと称するすべての規範に対し、距離を置いて批判的な態度をとっているこの私が直面している現実。ローマ法王が言うことは、私にとって何の拘束力も持たない。自分の家族が言うことも、マルヤの父親であるクリストフが言うことにさえ、拘束力はない。今の今まで、誰かに何かを禁じてもらえたらなどと願ったことは一度としてない。でも今はそうであったらいいのにと切望している。私は、自分が享受している自由にひどく苦しんでいる。

だから、ついにひとりの人物が、著名な出生前診断専門家の権威のもとに彼の意見を示すことで、私の重荷を軽くしてくれようとしたとき、感謝の気持ちが湧いてきたのは間違いない。クリスマスの前日に、私の子どもを診てくれたあの医師のことだ。立ち上がって、責任を取るのをいとわない人がいるのがありがたかった。ひとつの命について判断を下す務めに耐え抜くだけの用意がある人がいることが。それどころか、もしかしたら私にかわって責任を取ってくれるかもしれない人がいるのが、ありがたかった。

それ以外の医師たちの場合、表情や口調、しぐさなどから、考えていることを推し量るしかなかった。とはいえ、この権威者の意見でさえ、私は認めようとはせず、専門家という専門家を次から次へと訪ね続けてきた。

それと同時に、プレッシャーも感じる。言いかけたままの言葉、フレーズになった言葉、ときにはささやかなため息でさえも、多くを示唆する。とりわけ家族が口にする言いまわしには、ぐさりとくる。「子どものことも考えなくては。いったいどういう人生になると思う？」という具合に。

「子どもを大変な目にあわさずにすむでしょうに」

「どういうこと？」と私。

「障害者としての人生ということ」

「あなたは子どもの苦しみよりも、子どもが欲しいという自分の気持ちのほうに重きを置いている」と言う友人もいる。

言われたあとも響き続ける言葉の数々。自分の子どもを予防措置として殺してしまわない私は、悪い母親なのだろうか？ 私はこの子を産みたいのだということを、いつでもどこでも正当化しなくてはならない気がする。その子が障害をもっているとしても産みたい。たくさんの手術に耐えなくてはならないとしても産みたい。我が子をそこまで愛していることを、私はいつも正当化しなくてはならない。だから、クリストフと私は、表向きは、すべて対処可能、どうにかなるよと、実際ほどには大変ではないかのように見せかける。またしても誰かが、どこかで聞いたのだけどと持ってくる話を聞かされるときなどは、いつもそうする。毎回同じパターンの悲劇的な話。重病の子ども、苦しんだあげく二年後に死亡、めちゃくちゃになった家族。

個々の言葉にいつまでも追いたてられているような気持ちになるときもある。誰だったかもう忘れてしまったけれども、脳圧を受けた赤ん坊が見せる、いわゆる「落陽現象」なるものについて知っている人がいた。視線が下向きになると、目の虹彩が半分消えて、まるで沈みかけた太陽のようになるという。この隠喩には打ちのめされる——こういう子どもたちは夜をもたらすだけ。

私はもしかしたら、まわりの人たちを不当に非難しているのかもしれない。でもいつも、その人たちが言わんとしていることが聞こえてしまうのだ——いつになったらあなたは分別を取り戻すつもり？　だから私たちは、自分たちだけで不安をかかえこむ。表向きは強い人間を装って言ってみせる。「まだ数値が安定しているしね」「手術もできる」「よくある手術だし」という具合に。そして自分たちだけで恐怖に耐える。この気が狂ってしまいそうな不安に。私の子ども、目が見えない、障害がある、車椅子、からだ中に管。決して笑うこともなく、ママと言うこともなく、自分の親のことも見分けることができないかもしれないヒト。こんなイメージにどうやって耐えていけばいいのだろうか？

すると私の中から聞こえてくる声がある。ほかの人たちの声も重なるようにして——あなたは、まだそんな事態になるのを阻止することができる。もし阻止しないというのなら、それはあなた自身が望んだこと。そう言ってしまったら、さらに一歩踏みこんで、次のような言い方をしてもおかしくない——じゃあ、文句を言ってはダメ。病んだ子どもを産むというのなら、同情してもらいたがったり、嘆いたりする権利などない。悲しみを正当化するいかなる権利もなくなるのだと。

「あなたが決めたことでしょう」と私の母は言う。その口調に反発したくなる。それではまるで、病気の子どもを授かることをあえて選んだ、えり好みしたみたいではないか。それは違う。全くもってなんでそんなことを。私は健康な子が欲しかった。障害者介護を一生していきたいなんて望んでいたわけじゃない。そんなこと思っていなかった！

さらには、言い忘れたことを付け足すかのように発せられる言葉――「あなたの持っているそういう力と強さってほんとにすごい」「尊敬しちゃうな」。こういうことを言われると、また怒鳴り声をあげそうになる。私がこの子を欲しいのは、マザーテレサ勲章に応募したいからなんかじゃない。私は、自分のおなかの中で子どもを生かし続けているにすぎない。マルヤが生まれるときに酸素不足になったら、嘆き、悲しみ、慰めが欲しいと思うのと同じように、今だって嘆き、悲しみ、慰めが欲しいと思ってもいいはずだ。三歳になった子どもが道路を走り、車にはねられてしまったとしたら抱くだろう感情を、今の私が抱いてもかまわないはずなのに。私は、自分が不公平な人生に絶望感を抱き、怒り、愚痴をこぼすことが許されてしかるべきだと思うのだ。

でもそのかわりに、私はおとなしくしていなければならない。静かに犠牲を払って。取り除きますか、あるいは我が身を犠牲にしますか――こんなことを言われたら、叫びたくなる。「レーベンスヒルフェ」の女性の言葉のおかげで、どんなに気持ちが楽になることか。「スポーツができるようなからだづくりをしたほうがいいですよ。また仕事をしなくてはいけません。勲章なんかもらったって誰の役にも立ちはしないんですから」。マルヤの障害にふつうの接し方をしてくれるのは、障害者グループの人たちだけだ。

二〇一五年二月五日　夜

私たちは数カ月ぶりに、自然を求めて遠出し、散歩した。あとでダビッドが来ることになっている。

彼になんと言えばいいだろう？　子どもを産むことにしたのか、それとも産まないのか？　もう何カ月も答えが出ないままなのだけれど、何かが少し変わってきた。最初のうちは、マルヤに下った診断が、自分自身、自分の人生にとって何を意味するのだろうか考えていた。でも今は、こうした診断はマルヤの人生にとって何を意味するのかという問いに、苦しめられている。

「やっぱり中絶しないよね」とクリストフが言う。「何があっても」。私は「それで来週になって、急に髄液が増えて二〇ミリになっていたら？」と訊く。

まだよく覚えている。21トリソミーという所見が出たあと、ふたりですわって、もし新たな診断が出て、さらに次の診断がもっと出てきてというふうになったらどうなるのだろうと話したことを。それまではただのひとつの単語でしかなかった概念、使いようのなかった概念が、突然近づいてきたのだった。「重複障害」。そのときクリストフが言ったのを覚えている。「ダウン症ならどうにかなるよ。でも一七種類の障害が重なっていたりしたらきっと無理だろうね」。

あのあと、私たちは、マルヤの心臓疾患について、そして頭部の水について知らされることになった。でも不思議なことに、こうした診断が重なっていっても、マルヤを手放そうと覚悟する気持ちが強まることはなかった。新しい診断が出るたびに、自分の子どもは保護を必要としているという思いのほうが強くなっていく。私は彼女の母親であり、母親の責務とは、病気の子どもを守ることであり、子どもを引き渡してしまうことではない。マルヤには私しかいないのだから。

クリストフがここしばらくのあいだ、マルヤについてどういうふうに考えていたのか、私にはよくわからない。障害児をもつ、ある母親の言葉を思い出す。不安な気持ちが訪れたり消えたりしていたと。ひとりが大丈夫だと言うと、もうひとりの気持ちが揺らぎだす。私たちの場合も、そういうふうにかわりばんこに気持ちが揺れていたと思う。最初のうち私が懸念を抱いていられたのは、クリストフがマルヤを見守っていてくれたからだ。そしてその後、今度は私がマルヤに寄り添っていたから、クリストフが否定的な気持ちになっても大丈夫だった。ふたりのうちどちらかが、自分たちの子どもをいつも見守っていたのだ。

「やっぱり中絶しないよね」。そういうことだ。車に乗って家に帰る途中で、何気なく口にされた言葉。やっとはっきりした。

第３章
「それでいいですか？」

二〇一五年二月六日
二四週と二日

複数車線の道路のはしに立っている自分。ちょうど今、医師に、マルヤは母胎内で死ぬかもしれないから覚悟してくださいと言われたばかりだ。私は震え上がる。涙が流れる。マルヤは死んではならない。お願いだから。

超音波検査のため、朝まだ暗いうちにひとりで電車に乗り、五時間かけてここへ来た。あとはもうただホテルへ行って、ベッドに入りたい。ちょうどタクシーが通り過ぎる。運転手が私を見る。道端で手を振っている妊婦。そのまま走り過ぎるものの、Uターンして、数分後にまた戻ってくる。運転手はバックミラーでこちらの様子をじっとうかがってから、「大丈夫ですか?」と尋ねる。泣きはらし、髪がボサボサになっている私の返事は「何もかもメチャクチャ」。そして彼に事の次第を話す。するとと運転手はバックミラー越しに再び私を見つめてから、自分の身に起きたことを話し始める。二週間前、ガールフレンドが、彼とのあいだにできた子どもを中絶したという。彼女は俳優をめざしてまだ研修中、彼は学生で、タクシーのアルバイトをしている。「あなたは、とにかく子どもに生きてほしいと願っているんですよね。でも僕たちは……」。自分たちは正しい決断をしたと思いますけど……教会の司祭と話してきました。彼女はまだ妊娠四週めで、心臓が鼓動するところは見えなかったんですよ。「もし心臓がもう動いていたとしたら」と言いかけて、彼は口をつぐむ。

妊娠七カ月に入り、死んでほしくないのに、子どもが死んでしまうかもしれないという中、以前住んでいたアパートの近くにある店に入り、初めてマタニティウェアを購入する。光沢があり流れるような生地で仕立てた黒いウェアで、金褐色の模様がついている。ラベルには〈Expect in style〉とある。それと、二〇ユーロ出して、フェアトレードでオーガニック素材だという赤ん坊のソックスを一足買う。こうした買い物をすることで、高次の崇高なる力と取引ができるように。見てください、私は信じているんです。

医者の報告書にある正常発育を示すグラフの上では、正常域であることを示すはずの赤いしるしが、いつのまにか一〇個以上も、脳梁の外にはみ出してしまっていても。胴体と比べた頭位の比率がずっと右寄りで正常値からずれていても。推定体重が左にずれてかなり低いとしても。さらには、IUGRなる略語が、新たな診断として加わっても。IUGR(Intrauterine growth restriction)、すなわち「子宮内胎児発育遅延」で、胎児の体重は四五四グラムしかなくても。

私はマルヤを信じている。

二〇一五年二月七日

昨日、医師を訪ねたあと、例のタクシーにまだ乗りこむ前に、母に電話した。ほとんど言葉にならなかった。マルヤがちゃんと成長してなくてね、と私。「もしかしたら死んじゃうかもしれないんだって！」その途端、母の声の調子が変わった。私を慰めてくれる。マルヤはきっと大丈夫、生き抜くはずと彼女は言った。その言い方を聞いて、彼女が本心からそう言っているのだとわかった。内心ホッとしているような気配は全くなかった。母も、マルヤが生きることを望んでいる。たぶん何よりも、私のことを思っているからこそ。愛はすべてに勝る。

私が博士論文で見つけてきた、可能性ありという診断リストに、神経外科医と出生前診断医が、忍耐強く目を通してくれてありがたい。彼らは、その中のいくつかは、ありえないと断言できたが、その他のかなり多くの診断名に関しては、可能性がないとは言えないとのことだった。

前のアパートの鍵の引き渡しを行う前に、これで最後になるけれども、もう一回だけアンネのマッサージ診療所を訪ねる。新しい服を買ったことを彼女に話す。「妊娠していたいと、今は思えるんだよね」と私。「マルヤに会いたい」。アンネは、お別れにと言って、ローズクォーツでできた守護天使をくれる。

二〇一五年二月一三日

ある晩のこと。母と私は両親の家のゲスト用ベッドに腰をかけている。私の手の中には、マルヤの診断書と超音波写真。「ほら見て」と言って、私が一番気に入っている写真のひとつ、マルヤの横顔を母に見せる。「かわいいね」と母。そんな言葉を彼女が口にするのは、自分の孫に障害があることを知らされてから初めてのことだ。それからしばらくして、母は私に、おしゃぶり、そして妊娠線予防のためのマッサージオイルをプレゼントしてくれた。そして、あなたが楽なほうの道を選ばなかったのはたいしたことだと思うと言う。「私にとっては楽なほうの道なんかじゃなかった」と答える。するとと母は私にキスをして「今になって私にもそれがわかった」と言う。

二〇一五年二月一六日

私たちはもう一度引っ越した。妊娠七カ月の身には悪夢だが。今度の住まいの裏側には、小さな庭、砂場かブランコにいいようなスペースがある。必要とあれば、ダイニングルームを子ども部屋にすることもできるかもしれないと話し合う。でも、とりあえずは長いテーブルをこの部屋に置くことにする。最初の一年はどちらにしろ、揺りかごを自分のベッドの横に置かなければならないだろうからと私。「最初の一年」という言葉が、まるで他人事のように聞こえる。

二〇一五年二月一八日

両親が、休暇旅行のおみやげを持ってきてくれた。「マルヤ」という名前が一文字ずつ銀色にプレスされたチャームつきのチェーン。母と父は、こうして改めて祖母、祖父となった。

二〇一五年二月一九日

ある友人からのＳＭＳ。「元気にしてる？　でどうするか決めた？　それじゃあね……」。ダウン症の診断が出たちょっと後に、彼女に電話して話をした。その後の三カ月間は何も言ってこなかった。そして今になってこういうメッセージを送ってくるなんて。もうこの友情は終わりだと思う。「どうするか決めた？」なんて、ＳＭＳで訊くようなことではない。どういう返事を送ればいいというのだろう？「中絶しました。それじゃあね」とか「水頭症も加わりました。それじゃあね」とか？

二〇一五年二月二一日
二六週と三日

前回医師を訪ねたとき、決断する覚悟をしなければなりませんと言われた。決断だなんて――頭がおかしくなりそうだ。今度は何について決断をしなくてはならないというのだろうか？　私はもう決断したというのに。マルヤの発育状態が二、三週間遅れている、軽すぎる、小さすぎる。ということは、栄養供給が不足している、つまり胎盤に何か問題があるということを示しているのかもしれないと言う。「この子は欠陥だらけです」という決して忘れることのできない言い方をした出生前診断医が、すでに今から四週間前、「水頭症」の診断が出たあと危惧していたことが、実際に起こりつつあるらしい。すなわち子宮内における発育不全。

「もしかしたら」と医師たちが言う。「早めに赤ちゃんを取り出さなければならないかもしれません。もうかなり近いうちに。それでいいですか？」二六週での早産。そうなると、脳出血の危険が高くなる。それに加えて、ダウン症、心臓疾患、頭部の水、そして五〇〇グラムの体重。「それでいいですか？」

ほかの可能性があるとでも？　マルヤが子宮内で死ぬまで待つとか。「どれぐらい時間があるのでしょう？」――「三、四週間、あるいは数日かもしれません。出産するクリニックを探してください！　陣痛が来たらどうするか、考えておいてください！」

こうした事態が、書面でも記録される。二月一七日付の医師の報告書。「子宮内発育遅延児（SGA）、超音波ドップラー法による胎児臍帯動脈のインデックスの上昇……特に子宮内胎児死亡の危険について、この夫婦と突っこんだ会話（四〇分以上）」。

「子宮内胎児死亡」――マルヤのことだ。だまされたような気持ちになる。毎日毎日、自分の子どもの生を肯定している今になって、なすすべもなく私の目の前で死んでしまうかもしれないなんて。妊娠したまま、まさに心臓の下で。超音波検査を終えてすぐ、精算機で駐車料金を払っているとき、「もしかして、僕たちが学ばなくてはならないのはそういうことなのかもしれない」とクリストフが言う。「そう簡単には、自分たちの意のままにならないということをね」。

二〇一五年二月二二日

マルヤのお産のために一番いいクリニックはどこだろうかとネットで調べている。とにかく、一二五〇グラム以下で生まれる早産児に対応できる「ケアレベル1」の周産期センターでなければならない。ドイツ中にある病院のリストに目を通し、症例数を比べ、「早産児の生存」と「重病ではない早産児の生存」というカテゴリーを比較する中で、とりわけ超低出生体重児の場合は、重い障害が残るリスクは高いものの、医学の発達により、助かる赤ん坊の数は増加し、その体重もどんどん軽くなっているのだと知る。そうなのかと思う。早産児を助けるこの現代医学こそが、まさに先天異常の胎児がこの世に生まれないようにしている張本人でもあるのだと。胎児はなにに邪魔されることもなく、何はともあれ早産児のレベルにまで到達しさえすれば、生まれ出ようとする試みはうまくいったことになる。子どもたち、目立たないように、気づかれないようにしていなさい!

私は、最高の小児神経外科医がいるのはどこの町なのか、そしてもしかしてその同じ町に、優秀な小児心臓外科医がいないだろうかと探り出すのに躍起（やっき）になっている。できることなら、早産児であるマルヤは、ひとつの病院からまた別の病院へと転院させないほうがいい。最初の手術がいつ行われることになるのかわからないわけだから。それよりは、一カ所にとどまって、私自身がドイツのどこかに部屋を借りたほうがいいのではないかと思う。それともそんなことはしないほうがいいのだろうか?　その場合、自分は全然知らない町、家族も友人もいない町にひとりきり、子どもはICUに入院、クリストフは自分たちの家にとどまることになる。マルヤは、少なくとも本来の誕生予定日である五月末までは入院する必要がある。今は二月。クリストフは当然のことながら、その何カ月かのあいだも仕事を続けなければならない。でも彼はもちろん、娘にできるだけ頻繁に会いたいだろう。そしてそもそもマルヤがどれくらい生きることになるのかも私たちにはわかっていない。いったいどうすればいいのだろうか？

二〇一五年二月二三日

腹部の写真を撮る。まだ何の診断も知らされていなかった四カ月前に撮ったときと同じように、横からと前からのアングルで。そのときと今日までのあいだは、一枚も写真を撮らなかった。

二〇一五年二月二四日

３Dの超音波写真で見るマルヤの鼻は、大きくて横幅もある。医師にそう言うと、写真だと遠近感がゆがんでしまうんですよと説明される。携帯で自撮りすると、自分の鼻もひどく大きく映ってしまいます。彼女の顔をじっと見る私。「あぁ、わかった。あなたは、私の鼻は実物も大きいと思っているんでしょう」と彼女は言い、ふたりとも笑う。今日はいい日だった。新たなる先天異常も見つからなかったし、マルヤの鼻はきれいな形をしているし。

クリニックの外に出てから、クリストフにSMSを送る。「3D超音波写真でマルヤを見ました。かわいらしく子宮壁にくっついていたよ。ちょっとのあいだだけど目を開けていたかも。お医者さんがマルヤの唇はきれいですねって」。

二〇一五年二月二七日

二、三日、シュヴァルツヴァルトの別荘で過ごす。ここにはまだ、小さなボックスに仕切られている私の飾り棚が廊下にかかっている。陶器のアヒル、ケルン〔道しるべ用に積みあげた石〕など、子ども時代の古びた宝物が飾ってある。そのうちいつか、自分の子どもを連れてこの場所に戻ってきて村を歩きまわるのだと、よく想像していたものだ——この古い厩舎（きゅうしゃ）には〈フリッカ〉という名前の馬がいた。保養客向けのクラブハウスには図書室があって、ここから推理小説を借りて、ひと夏過ごしたこともあった。あそこの上のほうで、鹿にえさをやったこともあった。ここは、一番おいしいレバーペーストを売っている肉屋さん。

雪の中を散歩する。おなかがもう冬のジャケットからはみ出しそうになっている。スキーをつけて、地面を踏みしめながら山の斜面を上がっていくクリストフのまわりを、私の犬が飛び跳ねている。私は雪山のふもとで、にぎやかなスキー小屋の木製ベンチに腰をかけ、ひなたぼっこをする。ココアを飲み、まぶしさに目をしばたたかせながら、上へ上へと登っていくクリストフと犬の姿を追いかけていると、彼らは二本のモミの木の間に見えるふたつの点になっていった。私の前で、ひとりの母親がコートを地面に敷いて、雪の中で子どものオムツを替えている。自分もああいうふうになりたいと思う。

二、三週間前のある午後、「ダウン症」で検索するのにうんざりし、「マルヤ」という名前の意味をグーグルで探してみた。この名前にしようと思ったのは、その響きを気に入ったという理由からだけだった。探していくうちに、考えうる語源を並べたページを見つけた。それによると、「マルヤ」は「フィンランドの女性の名前で意味はベリー」とあるだけでなく、アラム語だと「苦い思い」という意味の言葉だと言及されている。

そんな意味の言葉ならダメだと思った。母親が自分の子どもにつける名前は「輝きに満ちた」とか「優雅な」とかいった意味でなければ。でもさらに読み進んでいくと、エジプトを起源とするもうひとつの意味もありうるとされている――「愛される者」。これを読んだ途端、やっぱりいい名前だと思えた。自分の子どもを一生、苦い思いで呼ぶことになるのか、それとも愛をこめて呼ぶことになるのかは、自分自身の手にかかっている。マルヤと生きていくには、幸運をもたらす強い決意が必要なのだ。今の私にはそれがわかる。

夜ベッドに入ってからのこと。「マルヤがまた動きまわってる。触ってごらん！」夜の八時近く、私が疲労感に襲われるころ、マルヤの時間が始まる。クリストフは、ベッドルームにいる私の写真を撮る。羽毛の掛布団二枚の下にもぐりこみ、クリストフが子どものときかぶっていたという、耳あてつきの毛皮の帽子をかぶっている私。おなかには、ビロードのような生地でできたベニテングダケの形のオルゴールをのせてバランスを取っている。このベニテングダケは「眠りなさい、赤ちゃん、眠りなさい」というメロディをかなでるキノコ。

二〇一五年三月二日
二七週と五日

予測体重　七〇九グラム。

二〇一五年三月三日

インドや中国に行ったとき持っていった銀色のスーツケースを開けて、床に広げる。入院準備のために荷物をつくらなければならない。

でも自分の子どもがどれだけ生きられるのかもわからないのに、何を持っていけばいいのだろう？天使の羽がついたお風呂で遊べるゴム製のアヒル――マルヤの「守護アヒル」。これは最後に超音波検査を受けたあと、プロテスタント系の病院の向かいにある店で買ったものだ。うちのバスタブのはじっこに飾ってある新郎新婦アヒルのヒナ。私たちが小さい時ふたりとも、子どもスマーフ〔ベルギーの漫画の主人公たち〕の人形を集めていたことがわかったものだから、妊娠したばかりのころ、クリストフがある日、朝食のテーブルの上に登場させたスマーフェットとベビースマーフ。本一冊。ゾウの刺繍がしてある、マルヤの保育器のための布を二、三枚。携帯電話。充電用ケーブル。カメラ。

何カ月も前に婦人科医からもらった「妊婦さんのためのガイドブック」には、「赤ちゃんを迎えるためにまず必要なものと買い物アドバイス」という章がある。チェックリストには、ロンパース、赤ちゃん用寝袋、オムツ用バケツから、揺りかご、ランプウォーマー、赤ちゃん用爪切り、ベビーカーにいたるまであらゆるものが載っている。私たちは、そのうちの何ひとつとして用意していない。

二〇一五年三月八日

毎朝シャワーを浴び、スーツケースを手に病院に行く。そのまま入院ということになった場合に備えて。二四時間ごとに超音波検査を受けなければならないことになった。超音波ドップラー法で計測された胎児血流のインデックスの値がよくない。産科病棟の主任医師たち全員と、いつのまにか顔見知りになった。ときには、外国からの客員医師や、若い医師たちが診察についてくることもある。私は、興味深い症例なのだ。新しい医師が現れるたびに、新たな提案がなされる。医師の側から見れば、抜け道を教えてあげますよというつもりなのだろう。でも私にとっては、繰り返される医師たちの問いは、閉じられたよろい戸の暗闇の中で一撃をくらわされるのに等しい。この状態で今本当に子どもを母胎外に取り出すつもりなのですか。そういう意味のことを訊かれるたびに、涙があふれそうになる。そうこうするうちに私に関する情報が、医師たちの間でやっと口伝えに広まったらしい。それ以来、私の腹部について報告するときには、「おかあさんは最大限のケアを望んでいます」という決まり文句が結びの言葉となった。

すでにステロイド注射が二回打たれた。マルヤの肺成熟を促すためだという。信じられないような状況になっている。医師たちは、胎内にいる一日一日がマルヤに力をつけることになるという。臓器をもっと成長させる必要があるのだ。けれども、一日待つごとに、マルヤにとっては手遅れになる可能性も出てくる。

マルヤがおなかの中で動くのをしばしば感じる。「いい兆候ですよね？」と私。いつだって「胎動」ほど素晴らしいものはなかったはずだ。まあ、それ自体はそうなんですけどねと主任医師。でも栄養補給がうまくいかなくなってしまうと、胎児にとっては動くことがストレスになる場合もあるんです。マルヤは心安らかに成長することができなくなってしまっているのだと思う。マルヤは闘っている。ほとんど胎動がなかったらもっと大変なことになってしまいますけどと、主任医師はあとから付け加える。

マルヤの心音を記録するために、助産師たちは毎回、私の腹部にセンサーつきのベルトを固定する。それから三〇分間、小さな部屋にひとりきりで、横向きの姿勢をとり、じっと動かないまま、耳をそばだてる。まだ生まれていない胎児の心臓は、まるで馬が動きまわる音のようだ。私の小さな馬は、幸いなことに、ギャロップで走っていて、つまずいたりしない。自分独自のリズムで前に進んでいる。これ以上美しい音を、私は知らない。

二日前に病院で妊娠中毒症の疑いありと言い渡されたが、少なくともこれについては、立証されずにすんだ。でも、医師たちは今度は、「脳血流の代償機構」が起きていると言う。マルヤの血液循環に変化が見られ、脳、心臓、副腎といった重要な臓器へ血流が向いていく。これは警報信号だと言う。ここまでくると、マルヤの命は、まさに現代の超音波検査機器と、それを通して見えるものを正確に解釈する医師たちの手中にある。私は出生前診断を罵ってきたが、これなしにはマルヤは助からない。

ひとりの若い主任医師が、私のことが気になって週末よく寝られなかったと言う。マルヤが心配で、医師である彼女でさえ寝つけないというのであれば、私はどうすればいいのだろう？　婦人科病棟の医長は今会議に行っていて、帰ってくるのは火曜日だと耳にする。

ＮＩＣＵを見学していいと言われた。私が、クリスマス二日めの休日、中絶予定日の一日前に、小児科医がいないものかとガラス越しに目をこらしていたあの病棟だ。そこの主任医師が、ここでは絶えず状況が変化して、上向きになったかと思うと下降線をたどったりしますから、心の準備をしておいてくださいと言う。マルヤのような赤ん坊には、予定表というものはない。

二〇一五年三月九日
二八週と五日

今朝の最新の医師報告書から。

「目標－引き続き安定した所見のもと妊娠三〇週まで、妊娠を引き延ばすこと」。明日の朝、超音波検査のあと、新しいアパートのためにランプを買いに行こうと思う。

二〇一五年三月一〇日
二八週と六日

出産報告書より――

「緊急帝王切開……正常胎位。兆候－超音波ドップラー法病理所見、早産、胎児に染色体異常」。

「子ども－体重七四五グラム、身長三〇センチ」。

「私の最愛の子どもへ、
私はまた、あなたとあなたの保育器の前にすわっています。私たちはふたりとももう、いろいろなアラームの音を覚えてしまいましたね。ただならぬ音がするとこわくなるけれども、通常の音のときもあります。あなたにどれくらいの音が聞こえるようになるのか私たちにはわからないけれど、もう聴力検査には合格したと思っています。私の声を耳にすると、あなたは片方の目、それどころか両目を開けることもあります。ときどきあなたは、小さなおでこにしわを寄せたりもします。三月一〇日に、あなたは私のおなかから取り出されました。教授が「妊娠期間はこれで終わりになりますよ」と言ったのは、一四時ごろのことでした。一六時ごろ、私は手術室に運ばれて、一六時二三分にあなたは生まれました。私にはあなたが見えなかったけれども、あなたの声は聞こえました。私はおなかを切り開かれて横になっていました。お医者さんたちが視界をさえぎるために張った殺菌済みの手術用クロスが、水色の壁のようになっていました。おなかの中でぴくっと何かが軽く引っ張られたような気がしたと思ったら、突然、憤慨したように泣き叫ぶキイキイした大きな声が聞こえたのです。それがあなたでした。マルヤでした。私の最愛の子ども。あなたがいました」。

娘の誕生は私にとって、聞いた話を自分の言葉でもう一度語り直すのに等しい。クリストフは、友人や家族の前で、あの瞬間を繰り返し再現してみせる。手術室にいた全員、私をのぞく全員が体験したあの瞬間を。

医長がクリストフに声をかけた。「さて、パパは見たいかな？」そしてクリストフが立ち上がると、彼は私たちの子どもを両手でかかえ、差し出してみせた。クリストフが目にしたのは、正確にいうと、子どもというよりは灰色の透明な風船のようなもので、この風船の中でマルヤが泳いでいた。からだをよじるようにしてまるまり、両手を前にして。破れていない羊膜嚢に包まれたままの娘をクリストフが見たのは、ほんの一瞬だけのことで、マルヤが動いた途端、「まるで予約していたかのように」と医師が言ったそうだが、あっというまに膜は消えてなくなった。マルヤは両腕を上に伸ばし、この生まれたばかりの七三五グラムの人間が泣き声をあげると、みなびっくり仰天したのだった。

私が覚えている出来事がふたつある。ＩＣＵ専門医ふたりと何人かの小児科看護師がマルヤを受け取り、体温保持シートに包んでＩＣＵに運んでいったのだが、この騒ぎの中、私はひとり取り残された感じで、手術台の上で横になったままだった。右側に立っていた金髪の看護師が、「おめでとうございます！　頑張りましたね！」と言ってから、「それで」と付け加えるように尋ねたこと。「子どもを手渡してしまう、もう自分の中にはいなくなってしまうというのは、辛くありませんか？」　私の答え。「いえ、全然。今度はほかの人たちの手に責任が移って、すごくホッとしています」。もうひとつ覚えているのは、恥ずかしいと思ったこと。マルヤが運び出されていくのに気がついて、すぐに呼びかけたのだが、それが自分が考えていたよりもずっと大きな声だったのだ。「ママはここにいるよ！」

こうしたことが起きてから、ひとりで病室に横になっている自分。我が子の病室とは建物ひとつ離れている。静寂。痛みがある。自分が母になったということを示すものは何もない。もう何年ものあいだ、子どもが誕生する日には、花瓶に入りきらないくらいの花束が届けられ、喜びに満ちた顔をドアの隙間からのぞかせる人たちが次々にやってきて、スペースが足りないほどの贈り物であふれかえり、電話は鳴りっぱなしといった場面を想像していた。それどころか私は、一四時と一六時のあいだ、つまり「妊娠期間はこれで終わりです」宣言から、背中に注射を打たれるまでのあいた時間に、分娩室のシャワー室で髪の毛さえ洗って用意していた。素晴らしく大きい水中出産用のバスタブと、音楽を聴きながら分娩する女性たちのためのCDプレイヤーのすぐ横にあるシャワー室で。予定されている重大な瞬間を前にしたこの一二〇分のあいだに、念のためシャワーを浴びておくのは意味のあることではないかと、急に思いたち、頭にシャンプーをこすりつけたのは、あとで誰かが部屋に訪ねてきたときに、髪の毛があまり乱れすぎていないほうがいいだろうと思ったからだった。

でも今日マルヤが生まれたことを知っている人は、ごくわずかしかいない。昨晩会議から戻ってきた医長の勤務日は、私のお産で始まることになった。彼は、これ以上待つリスクは冒さないほうがいいと判断し、お連れ合いにすぐ連絡してくださいと言った。すぐに来るように言ってください、でもスピードを出しすぎないようにしてくださいね。スピードを出しすぎないように、事故など起こさないようにと繰り返す医長に、私は大丈夫というように手で合図をした。この妊娠にまつわるあれこれを経験してきた身にしてみれば、今さらそう簡単に冷静さを失ったりすることはないだろうから。クリストフに電話をかけた。

クリストフ「うん？　ちょうど同僚と一緒に仕事中」

私「帝王切開。今すぐそっちを出て」

クリストフ「なに——今？」

私「今」

携帯を通してクリストフの言葉を聞くことができた教授と一緒に、クスクス笑ってしまった。クリストフの声に、信じられない、それどころか、いたずらに仕事を邪魔されたかのように、いささか不承不承といった響きさえあったものだから。

私「でもスピードを出しすぎないでね。直接分娩室に来て！」

そしてこのときになって、彼の声の調子が変わり、私たちはふたりとも、これは、親というものになろうとするときに交わされるであろう会話なのだと、やっと理解したのだった。

かくいう私も、なにやら秘密ありげに、医長が呼んでいますと聞かされたとき、まず頭に浮かんだのは「えー、ランプを買いに行きたかったのに！」だった。分娩室に行く途中で、寒さに震えながら救急車の進入口に立ち、ドロと母に電話して、ついにそのときが来たと知らせているうちに、初めて涙が出てくるのを感じた。

手術前最後のＳＭＳ――

「何もかもうまくいきますように、私のかわいい子！　あなたのことばかり想っています。ママからキスを送ります」。

「ありがとう。もう点滴装置につながれています」。

「マルヤが自分の運命を受けとめることのできる粘り強くたくましい人間になることを確信しています。これから起きることはすべて、どう転んでも彼女の運命。あなたたちにできるのは、できる限り彼女を助けたり、一緒に耐え抜くことだけ。ふたりとも素晴らしい親になることでしょう！　愛をこめて。ドロ」。

ドロは「マルヤと一緒に耐え抜く」と書いてきた。ある看護師の言葉をどうしても考えてしまう。帝王切開をした女の人たちの多くは、手術当日、ベッドを離れることができません。でも早産児のおかあさんたちは起き上がるんですよね。痛みをこらえて車椅子に乗って、子どもに会いに行くんです。早産児の母親ではあるけれども、今の私には力が残っていない。あまりにも疲れ果てていて、不安を感じることさえできないくらいだ。「あなたのお子さんはおそらく亡くなるでしょう」――お産の前にある婦人科医が言った言葉。ＮＩＣＵの主任医師にその話をすると、彼は首を横に振る。「マルヤに会えるように、せめて一日だけでも生きのびてくれたらと思っているのですか？」彼は続けて「今晩ジャンボジェット機がここの屋根に落っこちてこなければ、大丈夫ですよ」と言う。

クリストフがやってくる。親切な小児科看護師がマルヤの世話をしてくれているそうだ。彼女は保育器の中をのぞきこみ、マルヤのことを時間をかけてじっと見ていたと言う。そして「マルヤに惚れこみました」と言った。すごくうれしい。

私のカメラのディスプレイ上に、娘の生後初の写真のいくつかを映し出して、クリストフが見せてくれる。手術室の主任医師が「やせこけたシャツ」と名づけたという私の娘の写真。赤みを帯びたからだで、保育器の中でガーゼの布の上に横たわっている。折り曲げた足。足の裏までとどきそうな巨大なオムツ。力の入っていない腕は、無力なただのからだの一部分になって広がっている。点滴につながれた手。口に入っている緑色の管。胸には電極。目は閉じたまま。頭は、呼吸を助ける器具を支える白い帽子の下に隠れている。そう、マルヤには人工呼吸はほどこされていないのだ。呼吸をサポートする機器にはつながれているが、マルヤ、私の神童は自力で呼吸している。

私に見えないもの――生後一日めにマルヤの胸郭が上がったり下がったりしている様子。「横たわったまま力をふりしぼっている老人みたいだよ」とあとからクリストフが言った。彼もマルヤに触れることとさえ許されなかった。私の部屋には心理カウンセラーが送りこまれてくる。「どうすれば今日中に早産児病棟に行かれるのか、わかりません。今はもうなんだか、今日はこれでおしまいという感じなんです」と私。落ちてくるかもしれないジャンボジェット機のことを考える。

突然、ドアのところに母が立っているのに気づく。花束を持ち、マスクをして。母はひどい風邪をひいているので、面会に来たらダメだよと言ってあった。もし彼女の風邪をうつされて、私が早産児病棟に行かれなくなったら？　二度と姿を見ることのできないかもしれない娘のところに行かれなくなったら？　でも来てくれてうれしい。私のおかあさん、花束、守護天使のテディベア。こうして私たちはふたりとも母になった。

マルヤがいる病棟の電話番号を、自分の携帯に保存する。新しい連絡先。私の子ども。

二〇一五年三月一二日
マルヤ生後三日

母からSMS「写真ありがとう！　まるでリースヘェンの写真みたい。マルヤはとてもかわいい」。リースヘェンとは、私が一歳の誕生日にもらった人形のことだ。母にとっては信じられないようなことだろうが、私が生まれたときの体重は三二〇〇グラムで、マルヤはその四分の一の重さもない。身長は私より一八センチも短い。

みんなに送ったSMS「マルヤは、ひげのないガーデンノーム〔庭に飾る陶器の小人人形〕のように見えますが、自力で呼吸し、手足を伸ばして穏やかに寝そべり、保育器の世界を観察しようと、思いきって半分目をあけてみたりもします。彼女が頑張れるように、声援を送ってください。マルヤは、生きるのだとかたく心に決めている、自由奔放で素晴らしい女の子です」。

二〇一五年三月一五日
マルヤ生後六日

ドロに送ったSMS「今日の医師との話は疲れるものでした。髄液が増えていて、まだ七〇〇グラムだというのに来週には手術しなくてはならないと言われた。ひどいよね。それに脳の先天異常があるかもしれないって。悲しい。ものすごくうれしかったのは、生まれて初めてマルヤを胸に抱くことができたこと。ふたりともあんまりうれしくて一緒に眠ってしまいました」。

ドロからのＳＭＳ「うーん、サンドラ、手術だって？　そんなにひどいことってある？　何かうまくいった話はないの？　腹が立ちます。脳の先天異常だなんて、どういうこと？　あなたにハグを。そしてあなたたちふたりに世界中のありったけの力を送ります。睡眠薬を出してもらいなさい」。

二〇一五年三月一九日 マルヤ生後一〇日

オンマヤ・リザーバー留置手術の準備ということで、外科医から二種類の書類を受け取る。
１．手書きのスケッチ。ひとの顔と脳の側面図。頭皮の下に奇妙な構造物があり、脳室につながる。頭の上には注射針が浮いていて、今後はこれで脳脊髄液を抜く。
２．議事録「説明のための話し合いの内容」
「手術の目的－穿刺可能な皮下リザーバーの設置、右前頭骨……手術の危険性－出血、二次出血……生命にかかわることもありうる……神経医学上の悪化、例えば意識障害……視覚障害……後遺症として残る／あるいは一時的な麻痺……脳梗塞……骨に細菌感染(この場合リザーバー除去が必要)……髄膜の感染……てんかん発作……これ以上の質問はなし……私は手術措置に同意します」。

二〇一五年三月二一日
マルヤ生後一二日

ドロへのSMS「頭部の手術が前倒しになり月曜日の予定。MRIのあと医者とまだきちんと話していないけど、深刻な先天異常ではないらしい。それが本当なら最高なんだけど」。

二〇一五年三月二三日
マルヤ生後一四日

神経外科の手術レポート
「弓形の切開、前頭骨に穿頭の準備、ダイアモンド製フライスによる穿頭……」。
ドロからのSMS「あなたたちのことを想ってます！　マルヤの守護天使は怒り狂ったように働いているよ。マルヤはすべて乗り越える。なんでだかわからないけど、私はそう信じてます」。
「硬膜を開き、脳室への穿刺をクッシング・カニューレを用いて行い、四センチのオンマヤ・リザーバーを埋めこむ」。

二〇一五年三月二六日
マルヤ生後一七日

ドロへのSMS「帝王切開後の瘢痕（はんこん）ヘルニアで明日は私の手術。今回は全身麻酔。だから保育器の中にいるマルヤのところにあまり行かれないし、またすぐには顔を出せない。そのことがすごくこたえる。マルヤ自身が三日前に手術を受けたばかりで、私のことが必要なのに」。

二〇一五年三月二九日
マルヤ生後二〇日

マルヤの検査結果－血液培養検査においてＢ群レンサ球菌が認められる。

二〇一五年三月三〇日
マルヤ生後二一日

モニターにくっつけてある黄色い風船が、保育器の上をただよっている。風船には黒いペンで、上には日付、下には「マルヤ」と書いてある。そして真ん中には、ふたつのハートに囲まれるようにして「一〇〇〇グラム」。

二〇一五年四月七日

みんなへのＳＭＳ「今日でマルヤは生後四週間になりました。この喜びをみんなと分かち合いたいので、こうしてメッセージを送ります。マルヤは頭部の手術、敗血症も無事乗りきって、昨日は哺乳瓶から三ミリリットルも飲みました。そればかりか、保育器の中で理学療法まで受けています。自分が親バカなのはわかっているけれど、でもマルヤは本当に素晴らしい子どもだと思います。そしてなんといっても、体重がもう一二〇〇グラムになりました！」。

二〇一五年四月九日

太陽の光を浴びながら、病院の中にある公園のベンチに腰をかけ、マルヤのことを考える。どんな気持ちでいるのだろう？　さびしいだろうか？　マルヤを初めて自分の胸に抱くことができたのは、生後五日たってからのことだった。脳出血の危険が大きすぎたのだ。マルヤは、ひどくもろくてこわれてしまいそうで、額には血管網が見えた。胸の上には血管が広がり、弓状となった肋骨の一本一本を数えられるほどだった。

このとても小さな人間を、点滴もすべてつけたまま、助産師たちは毎日保育器から取り出して、私の肌の上に乗せる。重さはほとんど感じない。マルヤは動くことなく、ただ呼吸しているだけ。よごれを拭き取ることのできるガーデン用カウチが早産児病棟に置いてあり、マルヤと私はその上で二時間、三時間と、一緒に横になる。私の心音、におい、声がマルヤのためになると言う。「カンガルーする」（カンガルーケア）と呼ばれるこのコンセプトによれば、早産児は、親を身近に感じとると、ストレスホルモンの排出量が減り、体温調節機能がうまく働き、成長が促される。私の胸が上下に動くのがわかると、マルヤ自身もより楽に呼吸することができるのだそうだ。カンガルーの医学。

マルヤは、おひさまのような黄色いウールの帽子をかぶっている。紫色の縞が入ったこの帽子は、早産児病棟の支援をしている高齢の女性たちが編んでくれたものだ。これほど小さな帽子は、どこに行っても買うことができないから。帽子というよりは、ゆで卵の保温カバーのように見える。小さな小さな娘の様子を、美容院で使うような手鏡を使ってじっと見る。私の胸から数ミリ程度しか離れていないところに、彼女の鼻が見える。仕事のあと病院にやってくると、クリストフも「カンガルーする」。太めのチェックのシャツの前をあけたところから、マルヤの頭がのぞいている。

ノートにいろいろと書きとめることはしなくなった。内面と呼ぶべきものはなくなって、今は外面にあるものだけが自分を動かしている。私の新しい生活は、病院の敷地を囲う柵のこちら側で繰り広げられている。結婚指輪さえはずした。細菌のリスクがあるため、ＩＣＵでは装身具類の着用は許されていない。腹部の傷がまだ痛むため、階段は使わずに、毎朝エレベーターで二階まで行く。ＩＣＵのガラス張りドアのベルを鳴らす。まずひとつめのドアが開く。手提げバッグをロッカーに入れ、両手を洗い、消毒液ディスペンサーの取っ手をひじで動かす。ふたつめのドアが開き、マルヤのいる部屋へ。彼女はドアのすぐ横にある保育器の中にいる。

最初のうちは、マルヤがまるでふたりめの子どもであるかのような気がした。私が知っているのはおなかの中にいた子で、保育器の中にいるのは、見知らぬ新しい子。細い顔、せりあがったおでこのきゃしゃな子。後頭部がやけに大きくて、なにやらエジプト風に見える。私たちの小さなネフェルティティ。「水頭症だというのがもう見えますね」と医師。エジプトの女王ではなく水頭症なのだ。ああ、私のマルヤ。看護師たちが毎日、彼女の頭位を測定する。ときには保育器の中にまで、イケアの巻き尺がまるめられたまま置かれている。マルヤの耳には胸を打たれる。こわばった軟骨質ではなくて、だらりと垂れていて、やわらかい。早産児に典型的な耳。マルヤにはずいぶん長いあいだ、明るい色の体毛がからだのあちこちに見られた。腕や背中に小さな毛皮のようにくっつき、肩の産毛は金色に輝いていたし、おでこにまでも産毛が残っていた。まるで母胎内にいる胎児のような産毛。

保育器の上には赤いタオルがかかっている。イースターのせいで病院の洗濯物が滞っていたため、赤いタオルはどこにあるのですかと何日も催促しなくてはならなかった。赤い色は、私のおなかの中をマルヤに思い出してもらうため。マルヤのために私がしてあげられることはあまりない。赤をちょっと飾ること、彼女の背中に手をあて、足を自分の指で包みこむことぐらいしかできない。私が彼女に触れると、心臓の鼓動が静かになるのがモニター上でわかる。クリストフと私は、どういうなで方がいいのかわかってきた。同じ所をいったりきたりしてさするのではなく、てのひら全体をのせてもっと広範囲に、やさしく圧力をかけるほうがいい。早産児は、こういう感触を子宮の中にいたときから知っているから。

一日に一回、午前中、理学療法士も病棟にやってくる。彼女は手袋を着けて、この小さな人間の手足を動かし、上半身を揺り動かす。そうすることで、呼吸筋が強くなり、身体を伸張させる力をつけていくのを助けるのだと言う。

まだ我が子にキスしたことがない。唇にヘルペスを発症していなければキスしてもかまわないと言われたが、いったいどこにキスしたらいいのかもわからない。電極のケーブルや針、絆創膏をあちこちに張りめぐらされ、ガーゼの包帯に包まれて横たわっている小さなからだ。何かをうつしてしまうリスクは冒したくない。キスをしたらマルヤを傷つけることになるのではないかとこわい。

毎晩ベッドに入る前に、早産児病棟の番号に電話をかけ、マルヤの様子を訊く。親は病棟で一緒に寝ることはできないけれども、電話はいつかけてもいいことになっている。看護師と話している途中で、泣きだすときもある。マルヤのことがとにかく心配でならない。

でも少なくとも、おなかにいるときからそのメロディを聴いて知っているベニテングダケのオルゴールは、マルヤのもとにいる。そして保育器の頭側のはじっこでは、洗ったばかりのドラゴンのぬいぐるみが、いつも見守ってくれている。このぬいぐるみは、パウルの両親にもらったものだ。パウル――ダウン症の小さな男の子。帝王切開のあと、一番にお見舞いに来てくれたのが、この友人たちだった。マルヤへのプレゼントをどっさりと抱きかかえて。彼女たちが言わんとしているメッセージは、シンプルかつ揺るぎないものだ――どんな診断を下されたとしても、マルヤの誕生はお祝いすべきことで、泣き悲しむことではない。

毎晩、マルヤの体重が測定される。二キロになれば、次の手術を受けるだけの体力がついたことになる。そうしたら、頭の中に管を埋めこむことができるはずなのだが、まずは外科医たちが、マルヤの心臓疾患に対処しなければならない。彼女の肺も守る必要がある。

二種類のガラスが、マルヤと空を隔てている。ひとつは保育器のガラス。もうひとつは早産児病棟の窓。マルヤに見せてあげると私が約束した空。白い線をひいて遠くまでのびた空色の空。まだマルヤには識別することができない。眼筋が弱くて、彼女の目は浮遊している。

二〇一五年四月一四日

本来は、家族のうちふたりだけ、つまりママとパパだけがＩＣＵの中に入ることが許されている。でも看護師長がときどき、例外を認めてくれる。向かい側にいる子どものおじいちゃんが、一度孫を見に来たことがあった。もう夜も遅くなって、面会客がみんないなくなってから、母がやってくる。そろそろと注意深く保育器に近づいて、「これなの？」と興奮した口調で尋ねる。「えー、なんて小さいの！」

父は、いわゆる術後観察病棟に私たちが移されて二、三日してから、初めてマルヤと対面した。桟敷席のようになっているところから、手を振る祖父母やら、ピョンピョンと飛び跳ねている兄弟姉妹たちなどが、赤ん坊たちが寝かされている保育器をどうにかして見ようと、窓ガラスに鼻を押しつけている。ラッキーなことに私たちは、窓側の席を手に入れることができた。父はガラスを通して、マルヤと私の写真を撮った。

二〇一五年四月二二日

ドロからのＳＭＳ「写真どうもありがとう。感動しました！　マルヤはとてもかわいいし、あなたはとても幸せそうに見える……万事順調？」。

ドロへのＳＭＳ「ちょうどひどくボロボロ。マルヤがまた感染症だって。髄膜炎ではないことを祈るだけ。また抗生物質、医者との消耗する話し合い。ひどく不安で、この新しい病棟に対して怒りが湧いてくる」。

検査結果‐血液培養検査においてＢ群レンサ球菌が認められる。

二〇一五年四月二三日

ドロからのＳＭＳ「そうだよね。医者たちの言葉で、いとも簡単にずたずたにされてしまうことがあるよね。私にもすごくよくわかる……」。

二〇一五年四月二四日

ドロからのＳＭＳ「マルヤはどうしてる？　心配だよ」。

ドロへのＳＭＳ「保育器の横で折りたたみ式の椅子にすわり、一晩明かしました。抗生物質が効いているけど、髄液にとどいているかどうかの所見はまだない。でも今日マルヤは数日ぶりにまた目を開けました」。

二〇一五年四月二五日

ドロへのSMS「月曜日に教授と話したら、心臓手術のことがもっとわかるはずなんだけど。看護師は、たぶん来週末には手術するんじゃないかって言ってる」。

二〇一五年五月四日

医師の報告書より「みなさん、前述の患者は……こちらで入院治療を受けており……分娩後の適応は順調、人工呼吸は必要とせず……臨床診断および化学的検査により度重なり確認された感染症は抗生物質により治癒し……オンマヤ・リザーバーから繰り返し採取した脳脊髄液を培養し、細菌の繁殖がないことを確認……

四月二九日から、浮腫と肝臓肥大に対処してヒドロクロロチアジド(HCT)を用いた利尿治療……アイゼンメンゲル症候群発症の可能性があることから、その防止のため、肺動脈バンディング(絞扼術)を行う必要があり、取り決めに従い、患者を貴科に移動いたします」。

二〇一五年五月七日

手術－肺動脈バンディング。目的－肺への血流を抑制すること。

みんなへのＳＭＳ「親愛なるみなさん、マルヤはちょうど一回めの心臓手術を受けているところです。ママである私は、みなさんにそれぞれの守護天使に呼びかけてくださるようお願いします。マルヤのことを想ってくれればうれしいです。ありがとう！　あなたたちのサンドラより」。

小児心臓外科の手術報告より「胸骨の皮膚切開……振動鋸（のこぎり）により胸骨正中切開……肺動脈上の心膜の局部切開、支点となる三カ所の縫合部の設置……肺動脈周囲にテフロンテープを巻き……」。

ドロからのＳＭＳ「守護天使Ｄは活動開始。マルヤを癒してくれるだろう春の光、色、匂いを送ります」。

手術報告「肺高血圧心エコー検査のもと肺動脈の絞扼、酸素飽和度八五パーセントから八八パーセント。テープは６－０のプロリン糸で固定……胸骨ドレナージ部位の心膜の完全縫合後、胸骨縫合、筋膜縫合、各層にわたり傷口縫合、皮膚縫合」。

みんなへのＳＭＳ「ドイツ中の守護天使へ！　みんな、よく働いてくれました。ありがとう！　合併症もなく手術は終わり、マルヤはかなりクタクタになっているけれど、ランプウォーマーの下で人工呼吸器につながれ、安定した状態です。これからの四八時間がとても大切です……」。

二〇一五年五月一〇日

早産児を産んだあるおかあさんからのＳＭＳ「うまくいくように祈っています。あなたの初めての母の日に」。

そのおかあさんへSMSで返事「わー、ありがとう！　あなたにも幸運を！　私はわんぱく坊主が得意がるみたいに鼻高々になっています」。

二〇一五年五月二〇日

ドロへのSMS「今マルヤはとても元気。雄牛みたいにガツガツと哺乳瓶から飲み、ときにはニヤリとしたりもします。看護師さんたちがとても親切で助かります」。

二〇一五年五月二六日
マルヤ生後三カ月

ダビッドへのSMS「クリニックの母子用の部屋で、マルヤと私は初めて一晩一緒に過ごしました。クタクタだけど、あまりに幸せで有頂天にもなってます。マルヤはもう二・六キロになったんだよ！」。

二〇一五年六月四日

ドロへのSMS「マルヤはロンパースの上にワンピースを着て、まるで頭の上に産毛が突っ立ったままの本物のお嬢さんという感じ」。

二〇一五年六月六日

ドロへのＳＭＳ「昨日は重大事件がありました。マルヤをベビーカーに乗せて外へ出たの！　マルヤは生まれて初めて大空の下で太陽の光を浴びたんだよ。言葉に表せないくらい素晴らしかった。あんまり感動してほとんど泣きそうになりました。もちろん病院の敷地内をちょっとのあいだ歩いただけだけど、外に出られただけでも感激」。

二〇一五年六月九日

早産児を産んだ別のおかあさんからのＳＭＳ「マルヤはどうしていますか？　新しいニュースはある？」。

そのおかあさんへＳＭＳで返事「連絡ありがとう。それなりに順調です……でも来週たぶんシャントを入れることになりそう。ぞっとします。どこに入れるかまだ話し合っているところ。私自身はもうかなり消耗していて、休みをとらないとまいってしまいそうな感じ」。

二〇一五年六月一二日
マルヤ生後四カ月

ドロへのSMS「マルヤの転院準備でひどくバタバタしています。来週頭部の手術で……でもマルヤは今日新しい日よけの帽子をかぶってね、すごくかわいかった!」。

二〇一五年六月一三日

ドロからのSMS「一年後にあなたとマルヤが一緒に散歩している姿が目に浮かびます。ほんとにステキ……」。

二〇一五年六月一五日

別の病院の小児神経外科に転院。

二〇一五年六月一七日

手術-VPシャント(脳室-腹腔シャント)手術による埋めこみ、オンマヤ・リザーバー除去。目的

―脳脊髄液を腹腔に流す。

みんなへのＳＭＳ「今ちょうどマルヤの産毛が剃られているところです。そのあと頭部の手術が行われます。今回は術後数週間が大切で、シャントが詰まったり感染したりしないように注意しなければなりません。マルヤが守られますように。マルヤは愉快な小さな女の子になりました……」。

二〇一五年六月三〇日

みんなへのＳＭＳ「家の揺りかごの中にいるマルヤの初めての写真です！　生まれてから三カ月半、三回の手術を経て、三・五キロになって、退院しました。マルヤは満足げにピーピー鳴いています。ママとパパは、ごはんを食べる時間も寝る時間もありませんが……」。

二〇一五年七月九日

マルヤにはふたつの物語がある。どちらの話を語ったものだろう？　生まれて一三日めに、保育器に入れられたまま手術室に運ばれていった姿、小さな鳥のようにやせこけたその姿、そして外科医がその小さなからだをいじくりまわしたことを語ろうか？　麻酔専門医が、事前の説明の中で、本来乳児には麻酔薬の使用認可はおりていないので、経験値だけがものをいうと言ったこと。ガーゼの布に包まれ、白いハート形の絆創膏をほっぺたにつけて横たわっていたマルヤ。それが、肋骨が飛び出したこの子がドアの向こう側に見えなくなる前に見た最後の姿だったこと。七四五グラムで生まれたばかりなのに、外科用メスでからだを切り開かれる子ども。

手術後に再び目にしたときのおそろしい光景。からだからトゲのように突っ立っている青い糸。額のふくらみはオンマヤ・リザーバー。余分な髄液をためるカプセルが頭皮の下に埋めこまれたのだ。数週間にわたって、一日一回、最初のうちは一日二回、医師たちがこのカプセルに細い針を通し、髄液、すなわち余分な脳脊髄液を取り除く。こうして、細菌が脳に入ってしまう危険を毎日冒さなくてはならない。不運の連鎖反応が起きると、髄膜炎につながり、そうなると障害の程度が重くなるかもしれないが、それですめばまだましなのだ。髄液を体内の別のところに流すためのシャント、管を埋めこむには、マルヤはまだ小さすぎ、虚弱すぎる。でも髄液はとにかく何としてでも除かねばならない。でなければ、今度こそ脳の深刻な損傷を引き起こしてしまう。

不安にさいなまれて過ごす際限のない時間。早産児病棟で毎朝襲ってくる恐怖。マルヤはどの部屋にいるのだろう？　ドアには「特別な衛生措置－マスク、手袋、ガウンの保全管理に注意！」と書かれた札、病院内の多剤耐性菌対策が掲げられている。病棟の真ん前にある空きスペース、コート掛けのあるこの空間に、誰かほかの親たちがすわっているだろうか？　何か深刻な事態が起こったり、厄介な検査が目前に控えていたりすると、親たちは病棟の外に出される。だから毎朝毎朝、同じ問いが浮かぶ。また何か起こったのだろうかと。

ある日、マルヤがてんかんの痙攣発作を起こした。妊娠中に思い描いていた光景がすぐに目に浮かんだ。自分にとって、てんかんほどゾッとするものはない。てんかんとは脳内で発生する雷雨のようなものだと、どこかで読んだことがある。マルヤのちっぽけな、酷使されつくしているからだの中で、今それが始まろうとしているのだろうか？　新しい薬が出されることになり、何週間ものあいだ毎日摂取しなければならないと言う。フェノバルビタールという麻酔薬系統の薬。新たな不安が浮かぶ。マルヤの脳はもっと発達しなくてはならないのに、この薬のせいで麻痺して活動を止めてしまわないだろうか？　でもてんかん症状が続いたらもっと大変なことになる。

抗てんかん薬が必要になったという話をすると、「フェノバルビタールなの？」とクリストフが訊く。「それは、ナチスが人殺しのために使った薬だよ」。ウィキペディアで調べてみると、この薬で殺されたのは、障害のある子どもたちだった。過剰摂取させて死なせたのだ。自分に言い聞かせる。すぐに忘れなさい。向かい側の保育器に入っている早産児も、この薬で症状が改善したではないか。夜、悪夢でうなされる。看護師がうっかりしてフェノバルビタールの量を間違え、過剰に投与してしまうという夢。汗びっしょりになって目を覚まし、妊娠中に電話で話したある女性のことを思い出す。別のクリニックでの話だが、彼女の赤ちゃんが、母親ではない別人の母乳をカテーテルから注入されたことがあった。看護師が哺乳瓶を取り違えてしまったのだ。そのあと、エイズ検査が必要だったと言う。

マルヤの保育器（クベース）の清掃ということで、保育器のフードのパッキンが取りはずされたときのことを思い出す。看護師は、はい、はい、シフト交代の前にまたつけておきますと言っていた。でも夜遅くなって、その看護師はとっくにいなくなっているのに、保育器のパッキンはまだつけられていないまま。この状態で、マルヤのための自動温度調節はうまくいっているのだろうか？　自分のベッドに戻るが、のたうち回るばかりで、じっと横になっていられない。大丈夫、あの人たちは何をすべきか知っているわけだし、すべてうまくいく。あのパッキンは、きっとそんなに大事なものじゃないんだ。大事なんだか、大事じゃないんだか、すべてモヤモヤしてわからなくなっていく。もう二回輸血もした。あれもこれもと全部を心配していたらきりがない。とにかくもう眠らなきゃ。

ある朝の医師との会話−夜中にマルヤの状態が突然ひどく悪化しました。皮膚の色は青ざめ、というよりほとんど灰色になっています。B群レンサ球菌感染症です。夜勤の看護師がすぐに非常事態を知らせ、朝まだ暗いうちから、マルヤには抗生物質が投与されています。「細菌は頭の中にまで入っているのですか?」と尋ねる。「今のところまだ血液中だけです」と医師。「ああ、よかった」と私。注意深く耳をすましていると、「いやまあ……」と答える医師の口調がいつもとは違う。家に帰ってからグーグルで調べると、数時間のうちに死に至ったり、髄膜炎を引き起こす可能性があると書いてある。細菌はいったいどこから突然現れたのだろう? 帝王切開なのだから、生まれたときに感染したはずはない。私が搾乳した母乳の検査が行われる。結果はネガティブ。子宮頸管粘液検査もネガティブ。ということは細菌の出どころは私ではないことになる。

一〇日間にわたり二種類の抗生物質を投与した後、マルヤの咽頭粘膜検査。B群レンサ球菌がまだいなくなってくれない! 薬を変えて、今度は抗生物質を三種類に増やす。それなのに、退院前の乳児たちのケアを行う病棟に移されてしまう。ここでは母親たちが母乳を与える際のアドバイスをもらったりしていて、子どもたちの数は多いのに、看護師の数は少なく、日曜日や夜間には医者も姿を見せない。この病棟では無理です、マルヤは次の心臓手術に備えて体力をつけなければならないし、そのあとには二回めの頭部手術も控えているんですと、私がいくら懇願しても、全く耳を貸してくれない。この病院の窮屈で小さなＩＣＵに入れる子の数は限られており、一番強そうだとみなされた子は別の病棟に移されてしまうのだ。妊娠中毒症の母親から生まれる子どもがいつも運びこまれるし、早産児も次々とやってくる。でも早めにＩＣＵを出された子たちは、そのあと具合が悪くなれば、またすぐに戻ってくる。窓際の保育器にいる男の子もそのひとりだ。レンサ球菌をのどにかかえたままのマルヤもとにかくＩＣＵから出なければならない。

　ある日の午後、移された病棟のモニターが鳴り始める。SaO_2（酸素飽和度）がどんどん下がっていく。それほどひどくないですよ、鼻カニューラなしで大丈夫だったこともありますしと、看護師がなだめるように言う。私はまた懇願する。採血してください、お願いです、マルヤのからだの中にはレンサ球菌が居すわっているんですよ。はいはい、あとで医者が見に来ますから。そのうち血液が採取されたかと思うと、マルヤのまわりが突然あわただしくなる。炎症が一気に悪化したので、すぐに点滴を注入する必要があると言う。でもマルヤの静脈にはもう針が入らない。からだ中を針で刺され、傷痕だらけなので、穿刺カニューラをいくらずらしてももう入らないのだ。ひとりの医師が静脈を次から次へと試しているあいだ、マルヤは泣き続ける。「お子さんの症状はとても重いんです。抗生物質を注入しないと」と彼女はうわずった声で言う。私はポロポロ涙をこぼしながら、廊下を行ったり来たり。そして抗生物質の溶液がやっとのことでマルヤのからだの中に流れこみ始めると、保育器の横の折りたたみ椅子にどっとからだを沈め、太陽が昇る頃うとうとし始める。朝の回診のときに、一晩中通してのケアが必要だ、どうして血中濃度を調べるのがあんなに遅れたのか、なぜこの数日間全く検査しなかったのかと問いただすと、医師は、別の病院に移りたければ移ってもかまいませんよと答える。この子は保育器の中にいるんですよと私。マルヤはＩＣＵに戻ることになった。検査結果－血液培養検査において、再びＢ群レンサ球菌が認められる。

この感染症がやっとのことで退治できたと思ったら、今度は救急車ですぐに別の病院の心臓外科へ運ばれることになる。「ベビー救急」という文字が浮かび上がるボンネット。保育器に入ったままの我が子が高速道路を走り、そのうしろを私たちが追いかける。到着してすぐに診察。五人、六人と専門医たちが、SaO_2 の値を押し黙ったまま見つめている。困惑した表情。「どうしたのですか？」と尋ねると、ためらいがちな答えが返ってくる。肺への血流がうまくいかないことを示す肺血管抵抗が高すぎる状態が継続しており、手術をするにはもう手遅れかもしれないと言う。「戻れない方向に向かっているということです」とひとりの医師が言う。「どういうことですか？　この子は死ぬだろうとおっしゃっているわけですか？」と私。沈黙。何かできることはないのですかとひたすら繰り返す。そのうち「心臓、肺、移植」という言葉が聞こえてくる。医長がやってきて提案する。あるひとつの薬を試してみる。それで SaO_2 が急速に跳ね上がれば、まだ手遅れではない。私たちはみなマルヤのベッドのまわりに立っている。モニターに映る青い数字に、すべてがかかっている。九二、九三、数字が上昇していく。九七、九八、九九。一〇〇という数が出ると、医師が彼自身の携帯で写真を撮る。疑惑が晴れ、マルヤの手術が予定どおりに行われることになる。二キロの体重で、一回めの心臓手術。一時間のうちに、「心臓、肺、移植」という方針から、元の計画に戻ってきたわけだ。もう神経が参っているけれども、ここで倒れているヒマはない。

外科医たちが、超高度な技を駆使してマルヤの肺動脈をいじくりまわしているあいだ、私はホテルの部屋のベッドに倒れこみ、マルヤのロンパースを自分の顔に広げ、我が子のにおい、彼女のミルク、唾液、からだのにおいを吸いこむ。手術後にひとりの医師がなにげなく漏らした言葉。比較の問題でいうと、実のところ、それほど大がかりな手術ではないんです。でも油断はできませんよ。死亡率は△△パーセントですし。昼休み中ずっと泣き通していると、別の医師が、この病棟ではリスクはずっと低いですよと言ってくれる。ICUでマルヤと同じ部屋にいた乳児は重篤な心臓疾患があり、合併症の手術から数日して亡くなった。衝立（ついたて）が、その男の子とそれ以外の世界を分けている。母親の顔を目にする。これまで、こんなに顔面蒼白になっている人を見たことはなかった。六週間あいだをおき、マルヤの胸郭が成長するのを待って、また手術をすることになる。三カ月で三回めの手術。今度は頭部の手術だ。

　毎日病院で八時間ほど過ごす。もう何週間も。夜は折りたたみ式のカウチで寝る。私の手の表面は、消毒剤のせいで真っ赤になり、指の間はパサパサだ。私自身の名前はなくなってしまった。看護師たちにとって、私は〝マルヤのママ〟なのだ。〝マルヤのママ〟は、からだに管とコードが巻きついている子どものオムツの替え方を覚える。〝マルヤのママ〟は、子どもの保育器を押して、レントゲン、心臓の超音波検査、脳波測定と廊下を渡り歩き、また戻ってくる。〝マルヤのママ〟は、ある医師が、手術の前だというのに、それもふたりの主任医師との申し合わせに反し、独自の判断で、マルヤへの抗生物質投与を中断したと聞き、怒鳴り声をあげそうになる。穿刺後、針を刺したところから髄液が漏れ出てマルヤの頭の上を流れているのに、誰ひとり気がつかなかったと知ったときも、ほとんど叫びそうだった。でも、もちろん騒いだりはしない。なぜなら、病気の子どもの親と医師たちをつないでいるのは、感謝の気持ちだけではないのだから。それは、親の側からすれば、医師たちに頼るしかない依存関係でもあるのだ。

だから、手術前の説明を受けるとき、どこかの個室に呼んでもらえるどころか、時間に追われている疲れた顔の医師が、エレベーターの横にある一続きになった椅子にすわったまま、起こりうる惨事について、機械的にダラダラとしゃべるだけでも、私は文句は言わない。彼がこちらに押しやる書類の上には、麻痺、昏睡、死亡の危険性について書かれている。全部承知しています。日付。サイン。ここでは涙を流さず、あとにとっておく。

〝マルヤのママ〟は転院準備を進め、医療保険の担当者と電話で話し、病院のそばに長期滞在者向けの休暇用フラットを借りる。そして看護学生の役割も果たす。酸素測定のためのセンサーをマルヤの小さな足に結び、電極を貼りつけ、薬を溶かして注射器に注入し、聴診器を使ってゾンデが胃の中に正しく入っているかどうか調べる。「私の新しい仕事は健康管理マネージャー兼看護師です」と冗談をとばす私。「ほとんどママとはいえないかも」。

そして三カ月半の入院を経て、マルヤは退院した。頭には三日月形の傷痕、小さな胸郭を分けるように垂直に長く延びる傷痕、揺りかごからモニターにつながるライン、鼻から突き出た小さな管、胃ゾンデもすべて一緒についたままで。家で初めて過ごしたのもつかの間、二、三週間後にはマルヤをまた入院させなければならない。四回めの手術。この六時間の手術のあいだ、私たちは待ち続ける。外科医がマルヤの胸郭を鋸(のこぎり)で切り、人工心肺装置が働いているあいだに、教授が針を刺し、結び合わせ、縫い、小さな心臓をゴアテックス素材で修復する。外科医が心臓の機能を回復させるまで、マルヤの心臓は止まったままだ。

それとも、こうしたこととは別のもうひとつの物語を語ったものだろうか？

ある朝、マルヤの保育器に近づくと、早産児病棟に海の音が聞こえたこと。看護師が「マルヤは休暇に行ってます」と笑う。彼女が、いろいろな音を出す「ベビー卵」と呼ばれる器具を置いたのだった。心臓の音、小川が流れる音なども出る。マルヤもいつかＩＣＵの壁に貼ってある写真ギャラリーに仲間入りできればいいのになあと思ったこと。そこに飾ってあるのは、まず一枚めが老人のような姿の新生児。もうひとつの写真は、その子の二年後の姿。砂のお城の隣にわんぱくそうな顔が映っている。

マルヤの生後一二日めに、ひとりの看護師からもらった、「ママとパパへ」と書かれた封筒のこと。彼女は、一回めの頭部手術の前の晩、マルヤの世話をして、すべての医療器具を交換したときに、二枚の写真を撮ってくれていた。そこに映っていたのは、私たちが初めて目にする、絆創膏も、呼吸をサポートする器具も、カテーテルもつけていないマルヤの姿だった。この世に生まれてきたときそのままの、私たちの子どもの顔。封筒の中にはまた、パンパースの景品であるメモ用紙の上に、赤い色でとったマルヤの足形と右手の手形が入っていた。私の親指の長さにも達しない小さな足。私の親指の爪よりも短い中指。

母親たちが、保育器の横にある折りたたみ式カウチで一斉に「カンガルーする」とき、ときには親切な看護師のひとりがちょうど当番で、機嫌よくみんなに「さあ、誰にごはんを差し上げましょうか?」と呼びかけてくれたこと。それから彼女は、ミルクの入った注射器を私たちに配り、母親たちはそれを子どもたちの胃ゾンデにミリ単位で流しこむのだった。そんな日には、保育器(クベース)と人工呼吸器でいっぱいの狭い部屋、ベルや器械のピーピーいう音が間断なく聞こえる私たちのICUが、本当に心地よく感じられたこと。

新しい病院でマルヤが一回めの心臓手術を受けるとき、黄色い段ボール箱とサテンのテープを持っていき、一日中ICUで過ごしたあと、夜になってホテルの部屋でマルヤの誕生カードを作ったこと。早産児病棟のウールの帽子には紫の縞が入っているので、それにあうように紫色で「あなたが生まれてきてくれてほんとうによかった!」とプリントしたカード。それに、この帽子をかぶったマルヤの写真を貼り付けた。

心臓手術のあと、おなかがすいたといってマルヤが泣き叫ぶのを初めて耳にしたこと。どの赤ん坊もおなかがすけば泣くようにマルヤも泣いたのだ。生まれて初めて、泣き叫ぶだけの力がついたから。二回めの頭部手術の次の日、私の声を聞いてマルヤが微笑んだこと。マルヤが成長し、体重も増え、ミルクが欲しいときには舌を突き出すこと。赤ん坊のにおいが雲のように彼女を包みこんでいること。哺乳瓶を支えている私の顔をマルヤがじっと見つめること。か細いすねのまわりの結び目がゆるすぎてブカブカだった、妊娠二五週に買った高価なオーガニック素材のソックスを、心臓外科ICUにいるとき、ずっとはいているうちに、何かのミスで、いつしか片方だけ病院の洗濯室で行方不明になってしまったこと。

生後九週間になったとき、布製のカタツムリヘビを初めてマルヤのからだのまわりに置いてみる。

マルヤは病院のベッドにゆったりと横たわり、一方の足を曲げて、その足の裏を、カタツムリのクッションのようにふくらんだ部分に押しつける。もう一方の足はカタツムリの上でさりげなく休息をとっている。片方の手をクッションのはじっこを探るように伸ばし、指先を花もようのついた布地の上にのせたまま、マルヤは眠ってしまう。

「この鼻はあなたから受け継いだようですね」と看護師が言う。しぶといところも私に似ていると思う。私の子ども、マルヤ。頭の産毛は金色。とがった指の爪。寝ているあいだに、頼りなげな声を出す。ミルクをもらうのが遅れると、怒って泣き叫ぶ。あくびをする。唇をクチャクチャいわせる。「成長していますよ」と医師たちに言われ、愛情ではちきれそうになる私。

心臓手術から回復したのち、一日一時間マルヤと一緒に病院構内を散歩してもいいと言われる。いつも同じルートをたどる。医長専用の駐車スペースの横を通り、古くて大きな木々のある芝生を抜け、正面口に戻り、こぢんまりしたバラ園につながる丘に出る。そこで私は六月の太陽を浴びながらベンチにすわり、マルヤは病棟から借りたベビーカーの中で眠る。携帯用モニターにつながれたまま。こうしていると、初めて、本格的な育児休暇中の母親の気分になれる。クリストフも来て、彼がマルヤのそばにいるときには、私はひとりで病院のカフェテリアに行ってアイスクリームを買ってくることもある。マグナム・クラシックを選ぶ。

二回めの頭部手術のあとまだマルヤがＩＣＵにいる日のある昼どき、私たちはエレベーターで一階にある病院の食堂へ行くかわりに、近くのベビー用品量販店へ向かう。一時間半かけて、揺りかご、オムツ交換台、ランプウォーマー、寝袋、お風呂用温度計を買う。翌日の昼どきにまた足を運び、今度はベビーカーを購入。

ベビーカーと揺りかごは、両方の祖父母たちがプレゼントしてくれた。でももっと素敵なプレゼントをもらった。私の両親が、私たちの力になろうと、何百キロもの道のりを走行して、ドイツ中のあちこちの病院まで訪ねてきてくれたこと。クリストフの両親が、心臓手術のあと、初めてマルヤを抱いた瞬間。ガウンとマスクを身に着けたまま、でも見るからに喜びに輝いている彼女たちのまなざし。手術のたびに、すべての友だちと家族たちが送ってくれたたくさんのSMS。郵便配達員が、マルヤ宛ての小包を次々と届けてくれる。そして気がつけばその日が来ていた。退院の日。

緊急事態に備えて、私たちは速成コースを受ける。蘇生トレーニング、心臓マッサージ。診察室に置かれた人形で試す。「胸骨を押してください」と医師が説明する。「もっと速く！」。彼女はCDプレイヤーのスイッチを押す。「そうです！　三〇回押したら、二回人口呼吸！」。私たちの手が、数分間、上がったり下がったりして動き続ける。〈ステイン・アライブ〉のリズムにあわせて圧迫する。この練習終了後、やっとマルヤを金属製のベビーベッドから、これで最後と抱き上げ、一緒に家に連れて帰っていいというお許しが出る。

「ねえ」とクリストフに尋ねる。「マルヤが入院中だったときのこと、マルヤの人生の始まりについて話すとき、私たちって、いったいふたつのうちのどちらの話をすることが多いだろうね？」——「凱旋行進の話に決まってるよ！」と彼は即答する。

そのとおりだ。私たちがマルヤの話をするとき、彼女はいつだって、あらゆる困難を乗り越え、何もかもやりとげた勇敢な我が子として登場する。マルヤは弱く、障害があって、気の毒がられる存在なのではない。彼女は強い。「小さな闘う豚〔あきらめずにからだを張って闘う人の意〕」とクリストフは愛情をこめて呼ぶ。もう一方の気の滅入るような思い出は、私と話しているとまた頭に浮かんでくると、彼は言う。私も彼と話しているときには、重苦しい話を思い出す。似たようなことを経験した人とでなければ、そうした話を共有することができないからだと思う。自分の中で、ひととの結びつきを通して生まれるものの基準に変化が生じたのに気づく。どんな記事を書くのか、外国でどういう暮らし方をするのか、どういう本を読むのか、どんなことに笑うのか。こういったことが、新しく知り合うとき、その人たちとつながる接点になってきたし、これからももちろんそれは変わらないだろう。でも今は、これまでにはない新しい感情も加わった。この人たちに対してなら隔てるもののない深い親近感を抱くだろうなと思うことがある。それは、口には出さないけれども「子どもを失うのではないかというとてつもない不安を抱いたことがありますか」という問いに、おそらく「はい」と答えるだろう人たちだ。

マルヤのふたつめの物語は、一つめの物語より短いのに気がつく。不幸について書くことはできる。幸福は生きるものだ。

二〇一五年九月一八日

マルヤの心臓を停止させ修復したあとの外科医の手術報告の中に、美しいと思えるひとつのフレーズがある。「心臓は自発的に安定した洞調律で動き始める」。

二〇一五年一一月

数週間前に、学んだことがいくつかある。手術後、赤ん坊でさえも、大人用の大きな介護用ベッドに乗せられて移動するのがふつうだということ。身動きしない小さなからだの横に、たくさんのコード、管などを置くための十分なスペースが必要だから。心臓ペースメーカーの電極コードが胸郭から飛び出し、足元の青い箱にまで延びていて、からだの中で小さな心臓とつながっているのもふつうなのだということ。マルヤが手術後に不整脈になったときのために必要だから。心臓手術のあと鎮痛剤としてモルヒネを投与するので、マルヤがぼんやりとしていて、ほとんど近づきがたいような様子なのはふつうのことですと看護師が説明した。モルヒネの量を少しずつ減らしていく日に、マルヤがたくさん泣くのもふつうのことだと彼女は言った。

ようやく家での生活が始まり、ふつうのことを実際に学んでいる。アーモンドオイルがマルヤの肌に効くこと。毎日彼女の肌を洗う必要があること。お産の前から私を担当していた助産師が訪問してくれる。

もちろん、家での生活初体験の日々は、今よりもう少し前のことだ。初めて退院した日と九月の大がかりな心臓手術のあいだの夏の日々を、私たちは存分に楽しんだ。歌を歌っているうちにマルヤは揺りかごでぐっすり眠り、私が目を覚ますと、彼女の息が耳に感じられる。そして、助産師が入浴用バケツから、ビチョビチョに濡れたマルヤを抱き上げ、湿って温かく、つるつるとすべるからだをそのまま私のおなかの上にのせた瞬間、助産師は私たちふたりに毛布をかけ、部屋から出ていく。小さな我が子と私はベッドにそのまま横たわっている。ふたりとも裸のまま、一枚の毛布の下に一緒になって温まる。帝王切開からずいぶん時間がたってしまったけれど、体験することのできなかったお産を、一五分ほどとはいえ、こういう形であとからやり直す。この儀式はボンディング・バスと呼ばれているのだそうだ。これをしたときはそうとは知らなかったけれども、とても気持ちがよかった。マルヤはすぐにおしっこをしますよと助産師が忠告してくれる。そんなことどうでもいいですよと私。彼女の言ったとおり、五分もすると、マットレスは濡れてしまったが。

　最後の大きなハードルを乗り越えた今、自分たちの気持ちもかなり違うものになってきた。我が子をまたメスにさらすために引き渡さなければならない日が来るのを、日にちを数えて身構える必要がなくなったというのは、なんという解放感だろう。病院の緊急事態のせいで、心臓手術は二回延期された。砂が全部落ちきった砂時計をもう一度ひっくり返さなくてはならないようなものだった。今、マルヤはやっと、じゃまされることなく、成長していくことができるようになった。

　このあいだ病院に行ったときもかかえていったマルヤのカタツムリを、ボトルのキャップがあふれるほどの消毒剤で洗う。マルヤの足の指にキスしながら、自分がわけのわからないことをぺちゃくちゃとしゃべっているのに気がつく。この部屋には、もうほかのおかあさんたちも看護師も医師もおらず、私の声を耳にするひとは誰もいない。ランプウォーマーの下に横になっているマルヤに向かって、毎朝「こんにちは、男の足さん、こんにちは女の足さん」とさえずるようにささやく。「今日のご機嫌はいかがですか？」早産児病棟のある看護師に、あまり足をいじくりまわさないほうがいいですよと言われたことがある。採血のためにたくさん針を刺されたり、注射されたりしているので、足の周辺にはネガティブな記憶が残っているはずだからと言う。でも私が、彼女の両方の親指をこすりあわせ、私の唇をやわらかくて温かい足の裏に押しつけると、マルヤはいつでもニコニコしている。ときどき、自分が子どもたちをなめまわす動物の母親になったような気がする。子どもを清め、我がものとするプロセス。四カ月に及ぶ入院のあと、私はマルヤを自分の子どもにしつつある。親として初めて体験するあれこれを、病院にいるあいだに奪われてしまっていたのだから。

ある日の朝、マルヤが服を着せられて 早産児病棟の小さなベッドに寝かされているのを見たときには、思わず息をのんだ。それまでは、はだかのままオムツをしている我が子の姿しか見たことがなかった。でも自分で選んだ、緑がかぎ針編みになっている白いロンパースをマルヤが着る日を首を長くして待っていたのだった。このロンパースは、洗いたてのまま、きれいにたたまれて、私のタンスの引き出しの中にしまわれていた。持ち主が身に着けてくれるのを待ちながら。

けれども、我が娘が初めてふつうの赤ん坊のような装いを見せた日に着ていたのは、病院の戸棚から借りてきた、おそろしくブカブカでけばけばしい緑の服だった。たぶん看護師が、私を驚かそうとして、親切心からやったことだろう。早産児病棟の看護師たちの多くには、特にたくさん世話をしてよく知っている「自分の」子どもたちというのがいる。それ自体はいいことだと思う。でも、自分の娘が生まれて初めて哺乳瓶から飲んだ場にいられなくて、やっぱり心が痛んだ。ある別の看護師が、通りがかりに、そういえば今日の朝マルヤをお風呂に入れておきましたと言ったときには、もっと傷ついた。何週間もずっと、マルヤを初めてお風呂に入れるのを楽しみにしていたのに。子どもがＩＣ

Ｕに入っていたら、いったいそれ以外に何を楽しみに待てばいいというのだろう？

助産師に、搾乳するのはやめましたと報告する。少しはやましい気持ちがあるけれども、何かを白状するかのように聞こえるのはいやだった。パジャマ姿で車椅子に乗ったまま、初めて我が子に対面しに行ったとき、早産児病棟の医師たちは「あなたが今マルヤにしてあげられるのは、母乳をしぼることですよ」と言った。そしてすぐ次の日の朝には、もう母乳を納入できますかと尋ねてきた。もちろんそんな言い方はしなかったけども、私にはそういうふうに聞こえた。私の助産師も、おめでとうというＳＭＳのメッセージの中で、母乳の分泌を促すために、帝王切開をしたその夜からすぐにでも搾乳を始めるようにと指示を与えてきた。そのころはまだ、私自身、こうした話をおもしろがっていた。助産師は「マルヤの存在に乳房が気がつく必要があります」というメッセージを送ってきたのだが、私の乳房はといえば、その事実を理解するまでに四日を要した。クリストフに言ったものだ。「これで私は牛になりました」。

医師たちや助産師の要求に、喜んで応えたかった。母乳と知能指数の相関関係を示唆する研究にも貢献する気がないわけではなかったし。というわけで、手術後の痛みに身をよじりながら、空いている搾乳器はないものかと産科病棟をさまよい歩いたのだが、全部使用中ですと言われた。今搾乳器がまったく足りていないものですから。夜中の四時に、初搾りでどうにかこうにか少し出てきてくれた母乳が入った注射器を手に、この貴重な液体を手渡そうと、病院内の隣接する建物にまで、靴もはかないまま、歩いていったりもした。それから数週間のあいだ、搾乳ルームで、半分はだかになりながら一列に並んでいる母親たちと一緒に、何時間も過ごした。お互いを隔てているのは間仕切りだけで、机の上には黄色い器具が置かれ、壁には取扱説明書が貼ってある。どのような衛生措置をとった上で、どういう方法で母乳を搾るか。私は保育器と搾乳器の間を行ったり来たり。そして自分が退院したあとも、沈殿した母乳が入ったプラスチックの哺乳瓶を渡すために、夜になってからもう一度病院まで渋滞の中を無理をして出かけた。そこで目にするのは、なみなみと母乳が注ぎこまれたほかの人たちの哺乳瓶で、すごいなあと感嘆する一方、恥ずかしくもあった。こうした母乳あふれずる哺乳瓶を運んでくる父親たちは、ニコニコしながら看護師に瓶を渡して、こう言うのだった。「はい、搾りたてです！」

でも、五、六週間こうした日々を過ごしたあと、搾乳するのをやめた。「とにかくもう、うまくいかなくなっちゃって」と助産師に言う。「気持ちはわかります」と彼女は答える。「あなたが自分で回すことのできるネジは、それ以外になかったものね」。非難するでもなく、いさめるわけでもない。彼女を抱きしめたくなった。そのとおりなのだ。あのころの自分には、自分で回すことのできるネジはあまりなかった。

一度、早産児病棟で、看護師に叱られたことがあった。カンガルーするために、コードをくっつけたままのマルヤを胸にのせて折りたたみ式カウチに横になっていたのだが、二時間ほどすると、産科病棟の理学療法士が言おうとしていたことが、我が身に起きているのを感じた。母親になると骨盤底に変化が起きるんですよ。「すみません、どうしてもトイレに行きたくなったんですけど」と看護師にささやきかけてみた。向かい側の保育器の子どもの父親に聞こえてないといいんだけどと思いながら。マルヤを保育器に寝かせてもらえませんか？　今そういう時間はありませんと、彼女はうなるようにささやき返した。そういうことは、横になる前に考えておいてもらわないと。看護師はそれから一時間以上も、私が小さな声で頼むのを無視し続けた。その間、こわばった腹壁と手術の傷痕の痛みを我慢しながら、カウチを濡らしてしまうことがないようにと祈るような気持ちでいたのだった。本当だったら、マルヤは、静かに響く私の心音に耳を傾けていなければならないのに。

でも今は、みんなで家にいる。マルヤ、クリストフと私。本物の家族。娘が、空を仰ぎながら、バラに囲まれ、テラスの上の揺りかごの中で眠っているあいだの三〇分間、私たちは庭で卓球をしたりもした。卓球台は、誕生祝いだと言って、クリストフがプレゼントしてくれたものだ。

でも家の中に目をやれば、長いダイニングテーブルの上に、いくつもの箱が置いてある。注射箱がふたつ。電極の入ったものがひとつ、もうひとつには足につけるセンサーが入っている。さらには、小さな容器やボトルの長い列。数週間にわたり、私たちは、二〇ミリリットル用注射器にミルクを入れて、マルヤの鼻の孔からくねくねと延びている細い管に流しこまなくてはならなかった。こうして、日に六回の食事と九種類の薬をカテーテルを通してとらせる。退院してから何カ月かはこれが続いた。この作業は、まず朝の四時に始まって、最後の回は真夜中で終わる。クリストフは、エクセルを使って「マルヤの薬スケジュール表」を作り、私が毎回、薬を入れるたびに、その時刻のところにあるプラス記号にしるしをつけて確認できるようにした。私はあまりにも疲れきっていたので、たった今どの溶液をマルヤに流しこんだのだったか忘れてしまいそうで、こわかった。疲労がたまりすぎて、話すのも億劫（おっくう）になるときさえあった。ある朝、まだ暗いうちに、一回めの薬を投入し始めたころ、第三プログラムのテレビで、私が新しく住み始めたこの町のドキュメンタリーフィルムを放送していた。

ブラインドを下げたまま、ミルクの入った注射針を手に、私は、自分の家のドアの外にどんな世界が広がっているのかを、テレビを通して見ていた。市役所にさえ、まだ行ったことがなかった。

毎日のサイクルを決めていたのは、小さな細い管だった。まずからだをかがめて、聴診器でマルヤのおなかの中のブクブクいう音に耳をすますことから、一日が始まる。胃ゾンデが誤って気管にずれこんでいたりせず、胃の中で正しい位置にあるときだけ、甲状腺治療薬を流しこんでもいいことになっている。カテーテルと格闘する一日よりもっと大変なのはマルヤが鼻の孔に通じる管をまたもや自分ではずしてしまい、カテーテルなしになってしまったときだった。カテーテルなしでは、マルヤは心臓の薬を口のすみから垂らしてしまう。それだけではなく、このやせてきゃしゃな娘は、一日に必要とされる栄養の半分しか摂取できなくなってしまうのだった。

ある心臓専門医が私たちに説明したところによると、心臓疾患のある大人は、階段をどれだけ上ることができるかが、からだの状態を測定する基準となる。心臓に問題のある赤ん坊の場合は、階段ではなく、何ミリリットルのミルクを飲んだかが、判断基準になると言う。赤ん坊にとって飲むという行為は、高度の能力を必要とする競技スポーツに匹敵するのだと。嫌われ者でもカテーテルが必要なわけで、私たちは、訪問ケアの看護師を呼んで、マルヤの食糧を流しこむ管を入れ直してもらった。訪問ケアの担当者は、ときどき様子を見に来るだけだったが。

こうして私たちは、神聖で侵すべからざるもののように管を監視し、鼻孔から管がはみだしすぎているのに気づくやいなや、絆創膏とはさみを手に駆けつけた。こうしているうちにわかったのは、絆創膏の口ひげが一番はずれにくいことだった。唇の上に、クルクルとひねった線のように管を固定すると、うまくいくのだ。ただ、自分たちでやると、看護師のように上手にはできないのだけれど、しょうがない。

やっとのことで外出し、レストランに行った日のこと。マルヤのほっぺたが、幾重にも重なった接着テープに覆われ、顔の上を靴紐のように管が走り、バギーのモニターがピーピーと音を立てピカピカ光っているのを、誰かが不思議そうに見ていたので、私たちはニコニコして言ったものだ。「私たちの赤ん坊はバッテリーで動いているんです」。

それを聞いた高齢の女性が、喜びを顔いっぱいに表して、「それじゃあ、うんと楽しんでくださいね！」と言ってくれた。

そしてある日、マルヤが濡れた胃ゾンデを手に持って振り回し、突然、哺乳瓶をあれよあれよというまに空（から）にし始めた。心臓手術のあとの数週間が過ぎていく九月のある一日のことで、なにか特別な日というわけではなかったのだが、その姿を見た途端、心配が吹っ飛んだ。七カ月間のどに管を通しているうちに、吸いこんだり飲みこんだりということができなくなり、おなかがすいたという感覚がわからなくなってしまうのではないかという不安があった。胃ゾンデをつけていた子どもたちの中には、ときどきそういうケースがある。吐き気を催し、吐いてしまいがちになる傾向が強まったり、それどころかおなかの中に穴をあける、つまり外部から胃への経管栄養で終わる可能性もあると、医師は警告していた。マルヤの父親は、将来結婚することになる女性を、おいしいオープンサンドイッチで誘惑した男性であり、摂食障害になるようなタイプの人間ではない。マルヤは、味わいながら、ミルクをチューチュー音を立てて飲んでいる。飲むことで、生に向かっている。

一一月一日、マルヤが初めておかゆ状の食べ物を口にする。耳にも髪の毛にも目にも、ニンジンをくっつけて。早速よだれかけを買いに行く。ベビー用品の店で、あれこれ探し回り、いろいろなものを手に取ってみる。マルヤのためにフラッグガーランドが欲しい。水玉模様にしようか？　それともチェックがいいかな？　これも新しく覚えた言葉のひとつだ。「房室管」とか「水頭症」の次には「ガーランド」。小さな布製の三角巾をつなげたフラッグガーランド。グーグルによれば、今どきの赤ん坊のためには、こういうものを部屋に飾るのだとあった。店員が、子供部屋の色の組み合わせはもう考えましたかと訊いてくる。「いいえ、まだです」と答えてから、思わず笑ってしまう。ものすごく幸せで、自由になった気分で、笑いだす。できることなら、この見知らぬ女性の前で、歓声をあげたいくらいだ。私には子どもがいる。自分で食べて、呼吸して、遊ぶ子ども。まだ色の組み合わせのない子ども。本物の子ども。

二〇一六年一月
マルヤ生後一〇カ月

初めての誕生日まであと二カ月というころ、マルヤの子ども部屋ができあがる。真珠層のキラキラ輝くピンクと緑の半透明の飾りをひもにぶらさげ、窓の前につるした。マルヤの目にはよく見えるだろうと思ったから。彼女の目はよく見えていて、クリストフと私の動きを逐一追いかけている。マルヤに会った人たちはみな、「まわりをとてもよく見ていているね。すごく生き生きしている」と言う。こういう言葉は、何度聞いても聞き飽きない。クリストフが組み立てたオムツ交換台は、もうそろそろ小さくなってきた。マルヤは今でもすでに勢いをつけて向きを変え、台のはじからはみだしそうになっている。私がプーッと笑いながら、はだかのおなかにキスすると、かがみこんだときに、皮膚の下を、髄液を運ぶ管が丸くふくらむようにして通っているのに気づくが、マルヤはクックッと笑う。

母胎内にいるときからマルヤの脳室に水がたまっていた理由がわかった。生まれてから行ったＭＲＩにより、超音波検査では診断のつかなかったことがはっきりしたのだ。先天的な「中脳水道狭窄症」で、その部位の経路が狭くなっているために髄液がきちんと流れることができない。いわゆる「水頭症」の数ある原因の中では、対処しやすいほうの部類に入る。脳の先天異常や、新たな症候群などはなく、脳が圧迫されていることが問題なので、それに対応する機械的な解決法がある。すなわち、バルブと管。

クリストフと一緒に、ワニの形をした身長計を壁にかけたとき、先のことを思い浮かべて、考えたことがある。この身長計の目盛りは七〇センチから始まる。マルヤは今六三センチ。横になったまま測った身長だ。マルヤはいつの日か立つことができるだろうか、立ってワニに頭をくっつけることができるだろうか？　でも、できないはずないよねと思う。ちょうど理学療法士が、ハイハイするために必要な動きを、マルヤに教えようとしているところだ。

マルヤの物語を語ると、あなたは勇気があるねと言う人たちがいる。そう言われると、うれしくもあるけれど、正直なところ、自分に勇気があるとは思えない。中絶することができなかっただけなのだ。自分にはどうしてもできなかった。自分にできる唯一のことをするのは、勇気あることなのだろうか？　私は、倫理的理由から子どもを産んだのではない。愛情を感じたからだ。クリスマスに見たあの夢、マルヤをあちこち探すのに、いくら探してもみつからないあの夢を見たときから、眠りの中で言いようのない痛みを感じたときから、どこか自分の奥深いところで、この子を手放すことは決してできないだろうとわかっていたと思う。

妊娠中に知り合った人たち、医師や心理カウンセラーたちに、いつのころからか、Eメールを綴って送り始めた。相談所の女性には、マルヤ、クリストフと三人で初めてシュヴァルツヴァルトに休暇旅行に出かけたとき、電話をかける。バルコニーで太陽の光を浴び、牛の牧草地を目にしながら。「あのあとどうなったか、お伝えしたいと思って……」。私はどうしてこんなことをするのだろうか？ひとつには、自分が感じている喜び、誇らしい気持ちを、外に向かって叫びだしたい気分だから。これがマルヤ、私の子どもです、どんなに素晴らしい子か見てください！

友人のイーダとこのことについて話す。マルヤには生きるチャンスがないと見なしていた医者たちにも、メールを送ってもいいと思う？　その人たちを非難するようなことはしたくない。でもそういうふうにとられてしまうかな？　この子が笑うことなどありえないと言っていた人が、送られてきたその子の笑顔の写真を見たら、自分に対する非難以外のなにものでもないと考えるのでは？　「送りなさい！」とイーダ。「その人たちも、今度こういうことがあったら、間違いなしと明言する前に少しはためらうかもしれないでしょ」。

確かにそうだ。ただ私の場合は、確実にこうなのだと断言してほしくて、それを聞き出そうとし、教えてほしいと頼み、ときには懇願さえしたのだった。医師たちにもメールを出すことにする。テディベアに手を伸ばそうとしているマルヤの写真を添付して。ある医師の返事「四回の手術に伴う数々の困難にもかかわらず、これほどにもポジティブな経験をされたことを、ことのほかうれしく思います。ただ残念なことに、いつもこういう結果になるとは限らないのです」。

小児科の病院で、重い障害のある女の子の叫び声がしばしば聞こえてきた。その激しい声は、毎日、カフェテリアのテラスから病室にまで響いてくるほどだった。もしマルヤが、この子だったら？　と考える。もしそうだったら、出生前診断専門医に「マルヤを産んだことは、私の人生で最高の決断でした」というメールを送ったりしただろうか？　そうしただろうと思いたい。自分の子どもに対する愛情は無条件のものだと、理解できるようになったから。病院で何カ月も過ごすとはどういうことなのかも、今の私にはわかる。とはいえ、私があの重度の障害のある女の子を見る目は、やはり部外者の目でしかない。からだをねじ曲げるようにして車椅子に乗っている彼女と、その横に立っている彼女の母親を見る。誰かがこのふたりと話をしているのを見たことがない。でもだからといって、彼女たちにとっての幸せが何たるものなのかが、私にわかっているだろうか？　どうして、彼女たちのほうが幸せではないはずだと、決めつけたりできるだろう？　私自身も、障害のある女の子の母親だ。マルヤがいつかそのうちいろいろなことを学んでできるようになっても、ほかの人たちは、そんなことしかできないのかと思うかもしれない。マルヤの人生はおよそ幸せな始まり方ではなかったと、他人は言うかもしれない。

でも、おばあちゃんは、かわいくてしょうがない孫であるマルヤに、楽しそうに歌ってみせる。おじいちゃんにとっては、マルヤはお姫さま。このおじいちゃんは木琴を演奏して聴かせてくれる。もうひとりのおばあちゃんは、子ども部屋にかけるフラッグガーランドを縫うために、何時間もミシンの前にすわる。もうひとりのおじいちゃんは、クリスマスに、マルヤの名前がついたお星さまをプレゼントしてくれる。私の両親は、マルヤに歓迎の意を表すカードを送ってくれた。「いとしいマルヤ、とうとうおうちに行ってもいいことになり、心からおめでとう。私たちみんなで喜んでいます。あなたは数えきれないくらいの人たちに愛されていますよ。とりわけあなたのママとパパ、そして二組のおばあちゃんおじいちゃんは、あなたのことが大好きです。あなたのおばあちゃんとおじいちゃんより」。このあいだクリストフはマルヤのことを「ドイツ中で一番いっぱいキスしてもらっている子ども」だと言った。

マルヤは、雪をなめてみたことがある。きれいな音楽に集中して耳を傾ける。はだかんぼうのまま、喜んで転げまわり、足の親指をなめまくる。温かいリンゴソースが大好き。マルヤは楽しく暮らしていると思う。で親である私たちは？

マルヤの初めてのクリスマスイブには、手に入る中で一番大きいツリーを買ってきて、お祝いした。クリスマス一日めの休日には、青空が広がり、雪に覆われたシュヴァルツヴァルトの中を、マルヤのベビーカーを押して歩き、「小さな雪のひとひら、白いひとひら」を高らかと歌う。私はマルヤと一緒に踊ることがよくある。クリストフも。でも彼は私がその場にいないときだけ、こっそりと踊る。「キツネめ、ガチョウを盗んだな」という歌をうなるように口ずさんでいるときもある。私が一番気に入っているクリスマスの写真は、また耳あてつきの毛皮の帽子をかぶっている私と、そのひじの内側にマルヤの頭がのぞいているものだ。今年母がすべての友人たちに送ったクリスマスカードには、クリスマスツリーの球状の飾りを手にしているマルヤの写真が貼ってある。

ＩＣＵで知り合ったある母親とその息子のことを、しばしば思い出さずにはいられない。この男の子は一二歳ぐらいで、マルヤの向かい側のベッドに横になっていた。彼のからだは半分まっすぐ、半分は横に傾いていて、ガリガリにやせた上半身は奇妙にゆがんでいるように見える。その姿勢があまりにも痛々しくて、目を向ける気にならなかったほどだ。彼の母親は、四肢麻痺の息子を連れてもう何年も、いろいろな病院を訪ね歩いているそうだ。ひどく同情してしまった。しばらくしてから、彼女と、たまたまエレベーターで一緒になり、それぞれの子どもたちについて言葉を交わす。全部で三人子どもがいるという。「私たちは幸せな家族ですよ。ほかの家族と違うことといったら、私たちの場合、何が問題なのか見てすぐわかるという点だけでしょう」。

彼女は、私の同情心により侮辱されたと感じたかもしれない。そうなのだ。同情というのは厄介なものだ。マルヤの四回にわたる手術について話した途端、電話の向こう側の相手が突然、暗い声で動揺を隠せずに「なんとまあ、かわいそうな子！」という言葉を発したとき、自分の中から腹立たしさが湧きあがってくるのを感じた。母親である私がほかならぬ誰よりも、自分の娘であるマルヤをひどく不憫(ふびん)に思う気持ちを抱くことがあるのは、当然のことだろう。でも、私に言わせれば「衝撃に酔っている」ようなものの言い方というのがある。私の見方はフェアでないかもしれない。けれども、実際に元気をくれたのは、病院での一日の様子を尋ねてくれた人たちだった。今日の感染症の値はどうだったの？　回診はどうだった？　おおげさなおしゃべりではなく、さりげない問いのほうに慰められた。

逆に、わざとらしい気安さというのにも、似たようにいぶかしい思いを抱くことがある。知り合いや友人が「だけど、そんなことは健康な子どもたちにだって起こるよ」と言うと、愛想よく応じるのに苦心する。そりゃそうでしょうよ。ただそういう親たちは、マルヤの頭の中の管がいつ何どき詰まるかもわからず、もしそうなったらすぐさま緊急手術を行う以外ないのだという不安とは縁がない。そういう事態になったら、髄液がたまり、脳がその圧力に反応して、頭痛、視覚障害、吐き気が生じ、さらには意識障害、そして昏睡状態に、最後には死が待っているのだという恐怖に向き合う必要がない。我が子が障害のせいで、「すごくあたまがいたい」という言葉を発することさえできないのではないかと悩む必要もない。私が最も恐れているのは、シャントの感染だ。それが髄膜炎を呼び、さらなる障害へとつながるのではないかと思うとこわい。数センチ先には奈落の底が口を開けて待っている断崖の上で踊っているような気がする。いやいや口にする私の決まり文句「脳はひとつしかない」。

平穏な日には、私たちもほかの家族と同じようにふつうに生活している。でも病気や障害をもつ子どもたちがいる家族は、ふつうであることを意識しながら生きている。いわば、努力して手に入れたふつうの生活なのだから。別の見方をすれば、それは与えられたものだとも言える。ふつうの生活は、いつもあたりまえのこととしてそこにあるわけではないと自覚して初めて成り立っている。だったら、やはり同情してほしい？　いや、私は同情はいらない。ましてや、マルヤに対する哀悼の意など、とんでもない。私の素晴らしい娘に対する哀悼の意だなんて。それよりも、私たちの生活を左右しているものを、あるがままに認めてほしい。ある友人の言葉を借りれば、「それぞれの価値を認めること」。

そして私たちの生活においては、休暇中でも、一番近くて、一番腕のいい神経外科医の電話番号を書いたメモが、いつでも手元に準備してある。休暇旅行に行く途上で、その教授が年越しの時期にも勤務するかどうかを問い合わせた。クリスマス前の直近の超音波検査で、マルヤの脳室に縮小が見られた。近いうちに新しいシャントバルブが必要になってくるだろう。脳室が縮小すると髄液の通路が閉塞する危険が大きくなっている。クリニックの住所を、休暇初日にすぐナビゲーターに保存する。

そういう状況にあるとはいえ、自分自身でも驚くようなことをやってのけるときもある。ある日の朝、目に入る丘という丘が真っ白になっていて、クリストフはスキーをはいて出かける。二時にリフトのところで会おうと約束する。そのあとはクリストフがマルヤをみる番だ。彼が顔を輝かせて姿を消したあと、私はベビーカーを押して村のスポーツ用品店に向かう。三〇分後には、スキー靴とスキーのレンタルを決めていた。そのとき、四人子どもがいるという女性の店員が、ニコニコしながら、四五分くらいならマルヤを引き受けましょうと言ってくれる。それだけの時間があれば、クリストフと一緒に一回ぐらいは滑ることができるだろう。マルヤのベビーカーを試着室の横に置き、今来た道を戻り、雪の中を進んでいく。もし看護師や医師たちが、私がこんなことをしているのを知ったら、どんな顔をするだろうかと考える。〝小さなマルヤのママ〟、すべての薬の投与を把握し、手の消毒を一切怠らず、早産児病棟に毎朝一番にやってきて患者記録に目を通していた〝マルヤのママ〟が、子どもをスポーツ用品店に置いて、スキーに行ってしまうなんて。しかもスカートをはいたままで。

しばらくして借りたスキーを返しに行くと、この店員がカウンターの向こうから、私に向かってささやく。「ちょっとお伺いしたいことがあって。ちょっと待ってください。そちら側にまわりますから」。マルヤはダウン症ですよね？　実は友人のひとりが昨日、おなかのなかの子どもがダウン症だということがわかったんです。その友人は、その、彼女は……私は目くばせしながら、「どうしていいかわからず悩んでいる？」と尋ねる。うなずく店員。彼女はこちらの様子を観察するように見て、喜びで頬を赤く染めていた私の顔の表情が変わるのに気がつく。「ごめんなさい。そういうつもりでは……」。しばしの沈黙の後、彼女は続ける。でも友人はその……もう決めたらしいんです。来週の末にクリニックに予約もしたみたいで。何もかもあっというまで、だから、もしかしたら彼女があなたと電話で話してみたらどうかなと思って。

夜になると、一〇分おきに携帯を確認する。自分でも興奮しているのがわかる。ほかの母親に、自分たちが味わっている幸福についてぜひとも話したい。そういう話こそ、妊娠しているときに私が知りたかったことではなかっただろうか？　それに、もし私のマルヤがスポーツ用品店を通して、回り道しながらも、まだ生まれていない命に道を開くことになったら、こんなに素晴らしいことはないではないか？　白状すると、人命救助の一員になりたくて仕方がないような気持ちだった。

でも、自分でもわかってはいるのだ。あのころの自分は、少なくともたいていの場合、人命救助を気取る口ぶりには、我慢がならなかったのを。

その女性が本当に電話してきたとき、最初に思ったのは、どうして彼女の声はこんなに明るいのだろうかということだった。そして、それから彼女の、ちょっとした講演会を聞くことになった。それも快活な口調での。なぜ障害のある子を産むわけにいかないのか。夫は年上で若くはないし、もうふたり子どもがいて、これがひとときもじっとしていない活発な子たちときている。それに「商売」もある。その経理の仕事のために夜も働かなければならないし。とにかく、あなたの住んでいるような大きな町なら、ダウン症の人たちのためのサポートもあるかもしれないけれど、私たちみたいに、シユヴァルツヴァルトのど真ん中にある田舎に住んでいたら、そうはいかないでしょう。私は、自分自身も訪ねて知っている、妊婦のための相談所の電話番号を、彼女に告げる。「アフターケアチーム」の親切な小児専門看護師たちが、退院後も自宅を訪問してくれることや、あれこれと記入しなくてはならない申請用紙への対処の仕方も教えてくれることを伝える。たとえば、介護等級区分を申請するにはどうすればいいのかとか、あるいは、介護日誌の書き方なども教えてくれる。障害者グループの名前も言ってみるが、電話の向こうで、彼女がメモを取っている気配がないのに気づく。彼女のほうから質問してくることもない。電話を切る前に、彼女が私に言ったのは、楽しい休暇を過ごしてくださいだった。

その晩は、ほとんど眠ることができなかった。マルヤのような子どもであるという理由で、ひとりの人間が死ななくてはならないのだと思うと辛い。次の日の朝、「レーベンスヒルフェ」のオフィスでここに一番近いのはどこだろうかと、グーグルで探す。そしてわかったこと。昨日電話で話した母親が住んでいる村から、車で三〇分ほどのところに、障害児のための幼稚園があるだけでなく、乳幼児のための療育プログラム、グループホーム、休暇旅行なども実施している。そして、いわゆる家族サポートサービスが家まで来てくれるとある。昨日の彼女にもう一度電話してもかまわないだろうか？　彼女の番号は、携帯に保存してある。マルヤに会ってみませんか、マルヤの様子を見てみませんかと申し出たい気持ちもある。彼女が、スポーツ用品店の店員、マルヤを預かってくれた店員に、ある質問をしてきたことも知っている。「で？　見てすぐにあれだとわかった？」。あれ——ダウン症のことだ。

次の日の夜、思いきって彼女に電話をかけ、まず、すみませんと謝る。でも、彼女は喜んでいる様子で、一日前とは異なり、声が穏やかだ。ちょうど相談所から帰ってきたところだと言う。もう少し時間をかけて決めようと思うと言い、今回は、近くにある「レーベンスヒルフェ」の番号と担当者の名前など、すべて書きとめてくれる。彼女は最後に、もしかしたらもう一度あなたに連絡するかもしれませんと言って、電話を切る。

母にこの話をすると、「ただでさえ大変なのに、あなたのせいで、その人は、もっとややこしい状況に置かれてしまったね」と言う。「そうするつもりだったんだもの」と私。自分以外の女性たちは軽率に中絶を決めてしまうなどと考えるのは、ひとりよがりなことだというのはわかっている。でも、ひとつの命がかかっている以上、言い逃れは許されないと思うのだ。中絶は許される行為だけれども、その際、どんなことが起きるのかについては、知っておくべきだ。そして、ドイツでは、障害児をもつ家族が、サポートを受けることのできる可能性がいろいろあるということも、知っておいてほしい。何というパラドックスだろうか。染色体異常を中絶の理由として容認する社会において、21トリソミーの胎児を特定するのが、これほどまでに簡単だったことはかつてなかった。その一方で、インクルージョンに向けて努力する社会であることを誇らしく思う社会、そしてそれはまさにそうあるべきなのだが、そういう社会において、ダウン症の子どもをこれほど育てやすい状況は、かつてなかった。

シュヴァルツヴァルトの女性からは、その後一度も連絡がなかった。それから何週間も、彼女に電話しようという衝動を、私はどうにか抑え続けた。

二〇一六年三月
マルヤ一歳

とにかく感謝の気持ちでいっぱいだ。まるまると太って六キロになり、幸せをもたらしてくれるマルヤが、私たちとともにいる。でも、悲しみに襲われるときもある。のびをしたマルヤの背中を見るのが好きだ。うしろからだと傷痕が見えないから。赤ん坊というのは無傷のはずではないのだろうか？　指しゃぶりしてベチョベチョになった指を、マルヤが私のほうに差し出してくると、笑ってしまう。でも手の裏側を見ると、まだよく治っていない注射針の痕だらけで、胸が痛む。マルヤは帽子が似合うなと思う理由のひとつは、皮膚の下を通って、右の耳からこめかみ、そしておでこにまでつながる管が隠れるから。マルヤの舌がだらんと垂れている写真は削除して、彼女の目が輝き、そしてできれば笑っている写真だけを送信する。うれしいことに、そういう写真がいっぱいある。

ことあるごとに、自分のダウン症の子どものことを〝小さな太陽〟のようだと言われてうんざりしている母親たちの話を、読んだり聞いたりすることがよくある。障害のある子を、生まれつき朗らかな染色体保持者ではなく、それぞれ独自の個性を持った人間として見てほしいと言う、その気持ちはよくわかる。それでも、誰かがマルヤのことを〝小さな太陽〟と呼ぶと、私たちはうれしくなる。ほかのなにものでもなく、マルヤの笑顔こそ、私たちが切に望んでいたものだったから。

毎晩、揺りかごの中で寝入るとき、マルヤの手はカラフルなカタツムリの上にのっている。マルヤがしょっちゅうかじるものだから、触角の部分はすりきれてしまった。マルヤはときどき、この布製のカタツムリヘビを上に持ち上げようとする。すると私たちは、ほらカタツムリのたたかいが始まったとはやしたてる。妊娠中、マルヤをどうしても産みたいと望む自分の抑えがたい気持ちは、ひょっとして「自然に反する」ことなのだろうかと、いったい何度自問したことか？　妊娠五週めに出血したあと、流産を防ぐために、医師が処方したプロゲステロンというホルモン剤を飲み始めたのは、自然に反することだったのだろうか？　ほかの多くの女性たちもしていることだけれども。母胎内で十分に成長するのが困難になったため、予定日よりも二カ月半も早く、二八週と六日で、誕生させたのは、自然に反することだったのだろうか？　たくさんの子どもたちが、こうした早産帝王切開により命を助けられている。中には体重が三五〇グラムにさえ満たないケースもある。マルヤが早死にしないように、心臓疾患の手術をしたのは、自然に反することだったのだろうか？　すでに何千回と行われて実証済みの手術ではあるけれども。

なんと不思議なと思うようなこともある。何人もの医師や看護師たちが、ダウン症の子どもたちのほうが、同じ心臓疾患を持っているダウン症ではない子どもたちよりも、心臓手術を耐えぬくことが多いし、回復も早いと言うのを聞いた。どうしてそうなのかは、全くわからないと言う。

この世に生まれ出たマルヤは、専門知識と経験が豊富な医師や看護師たちの力なくしては、生きのびることができなかっただろう。三つの病院と八つに及ぶさまざまな病棟での治療を経験し、そこで出会った、専門能力だけではなく温かい心も持ち合わせた人たちの名前を、私は今も覚えている。手術前の説明を聞いて涙がこぼれ落ちたとき、背中に手をあててくれた人。診察の際に医師がたやすく口にする「成功を祈っています！」は、親ならみんな聞いたことのある決まり文句だ。本人のからだはすでに向きを変えて、こっちを見ないまま、部屋の中に捨て置くようにして吐かれる言葉。そうした空疎な言いまわしとは異なり、マルヤのベッド脇で、「娘さんのことはまかせてください！」と誠意あふれる約束をしてくれた人。新たな数値、新たな注射が、そもそも何を意味しているのかを親切に説明してくれた人。そもそも説明がなされるということ自体が、ありがたかった。私たちが病棟を出ようとしているときに聞こえてきた、ある看護師のひそひそ声。「気をつけて！　まだ親たちがウロウロしてるから！」。

プロテスタント系の病院の婦人科医と、小児神経外科医には今も親しみを感じているし、あのひどく大変な妊娠期間中に、私そのもの、そして、子どもの診断予測が知りたいという、答えようのない私の問いに、辛抱強く向き合ってくれたことに対して、本当に感謝している。医師であっても、中絶により仕事が完了という可能性が目の前にあれば、ついそちらに傾くこともあるのではないだろうか？　そうすれば、我慢を重ねて、待ち続けたり、ややこしい状況、はっきりしない状態、絶望感、さらには親からの非難に自分をさらさなくてもすむのであれば、ふと心が動かないだろうか？　医師の立場からすれば、中絶は正当化できるひとつの解決策なのだから。

私は、マルヤに出会ってから、彼女は生きたかったし、生きていきたいのだと、心の底から確信するようになった。そうした生への意志を、彼女は誕生したときに、大きく叫んで知らせた。彼女のからだは、重い感染症に二度にわたって耐えぬいた。頭部手術を二回、心臓手術を二回、深刻な合併症を併発することもなく、乗り越えた。マルヤの頭部を手術した親切な外科医は、ニコニコしながら言ったものだ。「マルヤはいつも、いい面ばかり発揮してくれました」。一瞬間を置いてから彼女は続けた。「つまり、生産過程ではそうではなかったけれど、その後の管理過程においてはということです」。一歳の誕生日を迎える今まで、マルヤは鼻かぜひとつひいたことがない。

二〇一六年四月
一歳と一カ月

マルヤの目の中をのぞきこむと、自分がいつも思い描いていた娘とは、全く違うと思う。特徴ある目の形のせいでも、病院の医療サービスの鑑定が「21トリソミーの明らかな徴候あり」としてマルヤの介護等級を認定したからでもない。マルヤは青い目をしている。それも生まれてからこれまでずっと。これからまだ目の色が変わるかどうか、興味津々だ。私の目の色は茶色で、クリストフも同じく茶色。

とはいえ、誰かが、マルヤには私に似ているところがあると言ってくれるとうれしい。妊娠中に相談に行った心理カウンセラーは、私がマルヤの写真を送ったあと、こんな返事をくれた。「マルヤはあなたに似ていると思います。ふたりとも同じように意志の強そうな目つきをしていますよ」。

どうやら、ちょっとした親のナルシシズムというのは、切って捨てるのがむずかしいもののようだ。マルヤは自分とは違うのだと受け容れるのは、今でも簡単なことではない。彼女の将来を思い浮かべたとき、一番こうあってほしいなと思うのは、農場で動物にえさをやっている姿だ。障害者の作業場のことを最近どこかで読んだが、毎日毎日そういうところで、ラベルを貼ったり、ボール箱になにやら筒状のものを詰めているマルヤの姿は、自分の頭から振り払う。うちの近くに、ヒマワリ畑に囲まれ、牛やニワトリが幸せに暮らしている農場というのがあって、そこには障害をもつおとなたちが住んでいる。私の子どものときの夢は、農場で暮らすことだった。とはいえ、もしかしたらマルヤは牛なんか好きじゃないと言うかもしれないが。

マルヤをベビーカーに乗せて、よくのぞきに行く店がある。マルヤのベビーフードの瓶を詰めこむ新しいバッグが欲しくて、このあいだも足を延ばした。でも飛行機、トラック、ヘリコプターの絵がついたものがひとつあるだけ。この柄は、どちらかというと男の子のものっぽいですねと言うと、店員は「えー、どうしてですか？　娘さんはもしかしたら、そのうち……」と言いかけてやめる。彼女は私たちのことを見知っていて、マルヤがダウン症であることも知っているのだ。彼女はおそらくこう言いたかったのだろう。「娘さんはもしかしたらパイロットになるかもしれないじゃないですか」。でもそう言う前に、ダウン症のことを思い出した。彼女は困ったような顔をして、横を向く。何も気がつかなかったかのような振りをする私。

よちよち歩きの小さな子どもたちの保育園に、面接のため出かけたとき、まず、あれ、入り口を間違えたかな、間違えて幼稚園の入り口のほうに来てしまったかなと思う。大きな声を出してはしゃぎ、走り回る子どもたちが目に入ったから。保育園の保育士が、いえいえ、一歳半、二歳グループはここでいいんですよと言う。一瞬、心が痛む。なるほど、やはり違いがわかる。マルヤと家にいると、比較の対象がない。でもここへ来てほかの子どもたちを見ると、私のマルヤはまだ本当に赤ん坊だと思う。ふと、もうひとりの「インクルージョン枠」の子どもであるリーナが目に入る。背中をまっすぐに伸ばして、大騒ぎする子どもたちの真ん中にすわり、両足を伸ばしたまま、まわりをきょろきょろ見ている。彼女はまだハイハイができない。身を縮めるようにして、子ども用の椅子にすわり、保育士と話しているあいだも、私はリーナから目を離すことができない。突然、隣の部屋から、高い声で一緒に歌う声が聞こえてきたかと思うと、リーナは腕を高く上げ、手首をまわし、夢中になっている。それを見て私たちは笑みを浮かべる。マルヤもああいう感じになるんだろうな。みんなの真ん中にすわって、夢中になって。あとからクリストフが、目頭が熱くなったよと言う。

二〇一六年五月二七日

妊娠というものが、ただの算数の問題を解くように計算できるものであるならば、マルヤは一年前の今日生まれるはずだった。マルヤにおしゃれなワンピースを着せる。お祝いする理由が大いにある。マルヤがハイハイをするようになったのだ。シチリアで初めて、その心臓が動く画面を見た子ども、「バンビーノ」という赤いファイルに記録されている胎児。今日その子は、瓶入りの「パスタ・バンビーノ」を山ほどたいらげる。バスタブの中で、マルヤが、泡だらけになったお風呂用のアヒル――彼女の「守護アヒル」――をつかもうとしているのを、クリストフが見守っている。ライフセーバーでもあり、水球選手でもあり、ダイビングもするクリストフは、お湯の中の娘の姿に満足げだ。このあいだ、入浴中のマルヤを見た母が言った。「ちょうど今マルヤが、赤ちゃんのときのあなたみたいに見えた」。はい、私の娘です。そして「でもまゆ毛は、私たちのまゆ毛に似てきたね」とひとこと。はい、あなたの孫です。母のドールハウスには、もうとっくに揺りかごが置かれている。

いろいろなことが、以前思い描いていたのとは違う。訪問ケアの人がやってきて、呼び鈴を鳴らす。知らない人間が自分の家に出入りすると考えると、以前は、なんだか息苦しい気持ちになった。そうした人の出入りは、認知症になった祖母の家でしか見たことがなかった。でも、退院してすぐのころ、訪問看護でうちにやってきた看護師は、「モッテ」「オイレ」「シュムーゼバッケ」〔どれも小さな女の子を指す言葉〕などマルヤにいろいろな呼び名をつけ、とてもかわいがってくれた。そして私自身も、彼女の訪問がうれしかった。疲れた目で、何種類もの薬のカプセルから粉末を取り出して、水で溶かし注射針に注入する作業をしなくてもいい、そのかわりにやっと寝てもいいのだという理由からだけではなかった。うちに来てくれる看護師たちは、ほとんど家族のようなものになっていった。

ダウン症の子どもたちのためのリハビリについては、妊娠中から読んで知っていた。そこには、やり方によっては子どもが泣き出すことがあり、それを見ると母親も一緒に泣きたくなると書いてあった。それもあってか、私には、予約済みのリハビリ体操は、子どもの支援に熱心なママが通らなければならない義務のようなものという思いこみがあった。でも、マルヤも私も体操が気に入り、楽しくてしょうがない。折り曲げた前腕を上げたり下げたりして動かす体操。私たちの理学療法士は、そのうち言葉を話し始めるときに役に立つようにと、身振り手振りを交えてマルヤに接する。ダウン症の子どもたちは、ものごとを聞くだけではなく、同時に目にもするほうが、理解し覚えやすいのだと言う。マルヤは、ボールの上にすわってバランスをとったり、斜めになった木の板を這(は)って登ったり。それを療法士にほめてもらうと、目を向けて、満面の笑みを浮かべる。まるで、毎週月曜日の一〇時半になると、マルヤの頭の中でカチッと音がして、瞬間的に何が大事なのかを理解するスイッチが入るようだ。自分のからだを使ってどれだけいろいろなことができるのかを発見し、世界を新しい目で眺めるのを楽しんでいる。

マルヤは初めて、砂を指の間からさらさらとこぼれ落としてみたり、草の茎の部分をしげしげと観察してみたり、橇にも乗ってみた。妊娠中に想像していたイメージが、少しずつ、本物の思い出に取って代わられつつある。あの七四五グラムだった早産児と、今では取っ組み合うようにして転げまわることもできるようになった。このごろでは、二週間に一度ぐらいしか写真を撮らないこともある。最初のうちは、毎日何度も何度もカメラを向けて、マルヤの存在そのものを記録し、心にとめておこうとしていたのを思い出す。幸福感に満たされるようにして、けれども同時にパニックに駆られるようにして。まるで、この短い時間の中で、できるだけ多くの思い出の品々を集める必要があるとでもいうように。

このあいだ、パウルが両親と一緒に、私たちの家にやってきて、一緒にバーベキューをした。パウルは今八歳。彼を見る自分の目が変わったのに気づく。戸惑いはどこかに消えてなくなった。うちの庭でサッカーをするパウルを見ていると、すごいなあと思い、うれしくなる。お隣の家にボールが飛びこんでしまうと、私たちは手をつないで一緒に取りに行く。パウルのおかあさんが大きな声で、息子がベランダに爆弾を置いてきちゃったと言うので、見てみると、プラスチックの袋にパンパンにふくらんだオムツが入っていた。私は笑いをこらえることができない。そして帰り際に、パウルがまじめな顔をして、きっぱりと「また来るね」と言ったときも。

二〇一六年七月

相談所の女性を訪ねた。マルヤが生まれてから初めての再会だ。マルヤに対する愛情だけが、妊娠を継続する支えになったのだと、彼女に話す。愛が持つこのものすごい力だけが、不安と、そしておそらくは理性に対してさえ立ちはだかることを可能にしたのだと。「それとも」と私は静かな声で訊く。「私はただ子どもが欲しかっただけなのでしょうか？　愛情からではなく、エゴイズムから、マルヤを産んだのだと思いますか？」

「それはいつだって少しはそういう面があるのではないですか」と彼女は私に尋ねる。「そのふたつを全く別のものだと言うことができますか？　この世界にプレゼントとして捧げるために、子どもを産むのだという人はいないでしょう」。

私にわかっているのは、自分がマルヤを愛する以上に、誰かが子どもを愛しうるなどとは全く想像できないということだ。ある友人が、庭に敷いた毛布の上でマルヤと戯れ、「生きていることが好きだよね？」とささやきかけると、マルヤが笑顔で彼女の鼻をつかむ。そんな瞬間には、解放されたような気分になる。マルヤがこれほどまでの幸運に恵まれず、痛みに支配される人生を送ることになっていたならば、重い罪の意識にさいなまれていただろうから。

21トリソミーで、心臓疾患があり、水頭症で、七四五グラムの子どもを自分が産んだのは愛情からだと、私は書いた。それは本当のことだ。でもそれとは逆の結論が正しいわけではない。同じような状況に置かれたときに、産まないと決めたとしても、それは子どものことを十分に愛していなかったからだとは言えない。マルヤのような四種類の診断が下されたならば、愛情からの決断が、私の場合とは異なるものになった可能性もある。

けれども、私たちとともに生活しているマルヤは、生まれていなかったらできなかっただろうことを、日々やってみせている。私の子どもは、数々の診断の組み合わせ以上のものだ。足を持ち上げて、何もないところに最初の一歩を踏み出そうとする勇敢なマルヤ。私のおなかに這い上がり、ふらふらしながらも起き上がろうと二〇回も試みる意欲的なマルヤ。私がTシャツを着せた途端に、すぐ頭から脱ごうとする強情なマルヤ。私がくすぐると、まんまるいおなかを突き出して、あらん限りの声を出してうなり、からだをよじる茶目っ気たっぷりのマルヤ。ベビーカーの中でからだの向きを変え、ひざ立ちし、ひさしに手をのせ、鼻を風にさらして、森の中に歓声を響かせるマルヤは好奇心にあふれている。

ひとりひとりが持つ唯一無二の独自性を、ほかのすべての母親たちと同様、私も感じている。ときどき、病気や障害をもつ子どもたちの親のインターネット上のフォーラムをのぞくことがあるが、短い自己紹介の後や、脳出血、てんかんといった出来事を連ねた終わりの部分に、次のような言葉を見つける「寝たきりの子ども、神様の贈り物」「自閉症の顔だち——私たちの元気なつむじ風」「痙性の左足、にやりと笑うかわいい子」。これこそが、超音波検査では見ることのできなかった、子どもたちひとりひとりの個性なのだ。

最近読んだ新聞記事の中に、ある医師のコメントがあった。障害児の親のほとんどは、実現可能な人生そのものに別れを告げるのではなく、理想像に別れを告げるのだという内容だった。

クリストフも私も、ふたりめの子どもが欲しくないわけではない。「第1三半期のスクリーニングを受ける可能性について、最初からやらないと決めてしまわないほうがいいのではないでしょうか」と、誕生前の二カ月ほどマルヤを診察していた婦人科医が言う。でももちろん、受ける気は全くないというのであれば、その気持ちもわかりますが。

受けるか受けないか決めなくてはならなくなったとしたら、クリストフは受けないと言うだろう。最初の妊娠とは全く違うふうにしたい。ただ待つのみ。待って推測するのみ。で私はどうするだろう？　不可解なことに、自分でも決心がつかずにいる。今回の経験から、私は何ひとつ学ばなかったのだろうか？　今度は急に中絶する気になるだろうなどと、本気で考えているのだろうか？　ダウン症があるひとりめの子どもは生まれてもよかったのなら、もしふたりめも同じ診断が出たとして、その子は生まれてきてはならないという理由などあるのだろうか？　そもそも、ひとつの染色体異常、21トリソミーばかりに目を向けることに、何の意味があるのだろうか？　血液検査で特に問題のない結果が証明されると、多くの親たちは、母胎内で育っている子どもは完璧に健康な子なのだという証拠として受けとめますと、私の婦人科医は言う。でも実のところは、胎児に起こりうることはたくさんあるし、しかもそれだけではない。誕生前、誕生後もとにかく何が起きてもおかしくないのだ。どんな子どもを授かることになるのかは、コントロールできないものなのだということを、私たちみながはっきりと認識するべきではないのだろうか？

ふたりめを産むかどうかと考えたときに浮かぶもうひとつの問い。ふたりめにも病気と障害があったとして、そういうふたりの子どもをかかえてもどうにかやっていけるだろうと、自分は本気で思っているのだろうか？

自分がどういう人間なのかはわかっている。知らないままでいると、落ち着かない性格だ。そして妊娠中に、可能な限りの知識を得ても限界があるものなのだと、苦労を重ねた末に気がつかざるをえなかった。もちろんそんな私のようなやり方ではなく、全く違う態度で妊娠期間を過ごすこともできただろう。ひとりひとりの女性が、それぞれのやり方でことにのぞんでいくだろう。とはいえ、私自身は、著名な心臓外科医が勤務し、小児専門の神経外科医がいる病院についての情報を集めておいてよかったと思う。これまでのところ、どの手術も考えうる最良の結果で終わっている。マルヤがやっと生まれたとき、私がそれまでに得ていた知識が役に立った。それは確実にそうだったと言える。そして、自分が一度は味わった失望感が、マルヤへの親近感にとっくに取って代わられていたことも、おそらく役に立ったのだろうと思う。自分は、あらゆる点において、準備ができていたということだ。

検査を受けるつもりなら、それがどういう結果につながりうるのかについて、事前に考えておくべきだという忠告を、よく耳にする。でも本当にそうなのか、私には確信が持てない。人間には、自分自身の感情について想像力が及ばないようなことというのがある。自分がそのうちいつか、どういうふうに死を迎えるかなどということを、わかっている人がいるだろうか？　自分の子どもの死についてなんらかの決断を下さなくてはならないとしたら、そのときどうするかなど事前に予測することができるだろうか？

もう一回妊娠しても、最後まで乗り切ることができるのかどうか、ときどき自分でもわからなくなる。健康なふたりめの子どもがいたらいいなとは思う。私自身にとってもクリストフにとっても、そしてマルヤにとっても。その子とマルヤが一緒に遊び、マルヤが弟か妹からいろいろ学べればうれしいし、クリストフと私がこの世にいなくなってから、ふたりめの子がマルヤのためにそばにいてくれたらと思う。でも、そんな使命を負うことになる子どもを産んでもいいのだろうか？

二〇一六年八月

バスの停留所で、南欧風の顔だちの年配の女性が話しかけてくる。「女の子、それとも男の子？」彼女はまずベビーカーの中をのぞいて微笑み、それから私の顔を見てニッコリし、視線を合わせてから続ける。「兄弟の子どももそうなんです」私は微笑み返し「それでその子は元気にしていますか？」と尋ねる。「元気、元気。いい子なんですよ！」という答えが返ってくる。私たちが立っているのは、道路の真ん中の安全地帯になっている幅の狭い停留所で、バスを待つ人たちに囲まれている。彼女は身を乗り出してささやく。私に聞こえたのは「ダウン」という言葉だけ。「ヤニスっていうの。写真見たいですか？」と言って、彼女はスマートフォンの画面を懸命にいじくる。「いつも撫でたり、キスしてもらいたがる」と言いながら、自分のほっぺたに触ってみせる。「一八歳」「彼はたくさん話しますか？　一緒におしゃべりします？」と私。「話しますよ」と彼女。そして、手を使って数え始める。人差し指──「ギリシャ語」中指──「ドイツ語」少し間をおいてから「私全部はわからないけど、ママとパパはわかる。全部ね」。

バスが来ると、彼女は別れ際に、私の腕にサッと手を置く。ドアの近くまで行ったときに、もう一度振り返り、握りこぶしを心臓のところにあてて言う。「私たちの国で言います。神様はそういう子ども、いい人たちにしかあげないって」。

二〇一六年一〇月

四日前からマルヤは保育園に通い始めた。正確には、慣らし保育で、私も一緒に四日前から保育園に通っている。マルヤはほかの子たちに慣れるため。私は、一歳半の我が子を、活発でペチャクチャとしゃべる子どもたちの一団の中に置いてくるのに慣れるため。マルヤはこの中でうまくやっていかれるだろうか？　マルヤはまだロンパースを着てハイハイしているけれども、ほかの子たちは外でどろんこ遊びができるようなズボンをはいて走り回っている。

最初の三〇分は、マルヤは私にくっついているが、そのうち手を伸ばして、トーベンの鼻にさわる。トーベンはひげをはやし、縁なしの帽子をかぶった保育士で、まだ「インクルージョン教育」という言葉が出てくる何年も前から、この仕事をしている。二日めにはもう、マルヤは私のひざではなくトーベンのひざの上でごろごろするようになる。私が部屋のはじっこにあるマットの上にすわっているあいだに、マルヤはトーベンのギターめがけてハイハイし、リーナの指をつかんで、ギターの弦にあてようとする。それを見たトーベンのコメントは「道具の利用です」。マルヤが「ケーキを焼こう」という歌を聞いて拍手をしているとき、トーベンが、ほかの子たちに聞こえないように、小さな声で遠慮がちに、マルヤの物語を訊いてくる。

「もちろんまず気持ちの整理をする必要がありました」という婉曲表現を、思わず使っている。マルヤが目の前にいるのに、こういう話をするのは、ひどくけしからぬことのように思える。この子を産まないほうがいいのではないかと考えたという話。ついさっきまでほかの三人の子たちと一緒に太鼓をたたき、トーベンのまるいバルブの上に髪留めをしている、この金髪の女の子の話。ついさっきまでほかの三人の子たちと一緒に太鼓をたたき、トーベンのギターに耳をくっつけて、どこから音が来るのかと耳をすましていた子の話。自分が、マルヤという名前は出さずに、妊娠していた「その子ども」について話しているのに気がつく。まるで、マルヤのことではなく、何か抽象的な概念がテーマであるかのように。

このグループのインクルージョン枠はふたりで、そのうちのひとつにすべりこめたのは、とてもラッキーだった。マルヤをもう一年以上担当している理学療法士が、一週間に一回ここに来て、もうひとりのダウン症の子、リーナも一緒に、体操プログラムも続けてくれる。保育士のノラに、家ではどういうジェスチャーを使っているのか尋ねられた。保育園でも、家で使うのと同じ言葉を練習するつもりだと言う。「とても大事なのは〝音楽〟です！」と言って、私は指揮をする身振りをしてみせる。「あと、もちろん〝ママ〟」――ほっぺたに指で円を描く動作。あごの部分を親指の先で線を引くようになでるのが〝パパ〟。「寝る、食べる、仕事、車、あー、それから〝おしまい〟！も」。

面接のとき、トーベンが、障害児にずっと誰かが付き添っている、いわば最初から最後までセラピーをしているといったやり方ではありませんと説明した。でもここには三人の保育士がいて、子どもの数は一一人。誰かに目が行きとどかない心配はないだろうと思う。

当然のことながら、私はとりわけリーナのことが気になる。ここで楽しくやっているのだろうか？　初めて会ったとき、彼女のおかあさんは、保育園に行くことが、本当にリーナの「ためになっている」という言い方をした。前はピューレ状のものだけ口にしていたのが、今では固形状のものを食べるようにもなったと言う。保育士たちが腕を広げ、みんなそこにくっつくようにして、一緒に本を見ているときには、リーナもたいていほかの子たちの輪の中に入っている。でも、誰かほかの子とリーナがふたりだけで遊んでいるのは見たことがない。コンスタンティンがオットーの上に乗っかったり、レオニーとエマが互いにハンカチをかけてあげようとするように。「リーナが特に一緒にいることの多い子というのはいますか？」と訊いてみる。本当に聞きたいのは、「リーナには友だちがいますか？」ということなのだが。

トーベンが「いません」と答える。一緒に歌ったり、小さなお鍋やフライパンで遊んだりということはありますけど、ほかの子たちはずっとおしゃべりし合っているわけで、そうすると、リーナはどうしてもはずれてしまいます。そういう意味でも、夏休みのあと、新しい子たちが入ってきたのはよかったと思います。例えば、顔中に広がるような笑顔で、一方の耳のほうがもう一方の耳より外に張り出しているスペインの女の子とか。クリストフと私が作ったモービルに、パウルの両親が書いた言葉を思い出す。そのモービルには、マルヤのための願いごとを書いた紙をぶらさげることになっているのだが、彼女たちが書いたのは「ほんとうのともだち」だった。

私のことを真剣な顔つきで見ながら、「どろ遊びのズボン、マルヤも持ってる？」とオットーが訊いてくる。「まだだけど」と私。「もうすぐかな」。

二〇一六年一一月

「テキサスのカウボーイ、ジム、昼間、馬に乗っていた、麦わら帽子をかぶってた、帽子の中にはノミがいた、イェピエー、イェピエー……」。引き戸の向こう側から、子どもたちの歌声が聞こえてくる。マルヤは驚いたような顔をして笑っているのかなと想像する。トーベンに、本を持参して、隣の部屋にいてくださいと言われた。というわけで、クッションを背に、部屋のすみっこで床の上にすわっている。私の前には、ページをめくった絵本のように、マルヤの新しい世界が広がっている。部屋にかけられた木の枝にいろいろな色のよだれかけが、モービルのようにひらひらと揺れ動き、その下にはかわいらしい食卓。雪だるまの飾りが貼ってある窓ガラスを通して、斜め上から外の光が入ってくる。壁には、ジャングルの動物の絵。空のように青い天井。ドアの上にある時計に目をやる。一一時半ごろには、子どもたちがここに飛びこんでくるはずだ。まだあと四五分ある。「イェピエー、イェピエー」。一年前のあの一一月のあの日、人類遺伝学者から電話がかかってきて以来、初めて退屈だと感じる。でも本を読むわけではない。読むよりは書きたい。

保育園でマルヤとノラが、このあいだ「いないいないばあ」をして遊んでいたときのこと。もう何分間も同じことを繰り返している――マルヤがいない、マルヤがいた。その繰り返し。我が娘は隠れていた布のうしろから顔を出すたびに、キーキーと高い声を出し、保育士に満面の笑みを見せる。突然、マルヤがノラのネックレスをつかみ、ぐいぐいと引っ張る。そのうちマルヤの顔の表情がこわばり、真っ赤になって、目つきまでいつもと違う。するとノラが「あらまあ、なに、その狂ったみたいな、キラーの目つきは！」と大きな声で叫び、頭をそらして笑いだす。そして——私の思いこみかも？——ほんの一瞬だけちらりと私のほうを見る。障害のある娘に対して使われた「狂った」という言葉を聞いて、私は気分を害しただろうか？　私が笑っているのをノラが見、瞬間的にほとんど気がつかないくらいふと浮かんだ当惑は吹き飛んだ。いや、私は気分を害したりしてはいない。ノラが、保育園のほかの子たちに接するのと同じようにマルヤに接しているのが、私にはうれしい。こうした彼女の自然な態度は、自己規制などしないからこそ生まれるものだ。

面識のない人だけでなく、知っている人でも、私の娘を障害者と呼んでいいのかどうかわからないとき、言葉につまって間を置くことがある。こうした一般社会の気のつかい方には、疲れてしまう。言葉の使い方に関するモラルと、行動におけるモラルのアンバランスに、イライラさせられる。子どもが21トリソミーだと知ると、九〇パーセントの人が中絶する。九〇パーセントの人たちが、公の場での障害のある人たちを指す言葉を見つけようと苦心する。九〇パーセントの人たちが、それぞれの私的なこととなると、暗黙のうちに、障害のある人間とともに生活しなくてもいいような選択をする。こうした文章を書きながらも、転向者にありがちな熱意からこういう発言をしているのだろうと、自分自身に疑いの目を向ける。転向者のこうした態度はとるまいと自分に言い聞かせているのだが。私自身の考え方が、九〇パーセントの人たちのそれとたいして変わらなかったことは、よくわかっている。でも、ダウン症の子をもつ母親になって見方が変わった。根底から変わった。

シュヴァルツヴァルトの赤ちゃんがどうなったのか、ずっと気になっている。とっくに生まれたのか、とっくに死んでしまったのか? 二カ月後に、私たちはまた、去年と同じ山にスキーに行く予定だ。あのとき、店員が話しかけてきたスポーツ用品店のサイトをグーグルで調べる。電話をかけてみる。彼女は、試着室の前のベビーカー、その中にいたマルヤのことをすぐに思い出してくれる。彼女の友人は、「残念なことに、子どもを産まないと決めたんです」、「本当のところ、あまりにも早く決断したというか」、「急ぎすぎでした、残念でした」。私だったらできなかったと思いますと、彼女は付け加える。私は返答しながらも、つまらないことを言っているなと自分自身に対して思う。それはまあ、ひとりひとりが決めることですから。店員は話を続ける。友人はそのことについては、もう決して話しません。「彼女たちは、表向きは、子どもには生存能力がなかったということにしています。でもつまるところ、そうではなかったわけですけど」。

沈黙。

「男の子だったとか。追悼ミサに行ったそうです」

「そういうことができるのはいいですよね。私たちのときも、勧められました」。この話をすると、私は涙をこらえるのに必死になる。

「マルヤは元気にしていますか?」

「元気です」と急いで答える。のどにひっかかっているものを笑ってごまかす。「保育園に通っています。手をつなぐと歩けるようになったんですよ」。

「そういう話を聞くと……」

妊娠中に考えていたことを、思い出す。ダウン症の子でも、スキー教室に参加できるものですか?

このスポーツ用品店は、子ども向けのクラスも用意している。「ああ、参加できますか？　まあ今はまだちょっと無理ですけど、二、三年のうちにはと思うんですけど？」——「もちろんですとも。とにかくやってみましょうよ！」クリスマスのあと、マルヤ、クリストフと一緒に、シュヴァルツヴァルトの彼女の店に寄りますと約束する。

当然のことだが、クリストフも私も、マルヤの将来を考えて、不安になることがある。マルヤにちょうどいい学校を見つけ、おとなになった娘には、生活するのにいい場所をいずれどこかに探す。これは実現可能なことに思われる。私たちだけですべてをやらなくてはならないのではないのだから。ほとんど毎日のように、「レーベンスヒルフェ」の心理カウンセラーからメールが来る。就学と、新しい介護法についての情報。「インクルーシブ・ディスコ」へのお誘い。「インクルーシブ・子ども劇場」へのお誘い。家族一緒にすごす週末、農場祭りの情報。それでも、私たちがいなくなってからマルヤがどうなるのかという不安は、農場祭りがぬぐい去ってくれるわけではない。「事故を起こさないように前より気をつけなくちゃ」とクリストフ。彼は自転車で通勤しているが、国道ではなく自転車専用道路を通って家に帰ってくる。昔の仕事に戻り、ハイチの地震、インドの犯罪といった取材にまた行くつもりなのかと質問されると、「命を落とさないようにしなくちゃね」と答える私。

まるで不死身であるかのように感じていたかと思うと、今度は急に障害者の家族のための遺書づくりについて話したり。マルヤには、私たちが必要だ。それは最初の一八年間にとどまらない。この事実に気づくことそのものが、重みを持っている。

とはいえ、クリストフはサイクリングを続ける。自転車に乗るのが楽しいから。そして私もまた仕事を再開するだろう。私たちの生活は、ときにはエアバッグ付き、ときにはエアバッグなしで進んでいく。

　マルヤが初めて海辺で過ごした夏もそうだった。頭に管をつけたままのマルヤを連れて、思い切ってドイツの外に旅行した。インターネットでログハウスを探したとき、ふたつの重要な基準があった。ひとつは、浜辺と病院両方のそばであること。もうひとつは、一番近いドイツの病院へ車で一時間以内、一番近い小児神経外科医から二時間以内で行けること。そしてこれらの条件に該当する小屋を見つけたのだった。朝になると、マルヤを腕に抱いて、芝生を横切り、波打ち際まで歩いていかれるところにある小屋。朝ごはんを並べたテーブルの前方に、帆船が横切っていくのが見える。テラスのウッド・デッキに太陽が照りつけ温かくなっている。そこにみんなで寝そべったり、機嫌よくトレーラーにすわっているマルヤを引っ張り、初めて三人一緒に自転車で出かけたり。ときには車をガタガタいわせながら農道を走り、まだ行ったことのない浜辺まで足を延ばしたり。浜辺でマルヤは、シャベルですくった砂を口の中に入れたり、足と腕をかわりばんこに持ち上げたり、自分の影が動くのをおもしろそうに眺めたりするのだった。楽しい休暇。

　四日めのことだ。小屋の窓の下枠に、外側からつかまるようにして、からだを持ち上げようとしていたとき、マルヤが滑った。その前にも同じことをして、五回はうまいことといったのだが、今回は失敗し、木の壁に沿って歯茎をそぐような形になってしまう。マルヤが叫び、私も叫ぶ。口からは血が流れ落ち、二本だけはえてきた歯、下側の二本のちいさな切歯（せっし）は曲がってしまい、前に向けて水平に傾いている。出血がとまらない。私たちは、幹線道路と高速道路を通り、病院まで猛スピードで車を走らせる。私がどんなにやめさせようとしても、マルヤはしゃくりあげながら、汚れた指を血だらけの口の中につっこんでしまう。

歯が半分抜けかけのようになってしまったけれども、それは心配しなくてもいい。どうしようもなくなれば、抜いてしまえばいいのだから。私たちが心配なのは、細菌がからだの中に広がって、シャントが感染するおそれがないかどうかということだ。「そういう心配はないと思います」と、病院の小児科医が言う。神経外科医に電話をして訊くと「なんとも言えないですね」という返事。歯を洗浄したあと、脳膿瘍になった患者さんが最近いたんです。一週間の抗生物質投与。マルヤの様子が突然おかしくなるようなことがあれば、すぐに来るようにと言われる。歯に関しては、うまくいけばまたくっついてくれるかもしれない。こうして中断された夏に再び戻る。これが私たちの生活だ。小児科医は、シャント感染症の原因になりそうなことはごまんとありますと言って、例えばと数え始めた。中耳炎の合併症などなど、もう覚えていないくらいあれこれと例をあげて。神経外科医は「すべてを制御することはできないのです」と言った。例えばマルヤが盲腸炎になったとしたら、腹腔にまで伸びている管は、「まず一番におさらばです」。

その次の日、マルヤを連れて散歩する。道のはじっこに、生まれて初めて四つ葉のクローバーを見つける。私は厳かに「これはマルヤに捧げます」と言ってから、我ながらいささかキザだし、ちょっとくだらないかなと思う。でもそんなことはどうでもいい。ごまんとあるシャント感染症の原因に、四つ葉のクローバーが対抗できるのなら。

あの夏の日の出来事は、結局おおごとにはならずにすんだ。マルヤはここ二、三週間のあいだに

「ママ」と言うようになった。今日は、初めて本格的なキスをしてくれた。唇を突き出し、チュッと音まで立てて。聖マルティンの祝日、クリストフは仕事の会議を早めに終えて帰ってくる。マルヤの初めてのランタン行列に間に合うように。ほかの親や子どもたちと一緒に、私たちは火のまわりに立ち、誇らしげに大きな声で歌う。「あそこの上のほうでは星が光り、ここではわたしたちが光る」。

二〇一七年一月

朝ベビーカーを押して、保育園の窓の前を通ると、「マルヤが来るよ！」という子どもたちの声が聞こえる。マルヤは毎日午前中の二時間、二歳以下の子どもたちのグループにひとりで加わる。そのあいだに、私はいくつかの用事をすます。

マルヤがおなかの中にいるときから知っている神経外科医と電話で話す。彼はちょうど家族と一緒に、休暇旅行を終えてタイから帰ってきたところだと言う。正直、うらやましいですと私。同時に、あの楽しかったデンマークの休暇のことを思い出してごらんと自分に言い聞かせる。タイだったら、マルヤのシャント閉塞が起こっても、脳の緊急手術をいつでも行えますよと神経外科医。バンコクにはすごくいい私立病院があります。会議の場で、とても経験豊かなタイの医師たちに会ったこともありますし。「本当ですか？」「本当に？」と何度も訊く。じゃあ今日の夜は、クリストフと一緒にシャンペンを開けなくてはと私。

シャンペンは買わないけれども、マンゴーをひとつ買って、マルヤのベビーカーの中に置く。

昼ごはんの少し前の保育園で今日見たこと。「本を読む」のはどうやってするの？　と保育士のノラが尋ねると、何人か熱心な子たちが、自分たちの手で開いたページを読む真似をしてみせる。「あれー、なんだか本物の秘密の言葉みたいだね！」と私。マルヤとほかの子たちに、なにか共有できるものがあればいいのに！「ジェスチャーにより促進されるコミュニケーション」よりも、秘密の言葉のほうがずっと響きがいい。もうひとりのダウン症児であるリーナは、今二歳半。新しい言葉をどんどん覚えていくのに、驚かされる。このあいだなどは、「ハーイ」と私に挨拶したかと思うと、マルヤのところに這っていき、集中した様子で、私の子どものからだの説明を始めた。「おしり！　おなか！　おめめ！」。それから言葉を押し出すようにして「ビビ、寝る」と言って、頭を下げ、てのひらをほっぺたにあててから、赤ん坊の人形をクッションの上に寝かせたのだった。

マルヤはリーナよりも年下だ。まだ手を使って何かを表現したりはしない。けれども、私が絵本を見ながら「ネズミ」はどこかと訊くと、私の人差し指を、げっ歯類動物のところまで正確に持っていく。「鼻」「耳」「口」といったからだの部分も知っている。このあいだ、クリストフが出がけに、「パパ」と「お仕事」を意味する手の動きをしてみせたとき、マルヤは自分から腕を上げて、バイバイと手を振ってみせた。保育園の子どもたちがするのを見てまず覚えたのが、この手の動作だった。

「まだしゃべれないんだよ」とレオニーが声高らかに告げ、マルヤを指さす。そして「まだ小さいの」と付け加えた。レオニーが言っているのは、グループで一番年下のマルヤがなぜほかの子たちとは違うのかを説明する私の言葉を、そのまま繰り返したものだ。この説明を、レオニーのような子たちは、いつまで、もっともな理由として認めてくれるのだろうか？　そのうち、何かおかしいと思い始めるのではないだろうか。「マルヤもきっとすごいおしゃべりになるよ」とレオニーに言う。

　昔子どもに対して抱いていた願いがまた戻ってきたと、ふと思う。いや、正直なところ、願いというよりは、要求という言葉のほうがあてはまるかもしれない。

　私たちも、ふつうに過ちを犯す、ふつうの親に、ついになったということか。自分の子どもを、ほかの子たちと比べている自分たち。ただ、対象になるグループが以前とは違う。マルヤはリーナよりハイハイが上手だが、言葉の面ではリーナのほうがマルヤよりも進んでいるといった具合に。マルヤが歩く練習をするとき、私たちは娘のうしろを半分身をかがめてついていき、小さな腕をぐいっと引っ張り上げる。ちがうちがう、そうじゃなくて、ひじは肩の下になくてはダメですと、クリスマス休暇のあと、理学療法士に教えられる。パウルの家に行ったとき、おかあさんが見せてくれたのは、戸棚いっぱいに並べられた、ダウン症の子どもたちのための、教育上意味あるおもちゃの数々だった――数の位や、パウルの両親の言葉を借りれば、その他の「文化スキル」を習得するためのおもちゃ。パウルのおかあさんが「とにかく子どもとたくさん練習すること」の大切さを強調するのを聞き、私の頭に浮かんだのは、「たくさん練習すること、はい、もちろん！」ではなく、「たくさん練習すること、えー、やんなっちゃう！」だった。こういうときには、マルヤの障害に苛立ちを感じてしまう。

　こんなことを言ってもいいのだろうか？　言ってもいいのだと、自分で決めた。ほかの母親たちだって、自分の子どもの属性ともいうべきもの、自分たちにあれこれと要求を突きつけてくる何かに、イライラすることがあるのではないだろうか？

　どのくらい私がその要求に応えるべきなのかについては、毎回新たに談判することになるだろう。

これまで出会ったダウン症の子どもたちの多くがしているように、マルヤもそろそろ、Castillo Morales 口蓋床を使い始めることになる。この矯正装置を使うことで口腔機能を高めるというセラピー。それから言語治療も始める必要がある。そうなると、障害児のための療育プログラムのほかに、もうひとつ午後の予定が増えることになる。マルヤの唇の閉じる力を強化するために、どれだけの時間を費やし、どれだけの時間を自分の仕事に充てられるのか？ 今日、「どうしてマルヤのべろはいつも外に出ているの？」と、保育園に来ている女の子に訊かれた。「マルヤのべろはとても長いからだよ。みんな、べろの長さはちがうでしょ」と答えた。「じゃあ見せて！」と言われて、その子とふたりで、クスクス笑いながら、互いに舌を突き出してみせることになった。それで舌の話はおしまいとなった。今日のところは。

『家族と専門家のための案内書』という本の中に、最初から、話す能力、コミュニケーション能力を促進し、「与えられた条件のもとで得ることができる最高の成長機会が生まれるように」するのが大切だと書いてある。マルヤができるだけ楽しく、できるだけ自力で生きていかれるためなら、私は喜んでなんでもする。でも、マルヤが、あらゆる、文字どおりありとあらゆるチャンスを得られるようにするのは、本当に私の責任なのだろうか？ どんな代償を払ってでも？ 私たちのように障害児を持った母親たちは、そうでない人たちよりも、ちょっとしたことですぐに良心の呵責にさいなまれるのではないかと思う。障害児たちは、手を貸さなくともおのずから歩んでいくわけではない。私たち親は、成長を促し、一緒に練習する必要があり、しかもその過程を楽しむことも忘れてはならない。そして私たち自身の人生も忘れないようにしなくてはならない。

私たち母親という書き方をしている自分に気づく。あまり考えないでそう書いている。すでに罠にはまってしまったということか? 父親たちは療育を促進しなくていいのか? 日曜日に、子どもをカモのいる池に連れていくだけでいいのか? カモを表すジェスチャーも知らないままで?

このあいだ、ひどく頭にきて、クリストフを怒鳴りつけた。いつでもなんでも、問題があれば私の問題なのかと言って。私が体調を崩しているのに、誰もほかにマルヤの世話をしてくれる人がいないときに。この本の原稿を仕上げて出版社に送らなければならないのに、誰にもマルヤを預けられないとき。締め切りの三日前になって、保育園に急にシラミが発生して、ベビーシッター全員に断られ、それでも、マルヤの理学療法、療育プログラム、音楽クラスが予定表に載っていて、しかも、マルヤの片目が斜視で、めがねが必要となり、めがね屋に行かなければならないとき。

「あなたの生活は前となんにも変わってないでしょ!」とクリストフを責めた。実のところ、彼の生活が全然変わっていないわけではないのだけれど。私たちが互いに妥協した結果、今この町に住んでいる。だからクリストフは、毎日、仕事場のあるほかの町まで通勤しなくてはならない。そのため、自転車で保育園までマルヤを迎えに行く時間が、全くない。時間さえ許せば、彼は喜んでマルヤを迎えに行くだろうと思う。妊娠中にマルヤの状態が次々とわかってから、もしまだ望むことがあるとしたら何だろうと話し合ったことがあった。私は「マルヤが私と話をしてくれるようになればいいな」と言った。「一緒に自転車に乗れればいいんだけど……」とクリストフ。自転車のトレーラーは、マルヤの一歳の誕生日に、彼がひそかに買ってきたものだ。そのころマルヤはまだ、すわることさえできなかったのだが。

今の私たちの生活は、妊娠中に、牧師の仕事机で、ふたりがサインしたあの計画とは、ずいぶん違うものになっている。職場の人事課に、やっぱり三年間育児休暇をとることにしました、でも育児休暇が終わる前からパートタイムで働ければと思っていますと伝えた。今のところ、私が以前住んでいた町には戻らずにいる。でも全体的にみれば、ここまでいろいろなことがうまくいっていると思う。四カ月の入院生活のあと、マルヤは今のこの家で、からだを休め、元気になりつつある。クリストフが仕事を続けて稼ぎ、この居心地のいい家に住めるのもうれしかったし、我が子をついに自分のもとで育てられることを喜んでいる。そして、なんと、妊娠中の手書きのメモをもとにして、本を書くことにもなった。クリストフと私は、三人それぞれの利害を調整しながら、これからどのように生活していくか、知恵をしぼって考えなければならない。あのときふたりがサインした古い紙はとっておいて、そのうちいつか時が来たら、もう一度取り出して、クリストフに、ほらあなたこれにサインしたでしょうと見せることになるかもしれない。

上手にバランスをとって生活していくのは、容易なことではないが、クリストフと私はきっとなんとかやっていけるだろう。障害のない子の親より失敗が多いなどということはないと思うのだが、だからこそ、知的障害のある子を産んだというだけで、家族そのものが窮状におちいり、支援を必要とし、重荷にあえいでいるのではないかとみなされるのには、腹が立つ。おかしなことに、こうした態度にしばしば気づかされるのは、よりによって、以前だったら最もそういうことはないだろうと思っていたところだったりする。すなわち、障害者を支援することを仕事にしている組織。まず「親御さんのための手引」という、悪意のない言葉に始まり、次第に、家父長的な温情あふれる振る舞い、善意の、でも同時に、自分ではできないだろうから保護してあげるという姿勢が見えてくる。まるで「親愛なるおかあさん方、あなたにとっては障害のあるお子さんを育てるのは初めてでしょうけれど、私たちはもう何千と、そういうお子さんたちを見てきました。障害者とはどういうふうにつきあえばいいのか、私たちがお教えしましょう」と言っているような態度。

ダウン症の小さな男の子、パウルが、この前、マルヤにプレゼントを手渡してくれた。「専門家が専門家のために選んだもの」とパウルのおかあさんが、ニヤリとしながら言った。店の中で、パウルは、どうしてもこれでなければダメ、ほかのおもちゃではダメだと言い張ったのだと言う。それは、おなかの中から音楽が聞こえてくるクマだった。というわけで、私はそれ以来毎朝、オムツ交換台の上にこのクマを置き、その前足に軽く触れる。するとクマは、頭を上下に揺らし、腰をまわして腕を振る。私がクマの真似をすると、マルヤは歓声をあげながら、ベビーベッドの中で立ち上がる。手でベッドの縁につかまったまま、ひざを曲げてはまた立ち上がり、ひざを曲げてはまた立ち上がる。このクマの歌が聞こえると、クリストフは「女の子たちはパーティをやってるね！」と叫ぶ。もしパウルがこの瞬間にドアのところに来たら、おとなふたりに、子どももひとり、そして一匹のクマが、朝の八時に、子ども部屋で踊っているのを見ることができるだろう。専門家のプレゼント。

二〇一七年三月
マルヤ二歳

黒いミニスカートをはき、長いイヤリング、アイシャドウが目を引く、トップスと同じ色のピンク色の唇のフランス人女性が、天気図の前に立っている動画を見つける。ダウン症の若い女性。障害のある人が化粧をしているのを見るのは初めてなのに気がつく。「見てごらん」と、キッチンにいるクリストフのところにラップトップを持っていく。ふたりでレンジの前に立ったまま、動画を見る。今日は三月二一日。世界ダウン症の日。私たちは左右異なる靴下をはいている。何年か前に誰かが考え出したアクションで、クリストフがすごくおもしろいと言って、自分たちもやろうということになった。左右異なる靴下は、画一性よりも多様性は素晴らしいというシンボルだ。

この番組は、数日前にフランスのテレビで流れた。若い女性の天気予報「フランスはふたつに分かれています……北側は雲が多く、ボルドー地方は雨模様です……全体の四分の三は曇っていて……マルセイユは雨と雪……フランス2(ドゥ)で、よい夜を!」「なかなかいいね」とクリストフが思わず言う。

私たちのように、このメラニー・セガールを見た人たちはみな、まるでサーカスの観客のように、次は何かなとワクワクしながら、この場面を眺めていたのだろうか? この番組はフランスで高視聴率を記録し、ドイツでも彼女のことが報じられ、話題になっていた。「ダウン症の〝ミス・天気予報〟、動画はこちらです」といった具合に。

メディアが興味本位にとりあげる面はあるにしても、マルヤがおなかにいるとき、こういう映像をどんなに見たいと思ったことか。とても勇気づけられたはずだ。今日この映像を目にしてみて、この若い女性の中にマルヤの姿を見た。彼女の目の形がマルヤを思い起こさせたからだけではなく。マルヤのような人間が夢をかなえることができるとしたら、どんなにたくさんのことが可能なのか、少し想像できるような気がしてきたのだ。メラニー・セガールが、フェイスブック利用者と、フランス障害者協会の助けを借りて天気予報に出られたように。こうしたキャンペーンにおいては、障害のある人たちが、公の場にもっと登場することも課題のひとつとされていた。マルヤがおとなになったとき、どのような生活ができるのか、イメージが湧いてきた。私たちは一一日前に、マルヤの二回めの誕生日を祝ったばかりだ。

ふたつの世界が、並行して存在している。新しい世界は、ふたりの人間がひとりの新しい人間を生みだし、まだ生まれていない子どもの染色体異常を調べるかどうかの決断をしなくてはならなくなったとき、突然現れる。そしてもう一方では、ときには宣伝をしているのかと思うほど、どれほどまでに保育園や学校、職業の場において、インクルージョンがどれほど進んでいるのかという社会的議論がなされる。毎日のように、ドイツの朝食の時間帯のテレビに、スペシャルオリンピックや、知的障害者たちのウインタースポーツが登場し、わざとらしいほどリラックスした様子のリポーターが、スノーシューの競走をひかえた選手にインタビューまでする。

けれども、全体としてほとんど語られていないことがある。すなわち、私たちは、障害のある人たちがそもそも生まれてこないようにするために、力を尽くしているのではないかという点だ。今の若い親たちは、この問いに、それぞれ、自分たちだけで答えを見つけなければならない。そして気がつけば、限られたひとだけが加わる小さな輪、守秘義務に基づく人間関係ができている。子どもと自分たち自身の生活のことで悩む親たちと、医師たちだけのサークル。双方とも、倫理学の教授職に就いているわけではない。倫理学講座が、私に、まだ生まれていない障害のある子を愛しなさいと教えてくれたと言っているのではない。けれども、私たちみんなが、出生前診断がいったいどこに向かおうとしているのか、そしてそれが私たちひとりひとりにとって何を意味するのかについて、話し合う必要があると思う。ちょうど検査結果に問題が見つかり、取り乱したまま、非常事態に追いこまれて、どうしたものかと思い悩んでいるそのときだけではなく、ふだんからの議論が必要なのだ。でなければ、突然ひとりひとりが決断を迫られる状況が続くだけだ。そして、新しい社会が生まれることになる。

私の「身体的あるいは精神的健康が重度に損なわれる」ことがないように、中絶のための医学的要件が適用されるはずだった。医師は、まだ生まれていないマルヤを中絶するためには、心臓疾患や水頭症がなくても、21トリソミーという検査結果だけで、もうすでにこの要件適用のゴーサインを出しただろう。私の今の身体的精神的健康の状態はといえば――どう言えばいいのだろうか?――良好だ。ときには、女友だちたちに「やっぱり結構落ちこんでるかも」と言ったりするけれど。そして、妊娠前にはピンセットで引っ張ったら抜けるぐらいしかなかった白髪が、今ではグレーの一束といった感じになるまで増えてしまい、もう引き抜くことができなくなったが。私の助産師は、自身に面識のある、ダウン症児のいる親たちのことを考えてみると、総じて、とても幸せに暮らしている人たちばかりだという。

もちろん、だからといって、ダウン症の子どもを持つすべての親がそうだとは言えない。けれども、では、幸せとは言いがたい生活を送っているダウン症児の親がいるという理由から、21トリソミーという診断を受けて、まずは悲しんだり、怒りを感じたり、自暴自棄になる女性たち、私のように「岸壁の下に埋められてしまったみたいな気分」だと言ったりする女性たちすべてに、まるであたりまえのことのように、機械的に、中絶のための医学的要件を提示してみせるのは正しいのだと結論づけてよいものなのだろうか？　特殊なケースにあてはまるものとしてではなく、一般的に可能な選択肢として提示することが正しい？　母親たちが後々、ダウン症の子どものせいで、きっと精神的に参ってしまうだろうから？　ダウン症の子どもによって、母親が健康を損ない、鬱になることが証明されているから？　私たちはどうしても、障害のある子から母親を守らなければならないのだろうか、それとも障害のある子を母親から守らなければならないのだろうか？

こういうふうに書いていると、気分が悪くなる。これではまるで、私が、女性に起こりうる問題を書きたてて、自分はその過程を通りすぎてから、これから似たような状況に置かれる女性たちすべてを決断能力なしとみなし、判断の機会を奪いたがっているかのように聞こえるかもしれない。でも、やっぱり何かがおかしいと思うのだ。九〇パーセントの女性とそのパートナーが、障害のある子どもとの生活は堪（た）えがたいと考え、そのまま妊娠を継続すれば、妊婦の「身体的あるいは精神的健康が重度に損なわれる」だろうと仮定するのは、おかしくないだろうか？　私たちは、成功した人生とは何かと考えるとき、いったいどんなイメージを浮かべ、どのような期待される完璧で健康な子ども像を思い描いているのだろうか？　そして、そうしたイメージや期待を、これから親になる人たちに示し、それにあてはまらないと悲惨なことになるというメッセージを伝えてはいないだろうか？　私たちは、どれほどの不安を生み出していることか？

それとも、正直な話、予測されうる母親の苦しみではなく、何か別の理由があるから、こういう状況になっているのではないのだろうか？　親になる人たち、その担当医たち、そして我々の社会が、口にこそ出さないが、実は、一致した意見のもと、共犯者として実践しているあること。規範からはずれた生命は、避けることのできる災いとして、最初から阻止してしまおうという考え方。なぜそうするのかといえば、阻止できることだから。おなかの中にいる子どもの障害の中で、ダウン症ほど多数追跡されているものはない――診断が下されたあと、徹底的に中絶するために。そして、ドイツの婦人科医のクリニックにおいて、この検査がどれだけの規模で広められているのかを見るだけでも、染色体異常を見つけるのは別に悪いことではないのだと思わせるのに十分だ。それどころか、そうするのは、道理にかなった、望ましい、そして規範に基づく行為であると。

中絶のためのいわゆる「胎児適応」は、一九九五年に廃止された。母胎内の、先天異常や身体的障害を持つ胎児を差別してはならないという理由だった。それ以来、中絶に際しては、母親になる女性が、自らの苦境をどのように受けとめ、言葉にして表すかだけが、判断基準になった。多くの婦人科医は、かつての胎児適応は、「医学的適応」の中に隠れた形で残っていると言う。それによれば、女性が突然妊娠中絶の選択を迫られた場合、21トリソミーであれ、ほかの問題であれ、そうした診断結果が、中絶する決定的な理由となる以上、一種のごまかしではないかということになる。

私は何をどうしたいというのだろう? 私は、マルヤのような人たちが生きることを認めてほしい。ではは私は、自分自身には可能性として許されていた権利を、ほかの女性たちには認めないというのだろうか?

そうではない。

マルヤとともに生きる時間が長くなればなるほど、そして、マルヤに出会う前の私という人間に対して、その多くの点において違和感をおぼえるようになればなるほど、自分が、より頑固で、より原則にこだわるようになっていくのがわかる。それでも、外からのプレッシャーが、妊娠中に、自分と娘を近づけたわけではないことは、今でもよく覚えている。むしろ逆だ。「ヤー」と「ナイン」の間で、「ナイン」のそばまで行ったからこそ、本当に「ヤー」と言えるようになる。やはり障害児をもつ、ある友人が言った言葉だ。

妊娠中に知り合った、相談所の女性に電話する。心の中に矛盾のない、それ自体完結した考え方を求めて、格闘している自分について話す。

「もし私があなたに、中絶してはいけませんと言ったとしたらと、考えてみてください……」

「わかってます、わかってますけど」

「ある女性が、障害のある子を育てることが、精神的に可能かどうか、いったい誰が決めればいいのですか？　医者が決めればいいとでも？　それとも、相談所にいる私のような人間ですか？　それを決められるのは、当事者である女性自身しかいないのです」

子どもをおなかの中で育て続けることを女の人に強制するのは間違っていると思うと、彼女は言う。どちらにしろ、そんなやり方はうまくいかないし、これまでだってうまくいったことはない。中絶すると決めた女性たちは、国内でできなければ、国外へ行ってするのだから。社会にある意見の対立を、ただひとりの女性に背負わせてはなりません。

私だって、女性に何かを強制するようなことはしたくない。ただ、これから親になる人たちに、私たちは障害児のいるふつうの家族なのだということを、とにかく知ってもらえたらと願っている。これから母親になる人たちが、もし障害児を産んでも、ひとりきりではないし、社会の連帯をあてにしていいのだとわかってくれたらと、願っている。ほかの人たちが、先天異常や障害を持つまだ生まれていない子どもたちを守れと言って、高々とかかげる倫理観の実現を、子どもが生まれてからの日常生活の中で、母親たちだけに背負わせることのないようにと願う。そして、すべての人たちにとって、障害者を消し去るのではなく、障害者とともに生きるのがあたりまえのことになるようにと、願っている。

ダウン症という診断が出ると、親たちは一番悩みますと、相談所の女性は言う。妊婦の相談にのってきたこの何年間、繰り返しそういう親たちを見てきたのだと。いくつもの病気の診断が重なると、中絶を決心するのが、少しは楽になるようですが。「でも罪の意識を」と彼女は言う。「ほとんどの人が持っています」。

簡単だし、分別のあることのように見えるから、私たちは、まだ生まれていない子どもたちを、検査し、くまなく点検する。でも、中絶を決心し、子どもと出会うことのないままの母親と父親は、自分たちだけで耐え、我慢しなくてはならない。21トリソミーの胎児を中絶した人たちは、親戚や同僚たちに、たいていの場合、子どもを「失いました」とだけ言ってすませるのですと、相談所の心理カウンセラーが言う。

マルヤを授かる前、私は、おなかの中の子どもたちに関する診断が、この社会にとって何を意味するのかなどと考えて、頭を悩ませたことがあっただろうか？　あのとき、人類遺伝学者が、検査結果に気になる点はありませんと伝えてきたとしたら、私はこうした問題について考えをめぐらしただろうか？　もし自分が、統計上の当事者のひとりにならなかったとしたら？　何も考えなかっただろうと思う。

最近、母の母子手帳をめくってみた。青い小さなノートで、一五ページしかない。最初に記入された日は、一九七五年四月一七日。「大切に保管して、毎回、医師の診察を受ける際に、そして出産のときに持ってきてください」と表紙にある。印刷の質がかなり悪くて、小さなeの文字が、半分しか見えない。それに比べて、婦人科クリニックでもらった私の母子手帳は、豪華な逸品だ。三二ページあり、ピンクと青の模様つきのカバーがかかっている。コッペンラス出版が、封筒の裏側にその広告を載せている、大型の「マミー・ブック」という本の表紙の模様と同じものだ。クリックすれば、母子手帳からウェブサイトへひとっ飛びというわけだ。「マミーとベビーが快適に過ごすためのすべて」。これが母子手帳の外観。

一方で内側は、検査結果のステッカー、表、超音波検査前の基本的な質問などで一面埋まっている。脳室の異常－○。小脳が認められるか－○。腹壁形成異常－×。二ページにわたり、こうした内容が続く。リスク妊娠であるかどうかという項目のところには、私の婦人科医が、まず最初にしるしをつけた。三五歳以上で「初めての妊娠」だと、ここには必ずしるしがつく。

それにひきかえ、一九七五年の私の出現は、小さな表にすべてが凝縮されている。医師の診察が行われた八回の医師による診察それぞれに日付があり、毎回、体重、子宮の状態、心音、血圧、尿検査の結果が書かれている。これですべてだ。家族の病歴－なし。本人の病歴－なし。特に気になる点－なし。最初の胎動は一九七五年六月二六日。

私が母に、妊娠中のことを尋ねると、ノルウェーに旅行に行ったとき、あんまり何もかもおいしいから食べすぎちゃってねという答え。その結果、ちょっと体重が増えすぎて、少しだけ血圧が高くなった。そのあとは特になにごともなく、次の話は、予定日を過ぎても赤ん坊は出てこず、五日後にお産が促進されてやっと生まれたということに、一気にとぶ。母子ともに元気だった。そして一番よかったことは、私の星座が、さそり座ではなく、射手座になったことだった。さそりという生きものは、どうしても好きになれなかったからと母。

もしマルヤが一九七五年におなかの中にいたらとは、想像もしたくない。たぶん母胎内で死んでいただろうと思う。そしていろいろな問題は、見つけられないままに終わっていただろう。それから四〇年たった今、ただ希望に身をまかせて妊娠期間をすごすのは、むずかしくなった。私が二年前に受けた検査と比べてみても、今の血液検査は格段に安く、格段に速く結果が出るようになった。ということは、妊娠初期に、21トリソミーの胚かどうかを確かめるのが、もっと簡単になったということだ。出生前診断医たちは、「胎児をさらに正確に、細部に至るまで」映してみせる「高度な解明を可能にする超音波検査」を宣伝している。しかし、より多くのデータ、より多くの所見は、不安をより強めることにつながる。そして、もしひとつの診断が懸案となっている場合、当事者に対して「診断は出ましたけど、まだ行動には移さないでくださいね」などと言えるものだろうか？　人類遺伝学クリニックの医師が言ったこと——中絶をするかもしれないという状況は、知識があふれる我々の社会が生み出した結果です。

出生前診断の研究の開発が進んでいくのを止めることはできないだろう。そのスピードに、自然の力が歯止めをかけてくれるのを望むしかない。胎児の成長は独自の速さで進んでいくものだから。たとえば、脳半球をつなぐ脳梁は、一般的に、一八週以前だと超音波では確かめることができない。確認するには、その発達を待つ必要がある。でもこれからどうなるかはわからない。そのうちいつか、もっと高性能の機器によって、最も初期の身体構造を識別することが可能になるかもしれない。そうなれば、脳と脳梁の予想される発達を逆推理することができるようになるのだろうか？　私の婦人科医は、そのうち先天異常も、きわめて初期の段階で観察することができる日が来るだろうという。だが、ここで問題になるのは、脳梁が欠けていたり、その成長が十分ではない脳梁があったとすると、脳のほかの部分の先天異常が起こる可能性が高いとはいえ、脳に脳梁がなくても、しっかり生きて、学校に通い、大学で勉強する人たちもいるということだ。

やむを得ない事態におちいったとき、医学にだけ頼るのなら、いったいどれだけの責任を医師たちに委ね、どれだけの力を与えるのか？　もちろん、医師というのは、中立的立場から助言することを義務付けられている。でもその際、どういうやり方で助言し、どういう筋書きを描き、どういうイメージを確信的なものとして示すかが、決定的な意味を持つ。

技術的機器が、胎児をより正確に調べまくるというのなら、誕生後の世界で、私たちが最低限できることとは何だろうか。先天異常の前兆がみられる超音波写真に始まり、その子が五歳、一〇歳になるまで続く研究、それに基づくたくさんの研究が必要ではないだろうか。その子たちがこの世に生まれてくることができたらの話ではあるが。母胎内にいるときからより正確な所見を確定し、より新しい症候群を見つけておきながら、こうしたすべてが、その子のその後の人生にとって何を意味するのかはわからないというのでは、あんまりではないだろうか。私の婦人科医は、「アウトカム(病気の治療後の経過や結果)」については、本当にまだわからないことが多いという。

私の「アウトカム」は、冬の休暇旅行に、初めての靴をもらった。赤い靴ひもの青い靴。大きさは二〇。そして、この靴をはいて、手をひかれながら、シュヴァルツヴァルトで初めて一〇〇メートルを歩いた。私の「アウトカム」マルヤは、今年のカーニバルで、カエルの王様になった。

でも、マルヤがこういうことができるようになるかどうかは、どんな研究も予測できなかっただろうというのも、事実だ。結局のところ、あえて希望を抱くかどうかという問いに、立ち返る。

今の私たちにまだそれが可能なのだろうか? 母親たちが、おなかの中で成長している子どものあれこれについて、自分は知りたくないと言っても、医師たちは知ってしまうだろう。そして、担当医師が、いつもの仕事の一環として、母子手帳に検査と書いてあるからという理由だけで、子どものからだを検査しているのかどうか、どの母親も、医師の目、顔、声でわかるだろう。

妊娠期間を無邪気に過ごすことが可能だった時代は、もう過去のものになったのだと思う。

エピローグ

マルヤは、私たちが結婚した教会で洗礼を受けた。白い石でできたこの教会は、森と畑地の間にある。結婚式当日にここに植えたリンゴの木が大きくなっている。あのとき、私は農家のパワーショベルに乗せてもらった。おなかの中のマルヤと一緒に。今度はベビーカーにリボンを飾りつけ、マルヤの頭にカスミソウの小さな花輪をのせた。

マルヤの一回め、二回め、三回め、そして四回めの手術の前にも、病院の牧師に頼んで洗礼を受けさせたほうがいいのではないかと私が言うたびに、クリストフは言った。「そのうち盛大にお祝いしようよ」。私たちは、こうして洗礼式のあとパーティを開くことになったのだった。ハーフティンバー様式の家の庭で、鹿肉のグーラッシュ〔シチューのような煮こみ料理〕とシュペッツレ〔パスタの一種〕を味わった。家族全員と友だちが来て、マルヤはみんなにかわるがわる抱っこされた。

牧師は説教の中でこう言った。マルヤの名において、あなたたちが子どもを授かったことを感謝します。

とても美しく、とても悲しい言葉だった。生まれたことを感謝しなくてはならないのは、悲しい。

マルヤ、私たちのところに来てくれてありがとう。素晴らしい子ども。

日本語版のためのあとがき――二〇一九年三月

私の部屋の窓台の上には、赤ワイン色のカードボックスが置いてある。ある友人がプレゼントしてくれたものだ。この箱のことを彼女は「いいことがあった日のボックス」なのだと説明してくれた。何か特別な出来事があった日のためのカードボックス。二、三週間に一度、五、六行、その日の出来事を書き記すぐらいならできるだろうと、そのとき思った。どちらにしろ、それ以上の時間の余裕はないのだから。

いつからだったか、日記をつけるのはやめた。自分の生活がふつうになりすぎたからかもしれない。今の私は、仕事に行く前に四歳の娘を保育園に送り、それからオフィスに向かうひとりの母親だ。リンゴジュースの入ったドリンクボトルを持ち、めがねが鼻にのっかり、ボサボサの髪(娘は髪の毛をとかされるのが大嫌い)のままのマルヤを保育士に預けたあと、赤信号の交差点に立ちながら、オフィスで何が待ち受けているのかを考えるとき、しばしば新しい意味での幸福感を味わう。これが私のささやかな〝信号の幸せ〟。すなわち、三人とも今このとき、それぞれがいるべき場所にいる。マルヤはほかの子どもたちと一緒にいて、クリストフと私は充実感を味わえる職場にいるのだと確実に思える幸せ。

一年前に仕事に復帰した。以前の自分の生活を少し取り戻すことができたのはうれしい。興味深いインタビューをこなし、廊下で同僚たちと言葉を交わす生活。そして午後三時にマルヤを保育園に迎えに行くと、赤い上履きをはいたマルヤが私に駆け寄り、有頂天になって「ママ!」と呼ぶ。そして彼女を腕に抱きしめるとき、これ以上素晴らしいことなどありえないと思う自分がいる。

夜になって、疲れきってさえいなければ、よく赤ワイン色のボックスからカードを一枚取り出して、その日マルヤが生まれて初めてやったことを書きとめる。一枚めのカードは二〇一五年一一月一日のもので、表題は「生まれて初めてのおかゆ状の食べ物」。

この本がドイツで出版されてから、たくさんの読者の方たちが手紙をくれ、その後マルヤはどうしていますかとたずねてきた。だから、私たちと一緒になってマルヤのことを心配してくれたみなさんすべてと、この場を借りて、この「初体験ボックス」を分かち合いたいと思う。なんて平凡なことばかりなのだろうと思う方もいるかもしれない。退屈な内容だと思われる方もいるかもしれない。でも、そうしたなにげない些細な出来事こそが、私たちにとっては一番大切なことなのだ。

「二〇一七年五月一九日——マルヤが歩いた! 一週間前から自力で起き上がり、おしりを突き出して立つようになっていたけれど、今日初めて、ひとりで長い距離を歩いた。テレビからソファまで」

「二〇一七年九月九日——デンマークからの帰り道、レストランに入って初めてマルヤにお子様ランチを注文。トマトソース味のスパゲッティ。マルヤはガツガツとたらふく食べる。疲れ果てていたママが、その前に「マルヤのおかげでクタクタ(fertig)だよ！」と言うと、マルヤはすぐさま「おしまい(fertig)」を表すサイン言語のジェスチャーをしてみせる……りこうな子！」

「二〇一七年一一月一七日――保育園で初めて昼寝。すべてうまくいった様子。「世界の子守歌」というCDが流れる中、ブラインドをおろして、美容のための睡眠をたっぷり四五分間」

「二〇一七年一二月一七日――ボビーカー〔幼児用の4輪乗用玩具〕に乗っかってひとりで二メートル進む。しっかりと足で勢いをつけ、自力で動く(ハンドルで操縦はしないけれど、クラクションは鳴らす)」

「二〇一八年一月一日――初めての投げキス！　私がやってみせたら、マルヤもすぐやるようになった。それからは、おやすみなさいを言うとき、互いに六回も七回も投げキスを交わす。チュッという音つきの投げキス」

「二〇一八年二月五日――初めて自分でスプーンを使って食べた！　保育園ではもう前からやっているけれども、マルヤはレストランでもスプーンを使って自分で食べたがるようになった。眼科に行く前に、小さなクロース〔マッシュしたじゃがいもを団子状にまるめ茹でたもの〕をたいらげる」

「二〇一八年三月一〇日――乾杯！　マルヤが初めて私たちと乾杯した。彼女の三歳の誕生日を祝って。それからというもの、マルヤは朝も昼も夜も、誰とでも乾杯したがる。まだ「乾杯！」という言葉は言えないけれど、乾杯のためにドリンクボトルをかかげてみせる」

「二〇一八年四月六日――春の一日。夕日。ふたりで遊び場に行く。というのも、すべり台の写真を見てから、マルヤはそれに相当するサイン言語のジェスチャーをするようになったから。初めて、ひとりですべり台のはしごを登りきる」

「二〇一八年五月七日――初めてオマルでおしっこ！　ズボンを下げて、オムツをとり、すわって……待つ。リンゴジュースを飲む……出ない。おしっこの歌を歌い、手で太ももをたたく……出ない。おばあちゃんが言う。「私もおしっこしなきゃ……」。それを聞いた途端、マルヤもおしっこが出る」

「二〇一八年八月二一日――食卓の用意！　得意そうに胸を突き出して、お皿を一枚、テーブルまで運び、頑張ってテーブルの縁の上にのせる。それから今度は二枚め。リビングルームにナプキンを三枚運ぶときになって、誘惑に負け、一枚鼻をかむのに使ってしまったけれど。それでもママとパパは拍手喝采。そしてマルヤも自分に拍手！」

「二〇一八年九月一四日――眼科の待合室で、マルヤと「わたしのちっちゃなアヒルたちがみんな」を歌う。空想上の言葉でさえずっていたマルヤが、突然小さな口をまるくすぼめて、大きな声ではっきりと、この歌詞の最後の部分を歌ってみせる。「ホ～！」」

「二〇一八年一一月二六日――マルヤがまたまた私の携帯をどこかに持っていってしまった。そしてひそかに療法士さんにSMSを送っていたのを発見。スマートフォンが自動的に画面に出してくる言葉から作成されたものらしい。たまたま生まれ出たテキストは「よろしく、ボス」だった」

「二〇一九年一月五日――マルヤがプールで宙を飛ぶ。足を広げ、背中をピッと伸ばし、雪の女王のようにしなやかに。そしてパパが彼女のからだを受けとめる。温かい水に浸かったかと思う間もなく、夢中になって叫ぶマルヤ。「もいっか！（もう一回）」。新しく買った初めての水着はまだブカブカ。

この青緑色の水着の胸にはヤシの木の絵。そしてそこにプリントされている文字は「ミス・サンシャイン」」

「二〇一九年三月一〇日──マルヤ四歳。初めて幼稚園の友だちを呼んで誕生会を開く。マルヤは初めて、この日の主役は自分なのだと気がついたと思う。たくさんのレースが足をおおうピンクのワンピースを着て、長いテーブルの上座にすわり、ほかの子たちが歌う「誕生日おめでとう」に耳を傾ける。そしてろうそくを吹き消した。マルヤは夢中で生きている」

謝辞

感謝したい人たちがたくさんいる。マルヤの誕生前と誕生後に私のそばにいてくれたことだけでなく、私たちの娘の物語を語ってもいいのだと後押ししてくれたことにも感謝している。

クリストフには、私たちがともに過ごした厳しい時期についてのたくさんの語り合いと、今こうして分かち合っている幸福に、感謝する。

両親には、この本に当初から信頼を寄せてくれたこと、そして、私が執筆しているあいだ、多くの時間を孫の世話にあててくれたことに感謝している。

マルヤが生まれるまでともに歩んでくれ、マルヤの今を、クリストフと私と一緒に喜んでくれる友人たちに感謝したい。

プロテスタント系病院の医師、クリニックの小児神経外科医のふたりには、あるだけの知識と思いやりで、いつも私とマルヤを支えてくれたことに感謝している。相談所の心理カウンセラーと牧師にも感謝を捧げる。彼女たちが、むずかしい状況に置かれた人たちと向き合う態度には、頭が下がる思いだ。

この本の企画編集を担当してくれたディアナ・シュトゥーブスの貴重なコメントと共同作業のおかげで、文章を完成させることができた。深く感謝したい。

ここで、実は、マルヤは仮名であり、この本に登場するほとんどの人たちにも仮名を使ったことを記しておく。

私は陽のあたる木のベンチにすわって、この謝辞を書いている。鳥たちが木々の間でさえずっているのが聞こえる。すると思い浮かぶのだ。こういう朝には、ドロだったら、朝食の前に、笑いながら、冷たい湖に飛びこんでいただろうと。私たちの娘の誕生予定日を聞いたとき、ドロは言った。「五月かぁ、そしたらマルヤが生まれていて、私はまた家に戻っているはず」と。彼女は、おのれの生きる意志が、ガンに打ち勝つはずだと信じていた。

ドロがいなければ、この大変な妊娠を乗りきることはできなかっただろう。私の人生の半分には、ドロの思い出が流れている。彼女の不在にはいつになっても、寂しさをおぼえるに違いない。私たちの娘が退院する数日前に、ドロは逝った。ホスピスから私に送ってくれた最後のメッセージのひとつにこうある。「マルヤは、素晴らしい人に成長していくことでしょう」。

訳者あとがき

出生前診断とは、もともと、胎児の遺伝学的情報を得て、疾患が見つかれば、それに備えた分娩を準備したり、その後の治療に迅速に取りかかる用意ができるという表向きの理由で開発が進んだが、実際には、疾患のある胎児を産むか産まないかの選択につながるものになっている。検査しやすいということもあり、とりわけダウン症がターゲットになっている。これまでにも羊水検査、絨毛検査、母体血清マーカー検査、超音波検査など様々な方法があったが、欧米諸国や日本では、ここ一〇年ほどのあいだに出生前診断技術が格段に進み、無侵襲的胎児遺伝学的検査(ＮＩＰＴ)と呼ばれる新型の検査が広がりつつある。採血だけですみ、しかもこれまでの検査に比べて精度もあがったこの検査は、一部の国ではほとんどすべての当事者たちが受けるようになりつつある。

日本ではまだ、誰もが無料で受けるシステムでもなければ、誰もが受けなければならないわけでもない。けれども、簡単に「問題」を見つけることができるこの検査は、企業の利害とも絡まって、想像以上のスピードで社会に広がっていく可能性がある。実際、二〇一九年三月に、日本産科婦人科学会は、検査できる医療機関を増やすなど、要件の緩和案を理事会で決めている。

しかし、どれだけ専門家の間で議論が行われたとしても、実際に当事者となるのは、妊娠した女性とそのパートナーだ。検査を受け、その結果が「ふつうではない」とされたとき、どうするのかを決めるのは、ほかならないこの当事者たち、とりわけ女性にゆだねられている。子どもにダウン症があると告げられて、それが自分にとって、家族にとって何を意味するのか悩む女性たちは、多くの場合、孤独な決断を迫られる。そのとき、最終的には個々人の決断ではあっても、ダウン症やそのほかの障害者に対する社会の固定観念や、偏った情報などに影響を受けずにいるのはむずかしい。

現代社会は、一見華やかな技術の「進歩」により、ひとつひとつの命が生まれ出るまでの過程そのものも、一から一〇までコントロールできるのだという驕(おご)りと勘違いに、振りまわされている。目が回るほどの技術の「進歩」により、性別の産み分けや病気の発見にとどまらず、もはや受精卵の段階での遺伝子操作も可能であり、私たちは命そのものの選択という「神の領域」にとっくに踏み出しつつある。

倫理的な観点や、すべてがビジネスとつながっている点、そもそも科学技術の持つ危うさなど、議論すべき問題はいくらでもある。けれども、一番大切な視点が、あまりにも抜け落ちているのではないだろうか。

おなかの中に命を宿しているひとりひとりの女性たちが、何を感じ、何を思い、何に苦しみ、決断を下すのか。そして、産む産まない、どちらの決断をしたとしても、その後の彼女たちの人生は続いていくのだということ。産むという決断を下したのなら、生まれてくる子どもたちひとりひとりが、ダウン症云々といった病名ではくくることのできない、それぞれに多様な生を生きているのだということ。個々の命には、どれほど高度な技術を駆使しても見ることのできない生命力が兼ね備わっているのだということ。膨大な情報に振りまわされる中、今一度立ちどまって、こうした目に見えない命の側面、個々の当事者たちの思いに想像をめぐらすことの大切さを痛感する。

効率に追われる社会の中では、「自律」という言葉がひとり歩きしている。けれども本来、「自律」と「他律」は相反するものではないはずだ。生きていく上で、自分ひとりではできないことなど山のようにある。私たちは、互いに補い、支えあわなければ、生きていくことができない。

国によって置かれた状況に違いはあっても、本書が、命が生まれ育っていくひとつの物語として、日本の読者の心に届いてくれたらと願っている。

本書を日本語訳することを快諾し、日本の読者に向けてメッセージを書いてくださった著者、サンドラ・シュルツ氏に感謝すると同時に、出版にあたり尽力してくださった岡本厚さん、常に助言と励ましをいただき、力づけてくださった編集者、石橋聖名さんにも、改めて感謝の意を表したい。また、主要な医学用語に目を通し助言していただいた淑徳大学看護栄養学部看護学科の林雅治教授、木村‐黒田純子さん、そして当初から相談にのり、いつも背中を押してくれた大橋由香子さんにも心からのお礼の言葉を送りたいと思う。

二〇一九年三月

山本知佳子

サンドラ・シュルツ(Sandra Schulz)
中国で育ち、フライブルクとベルリンの大学で政治学を学ぶ。フリージャーナリストとして日本で仕事をした後、ベルリンのジャーナリスト・スクールで学ぶ。海をテーマにする隔月誌『mare(マーレ)』の執筆者を経て、2008年総合週刊誌『Spiegel(シュピーゲル)』編集部へ。同誌の上海特派員を務めるなど、アジアに関する記事を多数発表。「ヘルムート・ステグマン賞」「アクセル・シュプリンガー賞」など数々の賞を得ている。

山本知佳子
ライター・翻訳家。1980年代からドイツ、中国、インドで主にドイツ・メディアの仕事をした後、現在日本在住。著書に『ベルリンからの手紙』(八月書館)、『外国人襲撃と統一ドイツ』(岩波ブックレット)、『持続可能なエネルギー社会へ』(共著、法政大学出版局)など。

「欠陥だらけの子ども」と言われて
出生前診断と愛情の選択　　サンドラ・シュルツ

2019年4月23日　第1刷発行

訳　者　山本知佳子(やまもとちかこ)

発行者　岡本　厚

発行所　株式会社　岩波書店
〒101-8002　東京都千代田区一ツ橋2-5-5
電話案内　03-5210-4000
https://www.iwanami.co.jp/

印刷・理想社　カバー・半七印刷　製本・松岳社

ISBN 978-4-00-061328-6　Printed in Japan